굿판 1135

1

초판 1쇄 찍은 날 2008년 12월 10일
초판 1쇄 펴낸 날 2008년 12월 17일

지 은 이 | 박희철
펴 낸 이 | 서경석

편 집 장 | 문혜영
책임편집 | 정은경

펴 낸 곳 | 도서출판 청어람
등록번호 | 제1081-1-89호
등록일자 | 1999. 5. 31
어람번호 | 제 9-0003호

주소 | 경기도 부천시 원미구 심곡동 163-2 서경B/D 3F (우) 420-010
전화 | 032-656-4452 팩스 | 032-656-4453
http://www.chungeoram.com
E-mail | eoram99@chollian.net

ⓒ 박희철, 2008

ISBN 978-89-251-1576-4 (SET)
ISBN 978-89-251-1577-1 04810

※ 파본은 구입하신 서점에서 교환하여 드립니다.
※ 저자와 협의하여 인지를 붙이지 않습니다.
※ 이 책은 도서출판 청어람과 저작자의 계약에 의해 출판된 것이므로 무단 전재 및 유포·공유를 금합니다.

박희철 역사 소설

國風 국풍

1

오벨리스크

머릿말	6
제1장 붓칼	9
제2장 친구	23
제3장 탄원	33
제4장 묘청	47
제5장 역도	61
제6장 삶과 죽음	71
제7장 오지랖	83
제8장 처녀 귀신	92
제9장 인연	102
제10장 서경 사람	111
제11장 보답	120
제12장 살생부	132
제13장 선	146
제14장 입성	159

제15장 **척준경** 172

제16장 **관계** 183

제17장 **이지미** 195

제18장 **출세** 206

제19장 **살기** 219

제20장 **재회** 227

제21장 **사이** 237

제22장 **두 사람** 243

제23장 **점령사** 260

제24장 **반격** 278

제25장 **질투** 294

제26장 **불효자** 311

머리글

문득 시 한 구절이 떠올랐습니다.

비 개인 강둑 풀빛 짙푸른데…….

기차 안이었습니다. 기차는 달리고 있었고, 저는 지정좌석에 앉아 의식적으로 지루함 대신 차창 밖 풍경을 쳐다보고 있었습니다. 그러던 중에 문득 제 머릿속을 뒹굴고 있는 그 한 구절의 글자들을 의식한 것이었습니다. 낯선 글자들은 아니었습니다.
하지만 일부러 시를 외워본 적이 없는 저는 다음 구절을 잇지 못했고, 기차에서 내릴 때까지 그 첫 구절이 어디서부터 떨어져 온 것인지조차 기억해 내지 못했습니다.
알 듯 모를 듯하게 기억과 망각의 사이를 헤매는 것은 때때로 환장할 일입니다.
중요하지 않은 건가 보다. 중요한 거라면 다시 기억날 테지. 그렇게 스스로를 달래야 했습니다.

12세기 초반을 살았던 한 시인의 시는 문득 그렇게 다시 제게 다가왔습니다.

학교 다닐 때 배운 기억으론 서정시에다가 이별시의 백미니 천 년의 절창이니 하는 등의 설명들이 붙었던 것 같은데, 새롭게 다가온 시인의 시는 전혀 다른 느낌이었습니다.

그 느낌이 이야기가 되고 하나의 책이 되었습니다.

막상 끝을 보니 무슨 짓을 한 건지 알 수가 없습니다. 제가 역사에 죄를 지을 만큼 대단하지 못하다는 것이 다행이라면 다행입니다.

제게 다가왔다가 지나쳤거나 떠나 버렸거나 머물고 있는 모든 인연들이 새록새록 했습니다. 되든 안 되든 끝까지 달릴 수 있었던 힘이 거기서 나왔습니다. 예전에도 지금도 결국 이야기할 건 사람과 사람뿐이라는 새삼스러움이 제겐 크나큰 변명이자 위안입니다.

같은 높이, 같은 하늘을 살아가는 모든 분들께 작은 선물이 되었으면 더 바랄 게 없겠습니다.

2008년 10월
충청도 어금니산에서

1 붓칼

 몸이 차갑고 축축하게 젖어드는 느낌에 놀라 눈을 떴을 땐 모든 것이 어두웠다. 낯선 잠자리, 낯선 이불, 낯선 방이었다. 어두웠지만 방은 정갈했고, 이불은 갓 풀을 먹인 듯 깔깔했다.
 잠결에 내내 물이 찰박이는 소리를 들었다. 멀리선지 가까이선지 분간이 어려웠고, 때로는 바로 귓가를 적셔오는 듯도 했다. 대동강의 물소리인가, 정신을 잃도록 마신 술 소리인가. 미망처럼 시달렸다.
 대동의 강물이든 서경의 토주든 취하기는 매한가지였다. 지난밤 늦도록 흠뻑 취했을망정 그것들이 아마 피로와 잠보다 강했던 모양이다.
 개경에서 서경까지 사백여 리 길은 가까우면서도 멀었다. 내키면 넉넉히 잡아도 사나흘이었지만 저어되면 기약이 없는 길이기도 했다. 몸과 생각이, 생각과 생각이 따로 놀았던 그 길을 떠올리며 봉심은 고단함이 새삼스러웠지만 다시 잠을 청하지 못했다.

"어른이 자네 동기의 문장에 관심이 크시다네."
한림원의 정습명은 진작부터 잘 알아온 것처럼 부드럽고 살갑게 봉심을 대했다.
그가 다정스레 속삭이듯 입에 올린 어른은 한림학사 김부식이었다. 김부식은 한창 시대의 붓으로 떠오르고 있었고, 기억할 때부터 손에 칼을 쥐어온 봉심은 그 이름을 거부감처럼 기억하고 있었다. 정습명의 온화한 태도마저 거부감으로 돌변했다.
"서경에 다녀오면 자네에게 좋은 자리 하나 생기지 않겠나?"
과연 사사로운 심부름과 관직을 함께 걸어오는 것이 마땅치 않았고 모욕감마저 들었다. 덕분에 개경에서 서경 길은 멀었으나, 서경의 정지원을 찾을 구실이 되어준 것은 고마웠다.
"좋은 자린 뒀다가 다른 데에 쓰십시오."
올해 과시에 을과 장원급제한 정지원 또한 붓 쥔 자였다. 정지원은 크게는 붓과 칼이 쓰임이 같다고 했으나, 봉심이 아는 한 그 둘이 함께 간 적이 없었고, 함께 갈 수 있는 것들인가 회의적이었다. 문무의 겸비는 단지 이상이었고, 현실에선 반드시 한편으로 기울거나 치우쳤다. 붓과 칼이 함께 일어나면 조화와 상생이 아닌 배척과 쟁투의 소리만 높았다. 힘의 우위가 확연해지면 한편은 눌리기 전에 먼저 스스로 낮출 수밖에 없다.

봉심은 그 붓과 칼의 엄연한 거리만큼 정지원에게 마음을 온전히 열지 못했다. 오로지 붓으로 이뤄냈을 정지원의 과시 급제 소문을 들었을 때도 만나보고 싶은 마음과 더 멀어지는 느낌이 충돌했다. 그래서도 정지원을 찾아가는 서경 길은 가까우면서도 멀었다.

봉심이 처음 정지원을 만난 건 윤관 장군이 나라 끝 북방에서 한창 여진과 전쟁을 벌일 때였다.

때는 칼의 시대였다. 칼이 떨치고 일어나니 붓이 고개를 숙이고 눈치를 살폈다. 날을 세운 칼은 거침없이 나라 끝 북방을 내달렸다. 북방에서 날아오는 칼의 소식에 울고 웃으며 민심이 칼을 따라 요동쳤고, 시대는 칼의 것이었다.

칼을 따라 전장에 나아가지 못한 봉심은 거의 미칠 듯한 질투와 부러움에 진저리쳤다. 봉심의 나이 십오 세였고, 그 나이엔 참전이 허락되지 않았다. 어떻게 해볼 도리 없는 나이를 원망과 탄식으로 삼아서는 이 될 게 없었다. 밤낮으로 텅 빈 허공과 너무 멀기만 한 해와 달을 베었다. 그마저도 소용없는 짓이긴 마찬가지였다. 봉심과 함께 부쩍 자라 피와 살을 가진 상대를 갈구하는 칼의 울음은 어느 한군데서도 맺히지 못하고 속절없이 흩어질 뿐이었다.

기억할 때부터 봉심은 손에 칼을 쥐고 있었다. 칼은 봉심에게 또 다른 손이자 제 의지를 가진 자아나 다름없었다. 쓰여야 할 때 쓰이지 못함은 견뎌내기 힘든 것 그 이상이었다.

"국자감에서 공부해 보지 않으련?"

어머니가 미쳐 가는 봉심을 불러 앉혀놓고 물었다.

거긴 붓을 길러내는 곳이었다. 봉심은 어머니가 무슨 말을 하는가 싶었다.

"무예를 배우는 곳이 새로 나는 모양이더라. 바르게 배우다 보면 조금 더 수월하게 네가 하고 싶은 걸 하고 가고 싶은 곳을 갈 수 있지 않겠니?"

어머니는 봉심이 뭘 원하는지 알고 있었다. 뭔가가 치밀어 가슴이 뜨끈 물렁해지고 코끝마저 시큰하긴 했으나 머리는 딱딱해졌다. 홀어머니와 단둘이 어렵게 사는, 아무 내세울 것 없는 형편에 국자감 입학이 가당키나 한 것인가. 어지간히 내세울 만한 집안과 자랑할 만한 부모를 두지 않고서는 쳐다보지도 말 곳이었다.

봉심은 짚이는 바가 있어 묻지 않을 수 없었다.

"어머니가 그걸 어떻게 알았소?"

어머니는 대답없이 쓸쓸해 보이는 미소만 머금었다. 봉심은 질문을 한 번 더 씹지 못한 걸 후회했다.

어머니 혼자서는 자기를 낳을 수 없었으리란 걸 확신하게 되었을 때부터 아버지가 궁금했다. 그랬을망정 봉심은 아버지에 대해서 단 한 번도 묻지 않았다. 쓸쓸한 미소를 머금은 어머니의 뒤에서 아버지의 그림자가 어른거리는 것 같았다. 어머니가 이제는 때가 되었다는 등의 상투적인 말머리를 시작으로 해서 그 그림자에 대해서 말할 것만 같았다. 봉심은 어머니의 입을 통해서 아버지를 듣고 싶은 마음이 없었다. 위기였다.

"어머니 하라는 대로 하겠소."

봉심은 일어나서 도망치듯 밖으로 나와 버렸다.

북방에서 날아오는 칼의 소식이 벌겋게 살아서 날뛰듯이 저자를 돌아다니고 있었다. 소식의 주인공은 여전히 북계(北界) 곡산(谷山)을 태자리로 둔 저자의 무뢰배 출신 척준경이었다. 봉심의 부러움과 질투를 광기처럼 치닫게 하는 원흉이기도 했다.

십칠만 별무반의 쇄도에 놀라 도주하던 여진은 옛 고구려 석성에 집결해 결사 항전의 뜻을 드러냈다. 대원수 윤관이 독사 척준경을 불러 돌격을 명했다. 준경이 주저없이 무장하고 석성으로 돌진해 순식간에 여진의 추장 몇을 쳐 죽이니 군사들은 기세가 올라 좌우로 치고 들어가 석성을 대파했다.

여진의 땅은 끝을 몰랐고, 드넓은 들판과 깊은 골마다 점점이 흩어진 여진의 촌락이 몇 개인지 알 수 없었다.

대원수 윤관과 부원수 오연총이 정병 팔천을 이끌고 가한촌이라 이름한 여진의 촌락을 답사할 때 매복한 여진의 기습을 받았다. 병목 같은 길이었고 전광석화와 같은 기습이라 순식간에 팔천은 전멸에 가까운 참패를 당했고, 윤관 등은 여진에게 완전히 포위되었다.

이때 여진의 포위망 한쪽을 허물어뜨리면서 척준경이 달려왔다. 날랜 군사 십여 명을 거느리고 선발대로 앞서 갔던 것인데 되돌아온 것이었다. 준경이 불과 십여 명의 부하를 이끌고 생사의 경계를 넘어 여진들을 격살하며 버틸 때, 천운이 닿았는지 병마판관 최홍정과 이관진이 군사를 이끌고 달려왔다.

여진이 포위를 풀고 도주하고 최홍정과 이관진이 추격해 멀리 쫓았다. 윤관이 눈물을 흘리며 척준경과 부자지간의 의를 맺었다.

별무반은 드넓게 퍼지면서 점점 진세와 군세가 산만해졌고, 말을 앞세운 거친 기동력이 강점인 여진은 점점 속도와 응집력을 높여가고 있었다.

병마판관 최홍정이 웅주성을 지키고 있을 때 여진군 수만 명이 들이닥쳤다. 최홍정이 군사들을 격려하여 응전하였으나 수적으로 물적으로 너무도 불리했다. 수십 일을 버텼는데도 구원군이 오지 않았다. 그마나 버틸 수 있는 것도 마침 척준경이 웅주성에 머문 덕분이었다. 군량마저 바닥나 가자 웅주성의 모든 이가, 준경 한 사람만을 쳐다보게 되었다.

모두가. 원하자. 준경은 밤이 깊었을 때 낡은 군복으로 갈아입고 성벽을 타고 성을 빠져나갔다. 그 길로 곧장 정주까지 달려가서 군사를 정돈하여 동태진, 야등포, 길주를 통해 여진을 격파하며 돌아왔다. 웅주성을 잡아먹으려고 눈에 불을 켜던 여진군은 뒤쪽이 무섭게 허물어지자 급급히 흩어져 도주했다. 웅주성 안의 사람들 중 감격하여 울지 않는 이가 없었다.

척준경을 말하는 사람치고 남 얘기하듯 예사로운 자는 없었다. 한갓 무뢰배였던 척준경이 칼밥과 전쟁을 먹고 무섭게 자라서 어느새 온 나라 사람의 기대와 흥분을 지배하는 시대의 칼을 대표하고 있었다. 봉심은 자기의 칼이 척준경의 칼보다 못할 게 없다는 것을 의심하지 않으면서 이를 악물고 광기를 견뎌내야 했다.

문장과 시부, 유학 등을 배우는 국자감 여섯 재(齋)의 새끼 붓들은 대략 팔

구십을 헤아렸다. 여택재(麗澤齋), 대빙재(待聘齋), 경덕재(經德齋), 구인재(求仁齋), 복응재(服膺齋), 양정재(養正齋) 등으로 이름한 각 재마다 학생들이 십수 명 꼴로 정원을 다 채웠는데, 새로이 난 강예재(講藝齋)엔 열 명이 채 되지 않았다.

누구도 국자감이 육재(六齋)에서 칠재(七齋)가 되었다고 말하지 않았다. 육재는 유학재(儒學齋), 강예재는 무학재(武學齋)라는 분별만 새롭게 생겨났을 뿐이다.

유학재의 새끼 붓들은 대개 앞뒤와 위아래를 아우르는 문벌의 자손이나 후손이었으나, 갓난 무학재의 새끼 칼들은 기술직이나 잡직 이속류를 아비로 둔 중인 집안 출신이 대부분이었다. 그나마도 호응이 적어 억지로 끌어 모으다 보니 구색이 그 모양이라는 얘기가 돌았다.

무학재의 중심은 처음부터 봉심이었다. 봉심은 중인의 신분에서 서반에라도 올라설 요량으로 강예재를 택한 다른 녀석들과는 달리, 오로지 전쟁에 나아가 원없이 칼을 휘두르기 위한 목적 하나로 무학재에 들었다. 풍겨 내는 기운부터 같을 수가 없었다. 봉심은 스스로도 그렇게 차별을 두면서 무학재의 중심에 놓인 걸 당연하게 받아들였다.

봉심이 전통의 무가인 최 씨 집안의 후손이란 얘기가 봉심 자신에게도 닿은 건 나중이었다. 아마 모두의 귀를 다 거친 연후 맨 마지막에 봉심에게 이른 것 같았다. 그때부터 봉심은 눈만 마주쳐도 무학재 녀석들을 잡아 닦았다. 두들겨 패는 봉심부터 스스로 그 까닭이 분명치 않았으므로 두들겨 맞는 녀석들도 영문을 모르고 맞아야 했다. 그럼에도 무학재 녀석들은 마치 맞을 기회를 노리기라도 하듯 언제나 봉심을 중심으로 맴돌았다.

"봉심아, 최봉심. 일 났다. 유학재 놈들이 전쟁을 끝내자는 상소를 준비하고 있단다."

함부로 이름을 불러대면서 달려들 듯 접근해 오는 녀석은 이중부였다. 무학재 녀석들 중에서 유일하게 유학재가 더 어울리는 집안을 가진 녀석이었지만, 어딘가 모르게 붓과는 어울려 보이지 않았다. 썩 훤칠한 외모에 흰쌀밥 같은 살결을 가졌는데도 꼭 그것들보다 더 중요한 뭐 하나가 빠진 듯 보이는 녀석이었다.

봉심은 습관처럼 주먹을 쳐들었다가 인상만 긁었다. 가까이 선 이중부는 물론 다른 녀석들도 조금 떨어진 자리에서 길 잃은 아이들처럼 봉심을 쳐다보고 있었다. 녀석들에게도 붓이 칼의 전쟁에 오지랖을 걸치는 건 당황스러운 모양이었다.

북방의 전쟁이 길어지고 있었다. 윤관 장군은 여진을 몰아낸 자리에 성을 짓고 백성을 이주시켰다. 어느새 그 성이 아홉 군데에 이르고 있었다. 하지만 여진은 더 물러서지 않고 오히려 아홉 성을 내놓으라고 끈질기게 달라붙고 있었다. 전쟁은 분명한 승패보다 격렬한 전투와 소강상태를 반복했고, 차츰차츰 이름값이 가볍지 않은 장군과 무관들의 죽음 소식이 늘어갔다.

국자감의 새끼 붓들이 감히 종전을 요구하는 상소를 준비하고 있다면 드디어 그 아비들인 나라의 붓들이 더는 가만있지 않기로 한 게 분명했다. 칼의 출정에 응원 한마디 보태주지 않았던 붓들이었고, 칼의 승전보가 연이어 들이닥칠 때엔 철저히 침묵했던 붓들이다.

"놈들의 붓을 작신 분질러 놓자."

봉심은 그 길로 무학재 녀석들을 거느리고 육재를 돌았다. 드러낸 시위이자 위협이었고, 유학재의 누구라도 맞짜를 걸어주길 바란 마구잡이였다. 한바탕 휘젓고 돌았는데도 앞을 막아서는 건 고사하고 옆에서 왜냐고 물어보는 녀석 하나 유학재엔 없었다.

봉심은 일단 그 정도로 하고 다시 무학재로 돌아왔다. 무학재 녀석들은 유학재를 비웃고 성토하면서 통쾌함을 나눴다. 그러나 고자질이 즉시 이루어졌는지 국자박사가 봉심을 부른다는 전갈이 바로 뒤따랐다. 잠시 만에 무학재 녀석들은 잘못하다 들킨 아이들 꼴이 되었다.

봉심은 낮게 으르렁거렸다.

"어디 가서 붓이나 한 무더기 모아봐라."

봉심은 국자박사에게 가는 대신 다시 유학재 앞마당에 섰다. 무학재 녀석들이 어딘가에서 붓을 한 아름씩 구해 들고 봉심을 뒤따랐다.

봉심은 붓을 한 개, 혹은 여러 개씩 마음대로 앞에 띄우게 하고 칼을 뽑았다. 봉심의 칼이 번쩍번쩍 허공을 갈랐고, 그때마다 여지없이 붓들이 허리가 동강나 유학재 앞마당에 떨어졌다. 유학재 앞마당엔 삽시간에 무학재의 광기와 유학재의 공포가 뒤섞여 들었고, 그 증거처럼 토막 난 붓의 시체가 수를 불리며 나뒹굴었다.

"네 이놈!"

유학재 쪽에서 정칠품의 국자박사들이 노한 고함을 내지르며 뛰쳐나왔다. 몇몇 유학재 녀석들이 국자박사들을 방패 삼아 뒤따라 나왔다. 부른대서 찾아갈 필요가 없게 되었다.

"마저 던져 올려라!"

봉심은 아직 멀쩡한 남은 붓들을 엉거주춤 나눠 들고 있는 무학재들에게 눈을 부라렸다. 무학재 녀석들은 이미 독사 같은 봉심에게 홀린 쥐들과 같았다. 무학재들은 눈을 질끈 감고 봉심의 위로 손에 쥔 붓을 마저 던져 올렸다. 거칠게 공기를 가르는 소리와 동강난 붓 토막들이 발치에 떨어지는 소리가 어지럽게 뒤섞였다.

"저런 발칙한……!"

붓의 시체를 차마 밟지 못하겠는지, 아니면 미쳐 버린 듯한 봉심이 두려워서인지 국자박사들은 더 이상 가까이 오지 못하고 노기만 터뜨렸다.

"당장 그 미친 짓을 그만두지 못할까?"

그러나 봉심은 무학재 녀석들이 한 명도 남김없이 빈손이 되었을 때에야 칼질을 멈췄다.

봉심은 칼을 칼집에 넣고 붓의 시체를 밟으며 국자박사들에게 다가갔다. 국자박사들은 위험을 느낀 듯 멈칫거렸고, 그 뒤에 숨었던 유학재 녀석들은 서둘러 유학재 안으로 달아났다.

봉심은 정식으로 글을 배운 적이 없었지만 군사부일체니 스승의 그림자도 밟아서는 안 된다느니 하는 얘기 정도는 알고 있었다. 글공부에 관심이 없어도 저절로 알게 된 얘긴 힘이 강했다. 봉심은 국자박사들 앞에 무릎을 꿇고 앉았다. 잠깐 흔들렸던 국자박사들이 즉각 위엄과 노기를 되찾았다.

"네놈이 네 죄를 아는구나! 네가 부름을 들었더냐? 그러고도 더 뛴 것이냐?"

무릎을 꿇어준 것으로 충분했다. 봉심은 굳게 입을 닫았다. 나선 국자박사들이 돌아가며 봉심을 꾸짖었으나 꿈쩍도 하지 않았다.

"저 보기에 흉한 것들을 썩 치우지 못하겠느냐?"

국자박사들은 애꿎은 무학재 녀석들에게 불벼락을 돌렸다. 이중부를 비롯한 무학재 녀석들은 허겁지겁 붓의 시체를 거두었다. 그때였을 것이다.

"하루쯤은 두고 보아도 괜찮지 않겠습니까?"

정지원이 그렇게 말하면서 봉심의 눈앞에 나타났다. 봉심은 그 목소리의 임자가 유학재에서 걸어나오는 것에 놀랐고, 아마도 국자감에서 가장 어릴 것 같은 외모를 가진 것에 놀랐다. 봉심이야 어쨌든 정지원은 국자박사들을 향해서 붓의 시체를 밟고 섰다. 봉심은 그 순간 정지원의 모습이 두 눈 가득 차고 들어오는 듯했으나 정지원은 단 한 번도 봉심에겐 눈길을 주지 않았다.

"붓이든 칼이든 개인의 입신양명을 위해서나 나라와 백성을 위해서나 그 소용에 참으로 적절한 것들입니다. 고래로 나라 살림을 동반과 서반을 함께 둬서 이끌게 한 것을 보면 크게는 붓과 칼의 쓰임이 다르지 않을 것입니다."

정지원의 목소리는 아직 목울대가 덜 자라 계집아이 것과 구별이 어려웠고, 나직했으나 유학재 앞마당의 공기를 모아 잡기에 충분한 힘이 실려 있었다.

"과연 함께 가기 힘든 것은 붓과 칼이 아니라 개인의 입신양명과 나라와 백성을 위하는 마음이겠지요. 개인의 입신양명에 치우친다면 붓과 칼은 반드시 서로 충돌할 것이며, 나라와 백성을 위한다면 부득불일지언정 함께 가지 않겠습니까? 저 부러진 붓들은 그 차이를 알고 경계로 삼기에 충분한 가치가 있어 보입니다."

국자박사들은 망연한 얼굴들이 되어 지원을 꾸짖지도 반박하지도 못했다.

국자박사들의 당황과 충격이 작지 않았던지 봉심의 처벌은 유야무야 넘어갔다. 봉심은 붓 쥔 놈 중에 저런 놈이 있었던가 하고 반쯤은 넋을 놓았다. 무학재 녀석들이 눈치를 잡고 자청해서 지원을 알아내기 위해 들고 뛰었으나 아무것도 알아오지 못했다.

유학재 녀석들이 지원을 귀신 붙은 재수없는 놈이라고 쉬쉬하면서 따돌린다는 쓸데없는 얘기가 고작이었다.

봉심이 무학재 녀석들을 나무라는데 이중부가 지원이 스스로 국자감을 그만두고 떠나는 중이라는 소식을 물어왔다. 그날이 채 다하기 전이었다. 봉심은 갈등하다가 밖으로 뛰쳐나갔다. 지원이 막 혼자서 국자감 현문을 나서고 있었다.

야.

봉심은 지원을 불러 세웠다. 지원이 멈춰주었으므로 봉심은 부러 천천히 걸어서 지원에게 다가갔다. 지원의 얼굴에 희미한 미소가 그려지더니 봉심이 가까워질수록 조금씩 짙어졌다.

"다시 보자. 다시 볼 수 있겠지?"

봉심은 왠지 모르게 필사적이 되어 윽박지르듯 물었다. 지원은 웃었다.

"오늘 네 칼 멋졌다. 또 볼 수 있을 테지."

그게 지원과의 첫 만남이었다.

"일어났는가?"

문득 문밖에서 들려온 목소리가 몸 여기저기에 달라붙은 피로와 잠기운을 깨끗이 달아나게 만들었다. 어느새 문밖은 뿌옇게 터 있었고, 희끄무레한 빛이 방 안까지 기어들어 와 있었다.

"진작 눈은 떴지."

문이 열렸다. 아직 해가 떠오른 것 같진 않았는데 지원은 멀쩡한 의관을 갖추고 있었다. 과시에 급제한 연후에 진작 왕으로부터 자단 녹삼을 하사받고 갈옷을 벗었을 것이다. 아직은 과시 급제에 상응하는 관직을 기다리는 처지일 터였으나 의관을 갖춘 품새가 이미 썩 어울렸다.

지원이 문밖에 선 채 물었다.

"잠자리가 불편했던가?"

봉심은 눈을 끔뻑거리며 지원을 쳐다보기만 했다. 비록 오 년 만에 다시 보는 얼굴이어도 어제 만나서는 옛 모습을 쉽게 발견했는데, 하룻밤 사이에 갑자기 낯설어 보였다. 마치 하룻밤을 기다렸다가 훌쩍 커버린 원래 모습으로 봉심 앞에 다시 나타난 것 같았다.

"저자에 나가봐야 하는데 함께 갈 텐가?"

봉심은 이쪽에 지원 말고는 아무 연고가 없다는 것을 상기했다.

새벽 물안개가 기어 다니는 지원의 초가집 마당과 울타리 밖에서 장정 몇 명이 서성이고 있었다. 그들은 새아침에 어울리지 않게 초조한 듯 보였다. 지원을 따라 마당에 나서는 봉심을 쳐다보는 그들의 눈엔 의혹과 적의부터 어렸다. 그들은 거칠고 투박해 보였으며, 그것이 그들의 본래 행색인 것 같았다.

"내 친구입니다."

지원은 그들에게 봉심을 친구라고 소개했다.

2 친구

　서경에 이르기까지가 생각보다 더뎠던 것에 비하면 정지원의 집을 수소문하긴 싱겁도록 쉬웠다. 지원을 모르는 서경 사람은 없는 듯했다. 지원의 집을 묻자 관심을 보이며 몰려드는 사람들이 당황스러울 지경이었다.
　한 척의 나룻배가 나루터에 들면서 사람들의 관심을 쓸 듯이 가져간 것은 다행스러운 일이었다.
　"묘청 스님이시다!"
　사람들은 삼대 조상이라도 본 듯 나룻배의 고물에 우뚝 버티고 선 중에게 합장하며 몰려들었다. 그 묘청이란 중은 뭔가 흡족한 미소를 머금고 사람들을 둘러보다가 봉심에게서 눈길을 멈추고 눈을 번득였다. 난생처음 대하는 강렬한 눈빛이어서 봉심은 두 눈에 힘을 주고 그 눈을 맞받았다.

묘청이란 중은 이내 크게 웃었다.

"투기를 갈무리하지 못한 칼은 어린아이의 칼이나 다름없지."

나룻배에서 내린 묘청은 웃음을 멈추지 않고 휘적휘적 큰 걸음을 놓았고, 사람들이 끈 달린 것처럼 우르르 그 뒤를 따랐다. 봉심은 만질만질한 묘청의 뒤통수를 눈에서 사라질 때까지 노려보다가 나룻배에 올랐다.

"서경 신동을 찾아가시오? 서경 신동 찾아가는 길에 묘청 스님까지 뵈었으니 서경과는 보통 인연이 아닌 모양이외다."

봉심은 말을 섞을 기분이 아니었으나 뱃사공은 그 반대인 것 같았다.

"서경에 세 보물이 있는데, 바로 묘청 스님과 서경 신동, 그리고 일자처사(日子處事) 백수한이 아니겠소. 혹여 백 처사와도 벌써 안면이 있는 거 아니오?"

뱃사공은 대답도 듣지 않고 호들갑을 부렸다.

"아이쿠, 이거 내가 오늘 보통이 아닌 손님을 모신 게 아닌가 모르겠네. 여즉 한자리에 함께 모인 적이 없다는 서경삼절을 서경 초행길에 다 본다면 보통 일이 아닌데."

지원의 집은 거대한 용의 몸통처럼 서경을 가로지르는 대동강이 서쪽 바다를 향해 넓게 아가리를 벌려가는 끄트머리 남포였다. 뱃사공은 아예 남포나루에 배를 대놓고 손가락을 들어 남포의 오막살이들 중 한 곳을 찍어주었다.

"서경 신동은 저기서 홀어머니와 단둘이 살고 있다오."

대동강의 강물과 함께 내달리는 높다랗고 긴 강둑과 바가지를 엎어놓은 듯한 구일봉 사이에 들어앉은 남포마을은 자칫 딴 세상처럼 보였다. 봉심은 서경 사람들이 왜 지원을 서경 신동이라 부르는지 알 듯 말 듯했다. 국자감 유학재 녀석들이 지원을 귀신 붙은 놈이라고 멀리했다는 얘기도 뒤늦게 사실처럼 여겨지기도 했다.

"내 친구입니다."
 그 한마디로 봉심을 향했던 장정들의 억세고 거친 눈매들이 순식간에 풀렸다. 풀렸을 뿐만 아니라 따뜻하게 빛나고 있었다. 역시 서경 신동인가 싶었으나 봉심은 내색하지 않았다.
 "가십시다, 진사님."
 장정들이 앞장서고 지원과 봉심이 뒤를 따랐다. 으쓱대는 장정들의 걸음걸이 뒤태가 그들이 서경 저자에서 힘깨나 쓰는 왈짜들임을 짐작케 했다. 문득 돌아보니 지원의 노모가 방문을 열어놓고 물끄러미 내다보고 있었다.
 빈 나룻배 두 척이 아침 안개가 자욱하게 깔린 남포나루터에서 기다리고 있었다. 장정들은 한 척에 지원과 봉심을 먼저 오르게 하고 저희들끼리 나누어 탔다. 봉심의 옆에 탄 턱수염 덥수룩한 장정이 봉심의 허리춤에 걸린 박도(朴刀)를 자꾸 힐끔거렸다.
 힘 좋은 장정이 노를 잡아서인지 배는 쉽게 앞으로 쑤욱 쑥 나아갔다. 대동강의 강물은 수천, 수만 겹의 시퍼런 혓날을 날름거리듯 했던 어제와는 사뭇 다르게 깊고 검게 가라앉아 있었다. 동녘 마루에서 솟아 막 살을 퍼뜨리는 아침볕이 깊고 검은 강물에 닿아서는 빨리듯 먹혀들었다.
 대동강 강물에 어지럼증을 느낀 봉심이 지원을 바라보았다.

지원은 무슨 생각을 하는지 이물에 단정하게 앉은 채 눈을 감고 있었다. 지원의 뒤로 강을 따라 달리며 남포를 막아선 듯한 높다란 강둑이 보였다. 사람이 쌓은 것인지 원래부터 대동강과 함께 있어왔던 것인지 알 수 없었지만 다시금 눈길을 끌었다. 어제 지원은 저 강둑에 앉아서 남포로 들어서는 봉심을 먼저 봤다고 했다. 강둑에 앉으면 대동강뿐만 아니라 모든 것이 잘 보인다고도 했다. 그게 아니라도 봉심은 왠지 모르게 강둑이 지원과 함께 살아서 움직이는 거대한 생물체처럼 잠시 착각되었다.

장정들은 지원을 살피고 앞과 주변을 둘러보고 봉심을 의식하기를 쉬지 않았지만 하나같이 입만은 굳게 다물고 있었다. 소리가 나는 건 박자를 맞추듯 앞서거니 뒤서거니 두 척의 나룻배를 저어가는 장정 둘의 호흡과 금방 흔적을 지워 버리며 흐르는 강물뿐이었다.

어느새 강둑은 끊어졌고, 짙푸른 숲길이 강안을 뒤덮었나 싶더니 서경 도성이 나타났다. 개경이 높고 웅장하게 솟았다면 서경은 깊고 넓게 펼쳐진 듯했다. 사방을 에워싼 듯한 대보산과 금수산 산자락, 족히 수천 호는 되어 보이는 집채들이 서로 맞닿은 경계가 가늠되지 않았다.

배들이 차츰 강변으로 붙었다. 강을 따라 줄줄이 이어지는 집채들이 키가 높아지는 듯하더니 높고 널찍한 기와 채들이 열을 지었다. 배가 여러 척 대어져 있는 규모 큰 나루터가 갑자기 나타났다. 남포와는 전혀 다르게 나루터가 거대한 마루처럼 반듯반듯하게 꾸며져 있었다. 나루터엔 수많은 사람들이 나와 있었다. 놀랍게도 그들은 모두 지원의 도착을 기다리고 있었던지 배를 대자 우르르 몰려왔다.

"오셨는가."

개중 나이가 가장 많아 보이는 노인이 배에서 내리는 지원의 손을 맞잡았다. 노인은 물론 나루터에 모인 사람들은 하나처럼 지원을 쳐다보며 어떤 기대감을 드러내고 있었다.

지원은 배에서 내리면서 봉심을 바라보았다. 반드시 지원을 거쳐서 다른 것들을 눈에 담아내던 봉심은 지원의 눈길을 받았다. 봉심은 지원의 눈에서 어떤 일이 있어도 흔들리지 않을 듯한 서늘함과, 사람을 비롯한 보이는 모든 것을 다 담아낼 듯한 따뜻함을 함께 느꼈다. 봉심은 그 눈이 대동강의 강물을 닮은 것 같은 느낌에 조금 놀랐다. 서경의 한가운데를 동에서 서로 가로지르는 대동강이 서경을 품었던가.

"무슨 일이 있는 것 같은데 내 걱정은 말게."

봉심은 지원이 일일이 자기를 챙겨주지 않아도 상관없다는 뜻을 보였다.

노인과 지원이 앞장서고 나머지 사람들이 뒤를 따랐다. 봉심은 함께 배를 타고 온 장정들과 섞여 맨 후미에서 걸었다.

"술 좋아하쇼?"

봉심의 옆에 앉았던 턱수염이 물었다. 다른 장정들이 눈을 빛내면서 봉심을 쳐다보았다. 물어본 자보다 묻지 않은 자들의 관심이 더한 것 같았다.

"어제 지원과 밤늦도록 많이 마셔 오늘은 마시기 힘들 것 같소. 술은 그 정도요."

"계집은?"

부러 대답을 무뚝뚝하게 냈는데도 다른 장정이 기다렸다는 듯이 말을 토막 내서 물었다.

"이런 제길, 술은 몰라도 그건 초면에 몹시 실례되는 질문이잖아. 더구나 진사님의 개경 친구 분이신데……."

또 다른 장정이 즉시 막는 듯했으나 봉심의 눈치를 힐끔거리는 태도가 오히려 대답을 채근하는 것과 같았다.

봉심은 무시하기로 했다. 국자감 강예재에서 정식으로 무학을 공부한 입장에서 저자의 왈짜패들과 시시껄렁한 농이나 주고받고 싶은 마음은 조금도 없었다.

지원은 봉심이 저질러 놓은 붓의 시체들을 밟고 섰던 그날로 국자감을 스스로 그만두고 다시 돌아오지 않았지만 봉심은 그러지 못했다. 봉심은 오히려 국자감 수료 기간 삼 년을 꼬박 채웠다.

봉심과 지원 때문이었다고 말하기엔 부질없어진 지 이미 오래지만 결국 유학재 녀석들은 종전을 요구하는 상소를 이뤄내지 못했다. 상대적으로 민심에 훨씬 더 호소가 쉬웠을 새끼 붓들의 상소가 막히자 대신 궐내의 붓들이 해묵은 종기처럼 발광을 터뜨렸다. 그간의 침묵을 깨뜨린 붓방아질들이 얼마나 요란했던지 누구나 알아들을 소리가 되어 쉽게 궐 밖을 넘어 나왔다. 백성들이 지치고 힘들어하니 여진에게 옛 땅을 돌려주고 그만 전쟁을 끝내자는 것이었다. 거기에다 서로 맞추기라도 한 것처럼 여진의 을불 일행이 화친을 간청하는 서신을 들고 먼 북방을 달려와 개경에 입성했다. 갑작스러울 정도로 뭔가가 빠르게 진행된다 싶더니 왕이 종전을 선포했다. 정녕 느닷없었고 봉심에겐 날벼락과도 같았다.

왕은 승선(承宣)을 보내 대원수 윤관과 부원수 오연총에게 하사했던 부월(斧鉞)을 거두어들였다. 곧 임무 마감이었다. 오연총은 명을 받잡고 입궐했으나 윤관은 개경을 거치지 않고 곧장 임진강 아래로 내려가 파평의 자택에 칩거해 버렸다.

여진은 빼앗긴 땅에 덤으로 윤관 장군이 쌓아 올린 아홉 성까지 돌려받았지만 이쪽은 무엇을 얻었는지 알 수 없었다. 붓들은 여진으로부터 대대로 고려를 부모의 나라로 섬기겠노라 약조한 문서를 받아낸 것을 자기들이 이룬 것처럼 자랑삼았지만, 그깟 종이쪽지 하나가 윤관 장군과 십칠만 별무반이 두 해에 걸쳐 이룬 공과 맞바꿀 가치가 되는 것인가는 차치하고 누가 붓들에게 그럴 자격을 주었는지 속 시원히 말해주는 사람이 없었다.

봉심은 국자감을 뛰쳐나갔다. 그대로 궐을 넘어 궐내의 붓들을 유학재 새끼 붓들 동강 냈듯 모조리 잘라 버리고 싶은 충동에 눈이 뒤집혔다. 그러나 봉심이 넘기엔 궐의 성벽이 턱없이 높았다.

"고작 삼 년이다. 돌아가서 학업을 마치거라."

어머니가 말했다. 봉심은 듣지 않았다. 구들바닥에 몸을 뉘인 채 그대로 스며들거나 꺼져 버리길 바랐다.

"이 어미, 처음이자 마지막 원이구나. 내 언제 네게 한 번이라도 해라 마라 한 적이 있었니?"

어머니는 난생처음 봉심 앞에서 눈물을 보였다. 봉심은 집에서도 뛰쳐나갔다.

방향과 목적을 상실하고 미친개처럼 쏘다니다가 거짓말처럼 지원과 다시 만났다. 도성에서 제법 멀리 떨어진 어느 오래고 낡은 산사였다. 놀랍게도 봉심처럼 방향과 목적을 상실한 듯 보이는 남루한 떠돌이 행색이었다.

지원은 유학재의 다른 녀석들처럼 명문가 출신이 아니었다. 봉심처럼 홀어머니와 단둘이라 했고, 그나마 개경도 아닌 먼 서경의 한미한 집안 출신이었다. 그런 지원이 어떻게 국자감에 들 수 있었는지도 알 수 없었지만, 왜 스스로 도중에 그만두었는지도 알 수 없었다. 그랬을망정 그 두 번째 만남에서 봉심은 지원과 한결 가까워진 기분이 되었다.

"기왕 칼을 벼려왔다면 지금 꺾기엔 너무 이른 것 아닌가?"

지원의 그 한마디에 봉심은 다시 국자감 무학재로 돌아갔다. 그것은 지원 또한 붓을 꺾지 않았다는 말과 같았다.

잘 정돈된 저자가 곧 나타났다. 관과 연계된 시전 거리였다. 대부분의 점포들은 아직 문을 열지 않았다. 간간이 문을 연 곳들은 생필품을 취급하는 그릇집, 기름집, 떡집 정도였다.

지원과 지원을 마중 나온 노인 일행은 시전가를 가로지르다가 기다란 울타리가 둘러진 마전의 마당으로 들어갔다. 말들은 마당 한편에 줄지어 늘어선 목책 안에서 아직 풀리지 않았고, 마당은 공지처럼 널찍했다.

사내들 몇이 말을 구경하고 있다가 지원과 노인을 맞았다. 사내들은 봉심처럼 허리에 환도와 장도를 차고 관복을 입고 있었다. 서경의 무반들이었다. 장정들이 드러나게 몸을 사리는 것을 느끼면서 봉심은 그들의 면면을 살폈다.

중년 하나, 장년 셋, 그리고 봉심보다 나이가 그리 많아 보이지 않는 청년 둘이었다. 하나같이 기골이 단단하고 인상이 강인해 보였다. 칼밥으로 잔뼈가 굵은 듯한 중년의 구릿빛 얼굴엔 깊은 칼자국까지 나 있었다.

봉심은 저도 모르게 가슴이 뛰었다. 일단 서경의 무반들은 개경의 무반들과 분위기가 질적으로 달랐다. 개경의 무반들에겐 칼을 쥐었을망정 붓 냄새가 강했다. 쉽게 붓의 지배를 감내하는 습관에 길들여진 까닭일 터였지만, 서경의 무반들에게선 아예 붓 냄새는 찾을 수가 없었다. 칼 냄새뿐이었다. 봉심이 생각하는 무반의 모습이 서경에 있었다.

무반들은 노인에겐 공손했고, 지원에겐 반가움을 드러냈다. 노인은 무반들을 자식 다루듯 다독이더니 마전의 안채를 손짓하고 앞장섰다. 노인은 이 말 가게의 주인인 듯했다.

지원이 바로 따라가지 않고 노인과 무반들을 잠시 세우고 뭐라고 말하는 것 같았다. 무반들의 눈이 일제히 장정들과 함께 있는 봉심을 정확히 향했다. 봉심은 자기도 모르게 움찔했다. 지원이 봉심을 구해주듯 오라고 손짓했다. 봉심은 서경의 무반들에게 순간적으로 기가 눌렸던 걸 들키기 싫어 머뭇거림없이 지원을 향해 성큼성큼 걸었다.

마전의 마당에 모인 사람들이 모두 봉심을 쳐다보았다.

봉심은 한꺼번에 많은 사람의 시선을 받아본 적이 없었다. 상당히 불편했다. 사람들의 눈이 한곳으로 모여 집중되는 것이 목을 노리고 들어오는 칼날보다 어떤 면에선 더 부담스럽다는 것을 처음으로 알았다.

봉심은 지원의 옆에 붙어서 노인과 무반들과 함께 안채에 들었다.

안채의 툇마루에 녹색 관복을 걸친 중년인 둘이 앉아 있다가 황급히 일어났다. 역시 노인에게 지극히 공손한 품새가 관복을 갖췄을망정 품관 아래인 관의 이속들인 것 같았다. 노인은 그들에겐 시선이 곱지 않았다.

"서해도의 안찰사가 어찌 서경까지 들어왔다던가?"

노인이 대뜸 묻자 이속들은 곤혹스러워했다.

"왕명을 말하고 있습니다."

"왕명? 왕이 아니라 이자겸이겠지."

노인은 코웃음 치고는 툇마루에 올라섰다. 지원이 따라 올랐고 이어 이속들이 죄지은 사람들처럼 고개를 푹 숙이고 뒤따랐다. 무반들은 경계하듯 주위를 날카롭게 둘러보더니 툇마루 앞을 지키고 섰다.

지원이 방 안에 들기 전에 잠시 봉심을 돌아봤다. 봉심은 지원의 눈에서 말과 언어를 넘어선 무엇을 본 듯했다. 지원의 눈을 통해서 마치 봉심 자신을 바라보는 듯한 느낌 같기도 했다. 봉심은 아직까지도 기연미연하고 있지만, 문득 지원은 처음부터 봉심의 칼과 자기의 붓을 같은 것으로 보고 있었을지도 모른다는 생각이 들었다. 촉촉하고 따뜻한 느낌이 온몸을 적셔오는 듯해서 봉심은 잠시 진저리쳤다.

"일 보게. 난 여기서 기다리겠네."

봉심은 지원에게 고개를 끄덕여 보이고는 방 안으로 들어갔다. 문은 노인이 닫았다.

3 탄원

　원래 서경은 왕과 가장 가까운 계수관이었다. 왕이 권신들과 힘겨루기를 할 때 서경은 항상 긴장 상태였다.
　고구려 계승을 표방하며 왕 씨의 나라를 열었던 태조는 서경을 아끼고 중시했다. 신라 때 버려지고 방치되어서 황폐화되었던 서경에 백성들을 이주시키고 궁과 궐을 지었다. 서경이 언제나 고려의 북방을 향해 눈을 치뜨고 있길 원했고, 동계(東界)와 북계(北界), 그 양계(兩界)를 아우르는 고려의 머리이길 바랐다. 후대 왕들이 일 년에 적어도 백 일은 서경에 거둥하여 머물 것을 유훈으로 남기기도 했다. 그 뜻을 받든 역대 군왕들의 노력에 의해 서경은 장장 이백여 년에 걸쳐 왕도 개경 못지않은 위용을 차근차근 회복해 왔다. 그만큼 서경은 역대 왕들과 긴밀하고 왕명과 직접 통했다. 한마디로 서경은 언제나 왕이 원하기만 한다면 개경까지 박살 낼 준비가 되어 있었다.

그랬던 서경이 근자에 이르러 왕과 멀어지고 있었다. 그것은 권신들의 힘이 날로 세어지고 있다는 증거였다. 서경은 왕의 든든한 배후에서 권신들이 힘자랑을 삼는 대상으로 격이 깎여가고 있었다.

"이위가 누군가. 이자겸의 입이 되어 가장 앞줄에서 윤관 장군과 오연총 장군에게 패전의 죄를 극론하던 자야. 게다가 끊임없이 재물을 탐하면서 백성들에겐 인색하기 그지없다는 평이 이미 개경 내에서는 자자해. 그런 자가 서경의 유수관이 된 것이 과연 왕의 뜻이었던가."

장 노인이 노려보자 각각 서경 관아의 분사이부와 분사호부 소속의 주사와 영사인 조, 이 두 이속은 눈을 어디에 둘지 몰라 했다.

"멀리 강감찬 유수관을 볼 것도 없이 가까운 곽상 어른과 소태보 어른 시절을 돌이켜 보게들. 곽상 어른은 청렴결백과 강직함의 상징이었고, 소태보 어른은 평생을 고른 교육에 매진한 만백성의 스승이셨어. 그분들이 얼굴일 때의 서경과 지금의 서경이 어떤가. 서경의 자랑과 긍지는 이 유수가 온 지 삼 년도 안 되어 벌써 아득한 옛날이야기가 되어가고 있잖은가."

장 노인은 제 말에 격해져 가슴을 쳤다.

"나는 서해도 각지를 돌면서 뇌물이나 받아 처먹는 안찰사 따위보다 이 유수를 잡아 탄핵하고 싶은 심정이야. 당장 서경의 유수라는 자가 제아무리 중앙의 중서시랑을 겸직하고 있다 하나 개경 조정에 머무르는 일이 더 많으니 서경의 얼굴은 없느니만도 못한 것이 아닌가."

지원은 장 노인의 울화를 이해했다. 지원의 마음이 장 노인과 다르지 않았다. 그러나 지원은 내색하지 않고 침묵을 지켰다.

장 노인은 조 주사나 이 영사와 같은 서리로 관직에 나섰다가 정오품의 분사이부 낭중까지 올랐던 입지전적인 서경인이었다. 과시를 통하지 않고서는 이속이 품관을 따는 것은 불가능한 일이나 마찬가지여서, 과시장에서 늙수그레한 이속 응시자들을 보는 건 흔했다. 그러나 장 노인은 과시를 통하지 않고 일 처리 능력으로 품관을 얻었으며, 재신인 육부상서들도 함부로 하지 못하는 낭관들의 우두머리 자리까지 올랐던 것이다.

관직에 은퇴해서는 마전을 운영하며 서경의 시전과 온갖 장을 관할하고 있었다. 장은 물물 거래만 활발한 것이 아니라 각지의 정보도 다 모여드는 곳이어서 장 노인은 손바닥 들여다보듯 서경과 일대의 사정에 훤했다.

"서해도 안찰사 김덕이 어디어디서 무슨 뇌물을 받았고 무슨 향응을 받았는지는 다 조사해 놨어. 그런 작자가 감히 서경에 들어와 왕명을 팔면서 역도 색출을 입에 올리는 월권을 자행하고 있으니 가당키나 한 일인가. 유수란 작자는 맞춘 듯이 개경에 눌러앉아 기별도 닿지 않고."

장 노인은 조 주사와 이 영사를 꾸짖듯이 말하고 있었지만 지원에게 사정 설명을 해주는 것과 같았다. 지원이 이미 짐작하고 있던 바다.

오히려 패전지장으로 내몰린 윤관 장군이 화병으로 스스로 목숨을 놓아버린 뒤, 서경에서 들고일어날 것이라는 소문이 흉흉했던 적이 있었다. 그때 지원은 개경에 있었으나 단지 소문일 뿐이라는 것을 누구보다도 잘 알고 있었다. 왕명이 닿았다면 모를까, 왕명 없이 제멋대로 난을 일으킬 서경이 아니었다. 현 서경 유수 이위는 그 소문 속에서 임관되었고, 소문은 차츰 잦아들었다. 결국 소문은 왕을 속여 넘기고 권신들이 자기들이 원하는 사람을 서경 유수에 앉히는 구실 이상이 아니었다.

그런데 서해도의 안찰사가 서경까지 들어와 뒤늦게 그때의 일을 거론하며 역도 색출을 말하는 것은, 곧 서경에 대한 권신들의 자신감의 발로일 것이었다. 기회가 닿을 때마다 왕과 사사건건 힘겨루기를 벌여온 권신들은 이위를 서경 유수로 앉힌 걸로 만족하지 못하고, 아예 서경의 힘을 거세하기로 작정한 것이나 마찬가지 행태를 드러내고 있는 것이었다. 서경의 힘을 빼는 것은 곧 왕의 힘을 빼는 것과 같았다.

"자네들은 지원이 글을 마칠 때까지 거기 앉아서 묻는 대로 관의 사정을 소상히 설명하게. 더하지도 빼지도 말고 있는 그대로."

장 노인이 생각하는 것은 분명했다. 왕에게 직접 닿을 탄원문을 지원을 통해 작성하려는 것이었다.

지원은 묵묵히 벼루에 물을 붓고 먹을 갈았다. 장 노인이 지원의 옆에 수북이 종이 뭉치를 내밀었다.

"안찰사 김덕의 아름답지 못한 소행은 여기에 다 적혀 있네. 각처에서 모아들인 것이라 거칠 것이네만 조금만 열어봐도 파렴치한 그 작자의 패악질이 적나라할 걸세. 그대로 적시하기만 해도 김덕의 모가지를 날리기에 충분하겠지만 그것만을 원했다면 자넬 청했겠는가."

장 노인이 처음으로 지원에게 직접 말을 건넸다.

지원은 먹물의 점도를 확인했다. 그리고 붓을 들었다.

"개경은 어떤가?"

혼자만 툇마루에 걸터앉은 중년무반이 봉심에게 물었다. 얼굴의 칼자국이 실룩인 듯했다. 어느덧 해가 중천에 걸려 있었다.

봉심은 중년무반을 그저 쳐다보기만 했다. 개경이 어떠냐니? 무엇을 물어보는 건지 알 수 없어서였다.

"벙어리인가?"

봉심과 비슷한 연배인 두 청년무반 중 하나가 시비조로 봉심을 꼬나봤다. 봉심은 어이가 없어서 잘못 들었나 싶었다.

봉심이 뭐라 하기도 전에 중년과 장년의 무반들이 질책의 눈으로 청년무반을 쳐다봤고, 옆의 또래가 팔꿈치로 그의 허리춤을 쳤다. 청년무반은 머쓱해했으나 봉심에 대한 반감을 거두지는 않았다. 시비 걸 만한 일부터 먼저 찾는 데에 잘 길들여진 인상이었다. 봉심은 무시했다.

"조용한가?"

중년무반이 다시 물었다.

"별다른 일은 없습니다."

봉심은 여전히 질문의 뜻을 이해하지 못했으므로 흘려 넘기듯이 대답했다.

바깥 마전 마당이 시끄러웠다. 장정 하나가 대문을 넘어 다급히 안채 마당으로 뛰어들어 왔다. 지원과 봉심을 배에 태우고 왔던 장정들 중 하나였다.

"밖에… 판관 나리가 왔습니다. 애들 좀 끌고 왔는데요."

무반들이 일제히 긴장하며 중년무반을 바라보았다. 중년무반은 툇마루에 앉아서 움직이지 않았다. 그러나 눈빛이 강해져 있었다.

안채 마당으로 드는 대문은 마전 마당에 모인 사람들이 몸으로 둘러막아 인의 장막을 치고 있었다. 그 앞쪽에서 비색 관복을 차려 입은 중년인이 관인과 관졸들을 거느리고 난감한 얼굴을 하고 있었다. 난감한 표정 뒤엔 억누르고 있는 노기가 쉽게 내비쳤다.

"나가볼 것 없다. 우리가 보이면 길을 열어달라고 하기밖에 더하겠느냐."

중년무반은 침착했다.

장 노인이 방문을 열어젖혔다.

"지 판관이 왔단 말이냐?"

"그런가 봅니다."

"와서 뭘 하자는 것인가. 정 진사가 글을 마칠 때까지 출입을 막아다오."

"어려운 일이겠습니까."

중년무반이 태연하게 대답했다. 단정히 앉아 글을 짓고 있는 지원의 모습이 열린 문 사이로 보였다. 장 노인이 다시 문을 닫았다.

"안에 서 낭장이 계신가?"

밖에서 고함이 들려왔다. 무반들이 주춤거리며 중년무반을 쳐다봤다. 중년무반은 못 들은 척 태연했다.

봉심은 중년무반을 새롭게 바라볼 수밖에 없었다. 낭장이면 무반들의 실질적인 우두머리라고 할 수 있었다. 그러나 지방관의 실무자인 판관의 아래인 건 틀림없었다. 저렇게 무시해도 되는가 싶었다.

"안에 계시면 사람들을 치워주시게! 힘을 써서 길을 열고 싶지 않으이!"

계속되는 고함엔 노기를 애써 다스리는 기색이 역력했다. 무반들은 동요했으나 중년무반은 끄떡도 하지 않았다.

"힘을 써서 어쩌게? 어디 한번 써보시오."

안채를 막아선 시전 사람들 중 누군가가 빈정댔다. 아마도 지원을 데리러 왔던 왈짜들 중 한 명인 듯했다. 그걸 시작으로 마전 마당을 점령한 사람들의 입이 터졌다.

"역도들을 잡으러 나설 것이라는 소문이 파다하던데, 그래서 나오셨소?"

"잘됐네. 우리 다 잡아가면 되겠네."

"안찰산지 뭔지 하는 작자는 어디 숨어 있소? 함께 오지 그랬소?"

관을 어려워하지 않는 것 같았다. 그게 서경 사람들이어서인지 아니면 거친 시장 사람들이어서인지는 알 수 없었다.

판관을 비롯한 서경 관인들은 사람들을 밀고 들어올 수가 없는 듯했다. 물러가고 말았는지 그들의 목소리가 더 들리지 않았다. 곧 사람들의 웅성거림도 잦아들었다.

봉심은 시장기를 느꼈다. 아침을 먹지 않았다는 것을 기억했다. 지원도 먹지 않았을 것이다. 자기만 먹고 여기 함께 오자고 하지는 않았을 것이다. 무반들은 아침을 든든히 먹었는지 전혀 허기나 지친 기색을 내비치지 않았다. 해는 어느덧 중천을 넘어 서편으로 기울고 있었다. 봉심은 지원이 궁금하고 걱정이 되기도 했다.

　밖이 다시 소란해졌다.

　"그냥 간 줄 알았더니 또 왔네."

　"지들만 밥 먹고 왔구먼. 천하에 아무 걱정 근심 없는 자들이라니까."

　판관과 관인들이 어딜 갔다가 다시 온 모양이었다.

　"길을 열어라."

　자못 차갑고 위엄있는 목소리가 사람들의 앞뒤 없는 목소리를 갈랐다. 판관의 목소리였으나 새로운 결의를 한 듯 아까와는 어투가 사뭇 달랐다. 곧 분주한 발자국 소리가 뒤를 따랐다.

　"어라라, 이 양반들 좀 보소?"

　관인들이 힘으로 사람들을 밀어붙이기 시작한 것 같았다. 욕설과 둔탁한 마찰음이 튀었다.

　"오호라, 해보자는 거? 어디 해봅시다."

　"이놈들은 아비 어미도 없나. 어딜 밀어?"

　"칠성아, 떡재야, 너희들이 앞장 치고 힘 좀 써봐라."

　사람들에게 밀리는지 대문이 심하게 흔들렸다.

　"나가봐라."

　중년무반, 서경 관의 낭장 서길이 짧고 단호하게 말했다. 무반들이 기다렸다는 듯이 밖으로 달려나갔다. 서길이 툇마루에서 일어서서 천천히 그 뒤를 따랐다. 봉심은 어쩔까 하다가 툇마루를 지키기로 했다. 서경 사람들끼리의 분쟁에 끼어들 마음도 없었고 자격도 없다고 판단된 까닭이었다.

"과연 명문이로고."

방 안에서 장 노인의 탄성이 터져 나왔다. 지원이 글쓰기를 마친 모양이었다. 방문이 활짝 열렸다.

"다툴 것 없다! 높으신 분들을 들여라!"

장 노인이 밖을 향해 큰 소리로 말했다.

아까의 비색 관복 중년인이 가장 먼저 안채 마당으로 들어섰다. 그는 문간에 선 서길을 잠시 노려보았다. 그의 눈길을 받는 서길은 아무 표정이 없었다. 뒤이어 관인들과 관졸들이 밀고 들어와 순식간에 안채 마당을 점령했다. 서길과 무반들은 마당을 내주는 대신 대문간에 둘러서서 관인들과 관졸들을 지그시 훑어보았다.

장 노인은 툇마루에 나와 앉아 꼿꼿한 자세로 비색 관복의 중년인을 맞았다.

"사람들을 있는 대로 모아놓고 대놓고 이러면 어쩌자는 거요?"

중년인, 판관 지인환이 노기를 감추지 않고 힐난했다. 장 노인은 할 일 다 했다는 듯 태연자약했다.

"거리낄 게 뭐 있겠소이까? 모든 서경 사람이 알길 바라는 거요. 모든 서경인의 뜻이 하나와 같다고 개경에까지 미치길 원하오이다."

"도대체 무엇을 하고자 함이오?"

장 노인의 눈이 쏘아보듯 변했다.

"그것을 모르시는가?"

지 판관은 지지 않았다.

"만사엔 순리와 도리가 따르는 거요. 이런 식으로 해서 무엇을 얻겠다는 건지 알 수가 없소."

장 노인의 목소리가 높아졌다.

"아무것도 하지 않고 가만히 있으면? 안찰사 김덕이 서경에서 있지도 않은 역도들을 만들어내는 꼴을 보고만 있으란 말이오? 몇 사람이 없는 죄를 뒤집어쓰는 것도 문제지만 차후 서경이 어찌 되겠소?"

지 판관의 목소리도 높아졌다.

"왕명으로 움직이는 분이 아무 조짐과 징후도 없이 그러겠소? 있지도 않다면 이 기회에 서경의 결백을 증명해서 좋은 일인데 이건 오히려 도둑이 제 발 저린 꼴을 보여주는 게 아니오?"

"말이라고. 도둑이라니! 그게 서경의 판관 되는 자가 서경을 놓고 입에 올릴 말이오?"

장 노인은 급기야 눈을 흡뜨고 고래고래 고함을 질렀다.

그때 지원이 방을 나왔다. 장 노인과 지 판관의 대화가 끊겼다. 지원은 아무 상관이 없는 사람처럼 아무에게도 눈길을 주지 않고 툇마루를 지나 신발을 신었다.

지원의 움직임을 눈으로 따라가던 지 판관이 던지듯이 말했다.

"자네… 안에서 탄원문을 썼는가?"

지원이 지 판관을 보더니 말없이 미소 지었다. 누가 봐도 긍정의 미소였다.

지 판관이 신음처럼 말했다.

"아직 관직이 내려지지 않았을 텐데 이 일로 자네의 과시 급제가 무용해지고 앞길이 막힐까 우려스럽네."

사람에 따라서는 위협이 될 만도 한 얘기였다. 지원은 여유롭게 응수했다.

"의당 할 얘기를 했는데 앞길이 막힌다면 그 길은 사람이 갈 길이 아닐 것입니다."

장 노인이 옳거니, 탄성을 내지르며 무릎을 쳤고, 지 판관은 수염을 파르르 떨었다.

지원이 봉심을 바라보았다. 봉심은 그만 가자는 뜻으로 읽고 대문을 향해 걸었다. 지원이 뒤를 따랐다.

"어딜 가는가?"

지 판관이 낮게 으르렁대며 지원과 봉심의 발목을 잡았다.

"여기 모인 사람 모두는 일단 관으로 가야 할 것이다. 거기서 일의 전후와 사정을 따진 연후에 돌아가도 갈 수 있을 것이다."

지 판관의 목소리에 위엄이 실렸다. 그러나 지원은 지 판관이 말을 마치자마자 다시 걸었다. 이번엔 봉심이 지원을 따랐다.

"저 서경 신동부터 잡아라!"

지 판관이 고함치자 관인과 관졸들이 지원을 향해 우르르 달려들었다.

날카로운 금속성의 소음과 빛이 관인 및 관졸들의 발길을 막았다. 봉심이 지원을 가려 서면서 칼을 빼 든 것이다.

"오지 마라."

봉심은 칼과 붓이 같을 수 없다는 생각을 버리지 못할 것 같았다. 그러나 지원의 붓과는 함께하고 싶었다. 봉심은 칼끝을 세우면서 목소리에 묵직한 무게를 실었다.

"죽는다."

관인과 관졸들은 감히 더 다가서지 못했다. 서길의 입가에 언뜻 미소가 스친 듯했고, 지 판관은 어이없음에 멍해져 버렸다.

장 노인이 허허 웃었다.

"관에서 백성의 탄원을 막으려는가?"

장 노인은 여유로웠다.

"누구를 위한 관인가? 관이 백성의 뜻과 다르게 간다면 관의 잘못인가, 백성의 잘못인가?"

"관이 다 그런 건 아닙니다."

서길이 나섰다.

"우리 서경 관아의 무반들은 장 어르신 이하 밖에 모인 서경 백성들의 탄원을 틀림없이 개경 조정에 전달하겠습니다."

"서 낭장!"

지 판관이 서 낭장을 향해 버럭 고함쳤다. 호통이었다.

서길은 신경 쓰지 않고 지원에게 다가와 손을 내밀었다. 지원은 사전에 약속이 되어 있기라도 한 듯 품에서 탄원문을 꺼내 서길에게 건네주었다. 몇 명의 관인이 지 판관의 눈치를 보며 움찔했으나 감히 그것을 빼앗으려 달려드는 자는 없었다.

서길은 지 판관을 바라보고 미소를 띤 채 탄원문을 자기 품에 갈무리했다.

"서 낭장은 지금 스스로 무슨 짓을 하는지 알고 있으신가?"

지 판관이 감정을 억누르는 목소리로 물었다. 서길은 여백을 두지 않고 나직한 목소리로 글을 읽듯 천천히 답했다.

"백성들의 뜻을 통제하고 조절하는 게 관의 일이면, 백성들의 뜻을 따르고 심부름을 마다 않는 것 또한 관의 일 아니겠소이까? 피차 마땅히 할 일에 따르는 것이니 다툼은 필요치 않을 거요."

지 판관은 말문이 막힌 듯 더 대꾸를 못했다. 장 노인이 허허 웃었다.

"서 낭장에게 도움을 청한 보람이 있군. 이 늙은이의 인복이 아직 다하지 않았다는 것을 증명해 줘서 고마우이."

은근히 발 넓음과 경력을 자랑하는 뜻도 내비치는 말이었다. 지 판관이 신음했다.

상황이 끝났음을 알리듯 지원이 다시 걸었다. 봉심은 칼을 집어넣고 지원의 뒤를 따랐다. 지 판관은 더 지원을 잡지 않았고, 관인들과 관졸들이 주춤주춤 길을 비켰다. 대문을 막아선 무반들도 길을 터주면서 새로운 것을 보는 듯한 눈으로 봉심을 훑었다.

대문 밖의 시전 사람들 또한 양편으로 물러서며 길을 텄다. 지원은 목례하듯 고개를 약간 숙이고 사람들을 통과했다. 사람들이 한마디씩 했다.

"수고하셨소, 신동 진사님."

"어쩜 저리 예쁠까. 예뻐."

"이제 김덕의 목이 날아가겠지?"

"아 다르고 어 다르지. 우리 서경 신동의 글은 왕도 움직일 것이구먼."

왈짜들이 지원과 봉심을 기다렸다가 으쓱거리며 다시 앞장을 섰다.

해가 한층 서녘에 기울어져 있었다. 시전가의 한 귀퉁이에 한 대의 덮개 있는 초헌이 서서 지원 일행이 지나가는 것을 지켜보고 있었다. 봉심은 그것을 보았으나 굳이 묻지 않았다.

"김부식을 아는가?"
왈짜들이 힘차게 젓는 나룻배 위에서 봉심은 김부식 얘기를 꺼냈다. 지원이 대꾸없이 봉심을 바라보았다.
"그가 자네에게 관심이 많더군."
지원은 그저 미소 지었다. 봉심으로선 뜻을 짐작할 수 없는 미소였다.
"그러나 자네를 보고 싶은 마음이 없었다면 설사 왕이 심부름을 시켰어도 나는 서경에 오지 않았을 거야."
봉심은 변명처럼 들리지 않기를 바라면서 진심을 말했다. 지원은 그 말엔 답했다.
"자넨 벌써 나를 위해 칼을 뽑았잖은가. 그보다 좋은 대답이 또 어디 있겠는가."
지원은 이가 드러날 정도로 밝게 웃었다.
노을이 지고 있었다. 흡사 거대한 용이 기어가는 듯한 대동강의 강물이 금빛의 물비늘을 사방으로 튕겨내고 있었다.

4 묘청

　지원은 배를 돌리게 해서 다시 돌아왔다. 봉심이 일단 개경으로 돌아가기로 얘기가 되었기 때문이다. 지원은 남포에서 자고 다시 서경 저자로 나오느니 서경에서 밤새 이야기를 나누고 아침에 일단 작별을 하는 게 낫겠다고 했다.
　봉심은 부식의 심부름을 무시하고 싶었다. 그래서 배 위에서 털어내듯이 말을 꺼냈던 것이다. 정식 관직이 떨어질 때까지 서경과 남포에서 지원과 함께 지내고 싶었다.
　"그런 사람에겐 답을 전해주는 게 나을 거야."
　지원의 말이었다.
　"가거든 전해주게. 나는 천상 서경인이라고. 그렇게 답했다고……."

봉심은 그 대답의 뜻을 알 것 같았다. 봉심이 보기에도 김부식은 서경에 어울리는 인물이 아니었고 지원과도 조금도 맞지 않을 것 같았다.

나루터엔 사람이 하나도 없었다. 왈짜들의 얼굴이 이상해졌다.

"뭐야? 왜 사람들이 하나도 없지?"

왈짜들이 나루터로 뛰어올랐다. 봉심과 지원이 뒤를 따랐다.

몇 걸음 들어가지 않아 길바닥에 난장판으로 뒹굴고 있는 그릇과 집기들, 내쏟아진 곡물과 헝클어진 야채 더미가 보였다.

"이거 뭐야? 씨팔!"

왈짜들이 심상치 않은 뭔가를 느꼈는지 욕설을 토해내며 앞으로 내달렸다. 봉심과 지원의 걸음도 빨라졌다.

배를 냈다가 되돌린 사이 무슨 일이 벌어진 것 같았다. 시전가도 엉망이긴 마찬가지였다. 문짝이 떨어져 나간 곳도 있었고, 포목과 옷가지들을 비롯한 귀품들이 몸 밖으로 쏟아진 내장처럼 길바닥에 널려 있었다. 길바닥 군데군데 붉은 핏자국이 배인 것은 더욱 섬뜩했다.

"이 개놈의 새끼들……."

"다 엎어버리겠어."

왈패들은 사정을 짐작한 듯했다. 욕설을 내뱉으며 미친 듯이 내달렸다.

봉심은 빠끔히 열린 지전의 문틈 사이로 안에서 누군가 움직이고 있는 것을 보았다.

"저 안에 사람이 있네."

지원이 지전 쪽을 보더니 다가가 문을 열었다. 구부정한 노인이 느릿느릿 화선지를 한 더미씩 안으로 옮겨놓고 있었다.

"접니다, 어르신."

지원은 지전의 노인을 잘 아는 듯했다. 당연하지 싶었다. 지전 노인은 지원을 한 번 힐끔 봤다가 화선지를 안으로 옮기길 다시 했다. 우울해 보였다.

"자네가 나루터로 가는 걸 봤지. 그리고 곧장 군병과 관졸들이 여길 덮쳤네. 아마 관아의 군병 전부가 동원된 게 아닌가 싶더군."

노인은 남의 일처럼 말했다. 자신의 종이만 무사하면 다른 건 아무래도 상관없다는 태도 같았다.

"되는대로 잡아끌고 갔네. 잠깐이었지. 끌려간 사람들은 끌려간 대로, 따질 사람들은 따지려고 모두 관아로 갔을 걸세."

"마전의 장 어른께선……?"

"나야 모르지. 여기서 한 발짝도 안 나가고 있었으니까."

지원은 지전의 출입문을 원래대로 해놓고 걸었다. 봉심은 따랐다. 난장판의 저자에 어둑한 땅거미가 깃들고 있었다.

왈짜들이 횃불과 불쏘시개를 한 아름씩 준비해서 장 노인의 마전을 나서고 있었다. 그들은 지원을 보자 흥분해서 떠들었다.

"그놈들이 어르신도 잡아갔다네요."

"치사한 놈들. 우리가 없을 때를 노리고……."

"에이, 우리가 없을 때겠어? 진사님과 서 낭장님이 없을 때겠지."

"서 낭장은?"

지원이 물었다.

묘청 49

"우리가 진사님을 모시고 가자마자 휘하들과 함께 탄원서를 품고 바로 개경으로 떠났답니다. 부유수의 초헌을 봤다는 사람이 있는 걸로 보아 미리부터 준비하고 있다가 때를 보고 덮친 게 분명해요."

"부유수 어른은 그렇게 안 봤는데 아주 교활하고 치밀한 인간이었어."

지원이 앞장섰다.

서경 관아의 높게 두른 성벽은 새도 날아오르기 힘들 것 같았다. 일찍이 분사(分司)라 하여 서경에 왕도 개경의 체계를 그대로 모방한 체계를 갖추게 한 것은 봉심도 들어서 아는 바였지만, 말이 관아이지 전경은 흡사 개경의 황궁과 내성을 보는 듯했다.

굳게 닫힌 성문 앞에선 수백은 될 듯한 사람들이 진을 치고 웅성대고 있었다.

"나도 잡아가라, 개새끼들아! 나이 스물도 안 된 내 동생은 왜 잡아갔냐?"

청년 하나가 고목을 쓰러뜨리려는 매미처럼 성문을 발길질하며 흥분하고 있었다.

"비켜! 비키쇼!"

왈짜들이 사람들을 좌우로 물리면서 성문 앞까지 길을 텄다. 봉심의 칼자루를 자꾸 힐끔거렸던 왈짜가 횃불에 불을 당겨 쳐들고는 안을 향해 고함쳤다.

"문 열어라! 안 열면 불 질러 버릴 거야!"

이미 어둠이 내린 관아 너머는 잠잠했다.

"그냥 하는 소린 줄 아는 모양이네. 쌍!"

왈짜는 주저없이 횃불을 높이 내던졌다. 횃불이 불꼬리를 매달고 관아의 높다란 외벽을 넘었다.

"잘했어."

"칠성이, 멋져!"

사람들이 박수치며 환호했다.

빗장 푸는 소리와 거의 동시에 성문이 거칠게 열렸다. 사람들의 박수와 환호에 으쓱해하던 왈짜들이 기겁하며 지원의 뒤에 숨었다. 사람들의 박수와 환호도 순식간에 멎었다.

판관 지인환이 무섭게 노려보는 얼굴로 나타났다. 그의 뒤에는 관졸들이 창과 방망이를 꼬나 쥐고 당장이라도 뛰쳐나올 태세로 진을 쳤다. 지원이 그 앞을 버티고 서서 물러서지 않았다. 흡사 지원 혼자서 그들이 성문 밖으로 나오지 못하도록 막아서고 있는 것과 같았다.

지 판관이 지원을 짧게 봤다가 사람들을 향해 추상처럼 호통 쳤다.

"농성은 허하되 접관하거나 월장하는 자는 엄단할 것이다! 누가 그 시범을 감당해 보겠는가!"

사람들이 움찔했다. 왈짜들은 나름 인상을 긁어댔으나 감히 지 판관 쪽으론 눈길을 주지 못했다. 봉심은 맞지 않게도 웃음이 터져 나오려는 걸 꾹 눌렀다.

"그렇다면 문을 열어놓으십시오."

지원이 말했다. 지 판관의 눈과 표정이 흔들렸다.
"문을 열어놓고 백성들의 소리를 들으십시오. 문을 굳게 닫아걸고 접관과 월장의 엄단을 말하는 것은 관의 떳떳함과 위엄에 어울리지 않습니다."
지원의 목소리는 또박또박 정연했고, 지 판관은 대꾸할 말을 잃은 듯했다.
할 말이 없으면 행동을 할 것이다. 봉심은 그렇게 느끼면서 긴장을 끌어올리고 지원의 옆에 섰다. 지원까지 잡겠다고 나온다면 피를 봐서라도 막을 심산이었다.
녹의 관복을 걸친 자가 부지런히 군병들을 헤치고 성안에서부터 나타나더니 지 판관의 뒤에 붙어 뭐라고 소곤댔다. 귀를 빌려준 지 판관의 눈이 힐끗 지원을 향했다. 녹의관복은 할 말 다 했다는 듯 부리나케 다시 안으로 들어갔다.
지 판관이 지원을 보고 무겁게 말했다.
"안에서 자넬 청하는군. 들어갈 텐가?"
지원보다 사람들이 먼저 웅성거렸다.
"들어가면 안 돼요. 잡아들이려는 수작입니다."
"저것들이 얼마나 못 믿을 종자들인지 이번에 다시 확실하게 알았다니까."
지원이 사람들을 돌아보고 말했다.
"걱정 마십시오. 저는 관에 결박당할 일을 한 적이 없습니다."
지원은 봉심에게도 한마디 했다.

"곧 나오겠네. 밤이 더욱 짧아질 것 같군."

그리고 성큼성큼 발을 뗐다. 군병들이 좌우로 비켜섰다. 지원은 태연하게 성문 안으로 걸어 들어갔다.

사람들이 더욱 웅성거렸다. 걱정과 의심이 가득한 목소리들이 어지럽게 뒤섞였다.

지 판관이 지원을 따라 들어가면서 군병들에게 말했다.

"너희들은 더 문을 닫지 말고 지켜라. 저 사람들을 미리 치지 말되 직접적인 시비가 오면 가차없이 쳐내도록 하라."

사람들의 웅성임이 격앙되었다. 욕설도 섞였다. 지 판관은 무시하고 안으로 사라졌다.

"밤샘할 각오들 하십쇼. 우리 신동님까지 안 나오면 그땐 정말 불 지르고 쳐들어가는 겁니다."

"마실 것과 먹을 것이 필요하면 말씀하십쇼. 우리가 준비해 오겠습니다."

지 판관이 사라지자 왈짜들이 갑자기 자유로워진 듯 사람들에게 횃불을 나눠 주며 떠벌렸다. 사람들은 함께 기세가 등등해져 맞장구를 치고 호응하며 결의를 나눴다. 여기저기서 횃불이 밝혀졌고, 어둠이 넘실대면서 불에 밀려났다.

봉심은 지원이 걱정되어서도 그런 사람들을 혼자 떨어져서 지켜볼 수밖에 없었다. 여차하면 가장 먼저 성안으로 치고 들어갈 심산이었다.

부유수 이존형은 우유부단한 사람이었다. 서경 관아의 이인자이면서도 명령을 내리는 것보단 받는 것에 익숙한 전형적인 상명하복형의 관료였다. 유수가 서경에 없는데 그의 결정과 결단으로 사람들을 때려잡았다고 보긴 어려웠다.

서해도 안찰사 김덕이 관을 움직였다고 보기도 어려운 것은, 그가 사정을 알았다면 사람들을 잡아들이기 이전에 탄원부터 막으려고 했을 것이다. 김덕이 서경에 와서 왕명의 이름으로 역도 색출을 할 것이란 것도 아직은 단지 소문일 뿐이었다.

지원은 수서원(修書院)으로 안내되었다. 개경 황성의 보문각(寶文閣)을 본떠 만든 것으로 거의 모든 도서와 사서들을 다 갖추고 있다고 보면 되었고, 지원에게도 낯설지 않은 곳이었다. 불이 켜진 곳이 없어 인공림에 둘러싸인 수서원은 책들과 함께 어둠에 깊게 잠겨 있었다. 달빛이 수서원의 처마에 걸려 바닥까진 채 떨어지지 못하고 있었다.

수서원 앞에서 누군가가 서성이고 있었다. 처마 끝에 맞아 떨어진 달빛의 조각이 머리카락이라곤 한 올도 없는 그의 대머리에서 부서지고 있었다. 지원은 그를 한 번도 직접 본 적이 없었지만 누군지 쉽게 짐작이 갔다. 묘청이었다.

서경삼절은 서경 사람들의 입에서만 함께 오르내렸지 정작 서로 만난 적은 없었다. 묘청과 백수한은 서로 잘 알고 지낼지 모르나 십여 세에 서경을 떠났다가 과시 급제하여 돌아온 지원은 묘청이 처음이었다.

"바보들의 고민을 들었는데 어찌 모른 척하겠는가."

묘청은 지원을 보고 웃으면서 휘적휘적 다가왔다.

"그 바보들이 밖으로는 서경의 얼굴들이니 똥칠이 되게 내버려 둘 수도 없는 노릇이라."

지원은 묘청이 무슨 말을 하고 싶어하는지 알아들었다. 그러나 이해할 수는 없을 것 같았다.

"바보들이 김덕에게는 버티면서 탄원도 통하게 하는 건 오늘의 방책이 가장 적절하다 싶었지."

묘청의 키는 지원보다 한 뼘 정도 컸다. 묘청은 지원의 오른편에 비스듬히 서면서 이를 드러냈다.

"오늘 들어온 사람들은 고생없이 지내다가 풀려날 거요. 탄원이 개경에 닿을 때까지만이오. 김덕이 하늘은 아니지만, 바로 하늘을 속이고 바다를 건너자는 만천과해(瞞天過海)요."

묘청의 눈이 힐끗 지원의 얼굴을 훑었다. 지원은 달갑지 않은 느낌이 소름처럼 피부를 간질이는 것을 느꼈다.

"밖의 백성들에게 그걸 이해시켜 줄 분은 서경 신동이 적임일 거요."

"내가 이해하기 어려운데 어찌 사람들을 이해시키겠소?"

묘청의 눈이 다시 지원의 얼굴로 돌아와 멎었다. 지원은 목소리를 낮췄다.

"아무리 고생이 없다 한들 관아의 형옥과 내 집 안방이 어찌 같겠소? 백성들의 희생을 염두에 넣은 방책이 어찌 방책이라 할 수 있겠소?"

묘청의 눈이 지원의 눈에 꽂히듯 했다. 지원은 묘청의 눈을 피하지 않

묘청 55

왔다.

"스님의 방책으로 잡아들인 백성들이라면 스님께 그들을 풀어주라 요구해도 엇나간 것은 아니겠구려. 그들을 풀어준다면 적임이고 뭐고 따질 소용도 없지 않겠소?"

묘청의 얼굴 근육이 실룩이는가 싶더니 표정을 일그러뜨리며 크게 웃었다. 지원은 그 웃음에서 왠지 모를 광기를 느꼈다.

묘청은 웃음의 여진을 낮게 흘려냈다.

"김덕을 속여 넘길 다른 좋은 방책이 있다면 알려주시오. 그럼 당장 그들을 풀어주게 하겠소."

"그가 바보가 아닌 이상 개경으로 간 탄원이 누구를 노리는 것인지 모르지는 않을 거요. 무엇을 속여 넘긴다는 것이오?"

지원은 각오한 듯 추궁을 멈추지 않았다. 묘청은 즉각 받았다.

"그자도 바보요. 관의 감투를 쓴 자치고 바보 아닌 자가 없소. 그자는 관이 나서서 탄원서를 회수하고 가담자들을 모두 잡아들인 걸로 알고 있소."

"그렇다면 안찰사가 기왕 잡아들인 백성들에게 역도의 탈을 씌우자고 하겠구려. 그땐 어찌 되는 거요?"

묘청은 히죽거렸다. 여유마저 내비쳤다.

"관아의 바보들은 김덕의 말을 듣는 척 시늉하면서 탄원이 개경에 닿을 때까지 시간을 끌 거요. 역도는 단 한 명도 만들어내지 않을 것이오."

"그 시늉 속에서 백성들의 고초가 없으리라 어찌 장담하겠소?"

"부유수가 직접 도움을 청했고 그가 내 입만 바라보고 있소. 결정은 내가 하오. 기왕 개입한 것, 이 일이 해결될 때까지 여기 머물 것이고 백성들의 고초는 더 없을 것이오."

묘청은 자신있는 미소를 내보였다. 지원은 굳은 표정을 풀지 않았다.

"다시 말하지만 옥 신세를 지는 것부터가 고초요. 그것을 고초로 생각하지 않는 사람을 무엇으로 믿어야 한다는 거요?"

묘청의 얼굴에서 미소가 사라졌다. 묘청과 지원의 눈이 어둠을 사이에 두고 부딪쳤다.

묘청의 이빨 끝에 달빛이 번득였다.

"그럼 신동께서도 옥에 들어가 직접 지켜보는 건 어떻겠소? 그들이 과연 고초를 당하는지 당하지 않는지."

지원의 눈썹 끝이 치켜졌다.

한쪽에 비켜서 있던 판관 지인환은 위기감을 느꼈다. 서경삼절의 둘이 대립했을 때 무슨 일이 생길지 도무지 짐작이 되지 않는 탓이었다. 일이 더 커져서는 곤란했다.

"신동, 왜 이번 일을 서경의 관과 백성이 합심해서 안찰사를 속여 넘기기 위한 고육책으로 봐주지 못하는가?"

지인환이 다가와 목소리를 잔뜩 낮추고 끼어들었다.

"탄원이 개경으로 간 줄 알면 안찰사께선 가만있지 않을 것이네. 개경 조정엔 온통 서경의 힘이 떨어지길 바라는 자들뿐이란 걸 자네도 잘 알잖은가. 그게 알려지면 탄원이 왕께 닿을 것 같은가? 김덕을 내세워 서경을 잡으려는 자들이 무슨 수를 써서든 탄원을 막을 것이네."

지원은 답답한 듯 밤하늘에 탄식을 한 번 토한 뒤 지인환에게 말했다.

"그렇기 때문에 오히려 많은 사람을 모아 크게 드러내고자 했던 것입니다. 서경에서 탄원이 간다고 요란하게 알려질수록 오히려 막을 수 없기 때문입니다."

거기까진 생각을 못해본 듯 지인환은 주춤거렸다.

"항상 숨기는 것이 빌미가 되는 법인데 떳떳한 쪽에서 숨겨야 할 이유가 무엇입니까? 더구나 고작 안찰사 하나를 속이기 위해 백성들이 고초를 당해야 한다는 것은 말도 안 되는 일입니다. 서경이 왜 그런 자 앞에서 당당하지 못하고 속여 넘겨야 한단 말입니까?"

지원이 목소리를 높이자 지인환의 얼굴에 당황이 어렸고, 도움을 청하듯 묘청을 쳐다보았다.

묘청은 달을 쳐다보고 있었다. 각진 선의 옆얼굴에선 지원의 견해를 인정하지 않으려는 의도가 내비쳤다.

"백성들의 고초를 걱정하면서 더 큰 고초를 부를 일을 옳다고 할 수 있겠는가."

묘청은 혼자서 중얼거리는 모양을 취했다. 그러나 누구에게 들으라고 하는 소린지는 물을 필요도 없었다.

지인환이 즉시 보탰다.

"크게 알렸다면 벌써 난리가 나도 큰 난리가 났을 걸세. 그랬다면 관에선 지금보다 훨씬 더 많은 백성들을 잡아들여야 하고, 그들은 더 큰 고초를 겪을 것이며, 자네 또한 지금처럼 무사하지 못했을 걸세. 과연 묘청 스님 말씀이 옳지 않은가."

지원은 받아들이지 않았다.

"고초의 뜻을 모르십니다. 떳떳함을 박탈당하는 것이 고초입니다. 지금 서경 백성들은 떳떳함을 도둑맞아 버린 것입니다."

지인환은 더 대꾸하지 못했다. 묘청은 여전히 달만 바라보면서도 혼자 뭐라고 웅얼거렸다. 웃고 있는 듯했다.

지원은 오래지 않아 성을 나왔다. 지원은 잡혀 들어간 이들은 아무 탈 없이 곧 나오게 될 것이라고, 돌아가서 기다려도 될 것이라고 사람들에게 말했다. 그게 언제냐고 물어보는 사람이 많았고, 지원은 오래 걸리지 않으리라고 답했다. 만약 오래간다면 다시 모여서 풀어 내오자고 했고, 그땐 관이 막지 못할 것이라고 했다.

다시 성문을 지키고 선 판관 지인환이 묵묵히 듣고만 있었으므로 사람들은 그때서야 지원의 말을 수긍하는 듯했다.

밤이 더욱 깊어졌고, 사람들은 하나둘씩 돌아갔다. 돌아가면서 관아를 향해 욕설과 저주를 퍼붓는 사람도 있었고, 아랫도리를 까고 성벽에 오줌을 내갈기는 자들도 더러 있었다.

지원은 돌아가는 사람들을 지켜보며 마지막까지 서 있었다. 지원의 얼굴은 어둠 이상으로 어둡고 무거웠다. 봉심은 한 번 더 성벽 위를 쳐다보고 지원에게 다가갔다.

"별일없었는가?"

"이상한 자가 하나 있다. 지금보다 앞으로 별일없길 바라야 할 것 같아."

지원의 대답이었다.

5 역도

지원과 함께 서경에서 하룻밤을 보낸 봉심은 거의 쉼없이 달려 개경에 도착하자마자 서경에서 탄원이 도착했는지부터 알아보았다. 그런 얘길 들었다는 사람은 없었다. 봉심은 잠시 쉬었다가 정습명을 찾았다.

"지원은 자기가 천상 서경인이라고… 그렇게 전해달라 했습니다."

습명은 무슨 애긴지 못 알아들은 사람처럼 한동안 멍해져서 대꾸가 없었다.

"그게 단가?"

한참 만에 습명이 물었다. 봉심은 순간적으로 학사 어른의 관심엔 고마워하더라는 없는 말을 지어 붙일까 하다가 말았다.

"그렇습니다."

봉심은 부러 말투를 무뚝뚝하게 냈고, 습명은 난감해했다. 이내 습명은 결국 자포자기한 사람처럼 허허허, 웃었다.

"수고 많았네. 그래, 오랜만에 친구를 만나보니 좋던가?"

봉심은 공연히 미안한 감정을 느꼈다. 사실 습명은 처음부터 봉심을 부드럽고 따뜻하게 대했다. 다시 보니 습명처럼 어디 한 군데 모난 곳이나 날선 곳 없이 부드럽고 둥글둥글한 사람은 또 보기 힘들 것 같았다.

"덕분에 좋았습니다. 저만 좋고 돌아온 것 같아 죄송합니다."

습명이 봉심을 처음 보듯 쳐다보았다. 습명은 다시 웃었다.

"자네라도 좋았다니 다행이군."

습명은 봉심의 어깨를 다독였다.

"거부로군."

부식은 의외로 담담하게 말했다.

습명은 왠지 모르게 부식의 판단이 받아들여지지가 않았다. 봉심의 대답을 들었을 때 습명 또한 거부의 뜻을 느끼긴 했으나, 부식에게 오는 사이 아닐지도 모른다는 생각이 들고일어났다. 서경인이라고 전해달라 했다는 것은 달리 말해 서경인이어도 괜찮겠느냐는 질문의 뜻일 수도 있었다.

"제가 직접 가서 정지원을 한 번 만나볼까요?"

습명은 부식의 자존심을 건드리지 않길 바라면서 조심스럽게 물었다.

부식은 쉽게 고개를 가로저었다.

"틀렸어. 우리 쪽으로 올 자는 아닌 것 같다. 서경 출신이라고 했을 때 진작 지웠어야 했어."

 서경이 독특한 위상을 차지하고 있긴 하지만, 습명은 넓지 않은 땅덩어리 안에서 지역별로 세력을 가를 필요까진 없지 않느냐고 묻고 싶었다. 이참에 크고 넓게 인재들을 모아보자는 건의도 하고 싶었다.

 조정은 이자겸으로 대표되는 권신들의 앞마당이 되어가고 있었다. 능력을 인정받아 조정에 진출한 관료들이 그들의 꼭두각시로 취급받는 일이 자주 일어났다. 부식은 인재들을 모아 그들의 힘에 대항하고 싶어했다.

 단 한 명이라도 인재를 더하는 일은 절실했다. 더구나 과시 급제한 정지원의 시문을 접했을 때 심상치 않은 눈빛을 했던 부식이다. 습명은 부식이 다른 자의 글을 보고 그런 표정을 짓는 것을 본 적이 없었다.

 "하지만 그사이 더 알아본 바에 의하면, 그는 과시 급제 전까지 개경에서 오랜 타향살이를 했습니다. 국자감에서 수학한 건 삼 년 수료를 채우지 않고 고작 일 년 남짓뿐이었다는데 남은 기간 동안 뭘 했는지 알 수가 없습니다. 그러다가 갑자기 과시에 나타나 장원급제한 것도 이상하고……."

 포기해도 좀 더 알아보고 포기하자는 뜻이었으나 부식이 더 듣기 불편해하는 것 같아 습명은 말끝을 흐렸다.

 부식은 마무리를 지었다.

 "지금 우리에게 필요한 건 인재의 질도 질이지만 양이야. 잡기 어려운 자 하나 잡을 시간에 쓸 만한 자들 서넛 잡는 게 훨씬 가치가 있지. 그자는 잊도록 하게."

 습명은 머리를 조아리고 부식의 한림원 집전을 나왔다.

부식은 그럴망정 습명은 정지원에 대한 호기심과 관심이 오히려 더 커져 있었다. 봉심을 오늘 저녁 집으로 부르길 잘했다고 생각했다. 어쨌거나 서경을 다녀온 노고를 술이나 한잔 주며 위로해 주려는 것이었는데 좀 오래 붙잡아놓고 정지원에 대한 세세한 이야기를 묻고 들어보고 싶었다.

퇴궐을 알리고 궐문을 막 나서는데 한 무리의 인마가 거침없이 궐 안에서부터 달려나오더니 순식간에 습명을 지나쳐 갔다. 습명은 잘못 봤나 싶어 눈을 몇 번이나 껌뻑였다.

말 위에 탄 자들은 분명히 창검으로 무장한 군병들이었다. 무슨 전시도 아닌데 궐내의 군병들이 권문세가의 사병이나 도적떼처럼 방정맞게 궐문을 뛰쳐나갈 수 있는지 이해가 되질 않았다.

"무슨 일이 있는가?"

습명은 궐문의 양쪽을 지키고 선 수졸들에게 물었다.

"서경에서 역도들이 몰래 들어왔다는 소식 못 들으셨는지요?"

습명은 뭔 소린가 싶어 가슴이 철렁했다. 역도란 말만큼 끔찍한 말은 드물었다.

"저희 감문위는 쉬는 자, 빠진 자 없이 전령이 궁성, 황성, 내성, 외성의 모든 성문에 배치되었고, 금오위 전군에도 비상령이 떨어졌다는데요."

수졸들의 대답을 듣는 중에 습명은 오금이 당겼다. 과연 평상시와는 달리 주작문 감문소의 안팎엔 감문위 수졸 수십이 서성대고 있었다. 습명과 익히 안면이 있는 주작문의 수문장이 다가왔다.

"내성 밖으론 나가지 마십시오. 전면 통제가 되었고 위험합니다."

외성이 전면 통제되었다는 말이다. 궁성은 왕과 그 인척들의 거처이고, 황성은 정청이자 조정 문무백관들의 일터이며, 내성은 고관대작들의 거처가 즐비하니 어차피 일반 백성들은 쉽게 들 수 없었다. 곧 개경 백성들의 발을 묶어버린 모양이었다.

"서경의 역도들이 외성에 있답니까?"

"그런 모양입니다."

수문장이 읍했다.

황성의 수문장들은 정칠품의 별장 급이었으므로 종팔품의 한림원 직원인 습명보다 품계가 높았으나, 문무가 갈렸고 왕명을 가장 먼저 받는 한림직 위상으로 인해 오히려 수문장이 습명에게 더 공손했다.

"일부가 왕도를 교란시키고 민심을 어지럽히기 위해 먼저 투입되었고, 서경에선 서북과 동북 양계의 군문을 비밀리에 모아들여 대대적인 모반을 획책하고 있다 하더이다."

말이 되는 얘긴가 싶었다. 그렇다면 감문위와 금오위 비상령만으론 불충분해도 너무나 불충분했다. 조정이 발칵 뒤집혀야 했다. 아니라면 적어도 궐내의 모든 일을 손바닥 들여다보듯 꿰고 있는 부식도 벌써 알고 있어야 할 일이었다. 부식을 바로 조금 전에 만나고 나온 습명으로선 이해할 수가 없는 수문장의 말이었다.

궐내 사정은 그렇다 쳐도 서경에서 돌아온 최봉심이 정지원의 답을 전한 게 불과 한식경 전이었다. 서경에서 그런 움직임이 있다면 최봉심이 눈치를 못 챘을까. 최봉심의 태도와 분위기에선 전혀 그런 조짐을 느낄 수 없었다. 최봉심이 서경에 가서 역모에 가담했고, 그래서 숨긴 것이라면 모르지만 정지원 외엔 서경에 연고라곤 없다던 최봉심이 그럴 가능성은 전무했다.

너무 느닷없고 황당무계해서 습명은 사정을 짐작조차 할 수 없었다. 어쨌거나 각 성문에 비상령이 떨어지고 금오위 전군이 움직이고 있다는 것만으로도 보통 일이 아니긴 했다.

"좀 멀긴 한데 혹시 재작년에 국자감 무학재를 수료한 최봉심을 아시오?"

습명은 최봉심의 집이 외성에 있는 걸 상기하고 물었다.

"최봉심? 대대로 무반을 이어온 최 씨 무벌의 자손입니까?"

"그러니 국자감 무학재에서 공부하지 않았겠소?"

"그런데 그는 왜……?"

"혹시 걱정되어 그러는데, 저녁에 약속이 되어 있으니 그의 내성 출입을 미리 알려놓을 방도가 있는지……."

"신분이 분명한 자들은 출입에 큰 어려움이 없을 것이나 걱정되신다면 내성의 감문들에 미리 연락을 취해놓겠소이다."

습명은 그쯤 해놓고 집에 돌아가서 봉심을 기다리기로 했다. 봉심이 오면 서경에서 정말 역모의 움직임이 있는지도 물어봐야겠다고 생각했다.

봉심은 오지 않았다. 저녁에 집에 들러 술 한잔 나누자고 했을 때 감사하다고 승낙했던 봉심이 아무런 연락도 없이 오지 않을 까닭이 없었다. 정지원의 일로 처음 만났을 때보다는 자신을 바라보는 눈길이 상당히 우호적으로 변했다는 것을 습명도 느끼고 있었다.

습명은 점점 불길한 기분이 들었다. 서경에서 역도들을 보내고 대대적인 역모를 준비하고 있는 게 사실이라면 이러고 있어도 되는가 싶기도 했다.

습명은 책을 읽으면서 좀 더 기다려 볼까 하다가 글자가 조금도 눈에 들어오지 않아 문을 열고 툇마루로 나갔다. 밖은 완전히 어두워져 있었다.

"오늘 외성에 나갔다 온 자 없느냐?"

습명이 큰 소리로 물었다. 잠시 후 힘써야 할 일은 도맡아 하는 짐쇠가 굽신거리며 종종걸음으로 다가왔다.

"소인이 쌀가마니 가지러 아까 낮에 외성 저자에 다녀왔는뎁쇼."

"그래, 별일없더냐?"

"별일 있었습죠. 금오위들이 쫙 깔려서 장이 일찍 파했고, 소인도 쫓기듯이 돌아왔습니다요."

"그게 다더냐?"

"서경에서 역도들이 들어왔고 금오위들과 칼부림이 벌어졌다고 수군대는 소릴 들었습니다. 겁이 덜컥 나서 부랴부랴 돌아왔습니다요."

칼부림이란 말에 습명은 자기도 모르게 오싹해졌다.

"직접 본 건 없느냐?"

"집집마다 문을 걸어 잠갔고 빈 길 위를 금오위들이 사나워져서 이리저리 말을 달리는데, 소인이 또 궁금해지면 못 견디는 성미라 어디들 가냐고 물었다가 욕설만 한 바가지 처먹었습니다요."

습명은 잠시 망연해졌다가 알았다고 짐쇠를 물렸다.

그래도 서경에서 역도들이 들어왔다는 것은 믿기지가 않았다. 다만 서경에서 뭔가가 오긴 왔고 봉심이 거기에 연루되었을지도 모른다는 불길한 짐작은 더해졌다. 습명은 안절부절못했다. 방 안으로 들어가지도 못하고 나가볼 수도 없어 툇마루에서 서성대기만 했다.

안절부절은 시간이 해결해 주었다. 밤이 깊어지면서 습명은 봉심을 기다려 보는 것 외엔 다른 할 수 있는 일이 아무것도 없다는 것을 받아들였다.

습명은 방으로 들어와 서탁에 책을 펼치고 앉았다. 무슨 책인지 알지 못했고 무슨 글자를 보고 있는지도 의식 못했으나, 그저 책에 눈을 둔 채 책장을 한 장씩 넘겼다. 글자가 눈에 들어오고 그 글자들의 조합이 만들어내는 내용과 뜻이 새겨지면 다행이고 아니어도 상관없었다. 밤새도록 책장을 한 장씩 넘겨보는 것도 괜찮을 것 같았다.

그러고 보니 오늘 밤엔 시간을 알려주는 종루의 종소리도 들려오지 않았다. 문득 한밤의 어둠과 침묵이 새삼스러웠다. 그 어둠과 침묵이 방 안까지 가득 들이찬 듯싶었고, 그 너머 아득한 어디선가에서 간간이 비명 소리가 들려오는 듯도 했다.

시간이 흐를수록 귀와 오감만 더 예민해지고 가슴은 쿵쿵 뛰었으며 머릿속은 텅 빈 듯하면서도 오히려 복잡해져 갔다.

습명은 결국 자세를 바로 고쳐 앉고 호흡을 가다듬었다.

들숨과 날숨 사이에 진리가 있고 목숨이 있으며 우주가 있다고 했다. 명상과 참선이 하는 일의 전부인 듯한 선승들의 얘기였다. 그 정도까진 아니어도 호흡을 조용히 주시하는 것만으로도 심신의 안정을 꾀하기는 어렵지 않았고, 습명이 원하는 것은 그것이었다.

습명은 눈을 감고 들숨과 날숨을 지켜보았다. 곧 눈을 뜨고 보는 세계의 일을 잊었다. 잊었다는 것도 잊었다. 눈을 감아야 보이는 세계 또한 그저 미망일 뿐이었다. 호흡만이 남았고 호흡만이 존재했다. 눈을 뜨고 보는 세계와 눈을 감아야 보이는 세계가 전혀 다르다는 것은 언제나 경이로웠고, 두 세계를 관통하는 것은 오로지 호흡뿐이었다.

"……!"

어느 순간, 소리 같은 느낌이 호흡을 흐트러뜨렸다. 그 느낌은 내부에서 온 게 아니었으므로 습명은 호흡에서 벗어나 문밖을 향해 귀를 세웠다. 소리는 더 들리지 않았지만 밖에 누군가가 있다는 느낌이 확연해졌다.

"밖에 누구 왔소?"

습명은 가급적 담담한 목소리를 냈다.

"접니다."

밖에서 잔뜩 목소리를 낮춘 대답이 들려왔다.

속삭이는 듯한 목소리였으나 습명은 가슴 한편이 쿵 내려앉는 소리를 들었다. 주저없이 문을 열어젖혔다.

어둠이 꽉 찬 마당엔 아무도 보이지 않았다. 그러나 목소리는 들렸다.

"많이 늦었습니다만… 불이 켜져 있기에 아직 안 주무시는 것 같아서……."

"봉심인가? 어디 있는가?"

습명은 눈을 끔뻑였다. 담벼락 쪽에서 마당으로 사람 그림자가 엉거주춤 움직여 오는 것 같았다. 최봉심이었다.

습명은 놀랐다. 의복 군데군데가 난자당한 듯 엉망이었고 시꺼먼 피딱지가 여기저기 덕지덕지 말라붙은 꼴도 꼴이지만, 봉심이 어떻게 올 수 있었는가가 언뜻 이해되질 않았다.

"혼자… 인가?"

봉심의 눈이 어둠 속에서 번들거렸다. 눈물이었다.

"혼자입니다. 저 혼자 왔습니다……."

목소리마저 울음을 머금고 있었다.

습명은 그때서야 일단 봉심을 안으로 들이고 봐야겠다는 생각이 들었다.

방 안에 들어와서도 한참 동안 봉심은 울음을 억눌렀다. 어렵게 진정하고 봉심이 전해준 얘기엔 습명도 전율할 수밖에 없었다.

6 삶과 죽음

　습명에게 지원의 답을 전한 봉심은 저녁이 올 때까지 좀 더 쉴 요량으로 집으로 갔다. 습명을 저녁때 다시 볼일이 있을까 싶었지만, 부식에게서 지원의 답에 대하는 새로운 전언을 갖고 올지도 몰라 거절하지 못했다. 지원과 관계된 일엔 작은 것도 무심할 수가 없는 봉심이었다.
　봉심은 내성의 서소문을 빠져 외성으로 나오는 중에 급급히 내달리는 금오위들을 보았고, 서경의 역도들이 잠입했다는 얘길 들었다. 봉심이 아는 한 서경에서 올 사람은 역도들이 아니라 지원이 작성한 서경 백성들의 탄원서를 가진 서 낭장 일행뿐이었다.
　봉심은 주저없이 금오위들이 움직여 가는 방향과 함께 움직였다. 외성의 서쪽에 걸친 지비산 쪽이었다. 지비산은 개경의 북쪽을 두른 송악산의 지붕이나 마찬가지였지만, 왕도에 속한 덕에 오랜 세월 동안 벌목이 금지된 관계로 산세에 비해 숲이 울창하고 깊었다. 그 지비산 기슭에서 거짓말 같은 칼부림이 벌어지고 있었다.

칼부림은 강렬하고 파괴적이었다. 서로 둥글게 등을 맞댄 예닐곱이 사방에서 노리고 드는 금오위들을 쳐내면서 하나처럼 움직여 가고 있었다. 예닐곱이 만든 원형진은 움직여 갈 길을 뚫기 위해서, 엄습해 드는 금오위들의 창검에 대항하기 위해서 쉴 새 없이 돌아가며 칼날을 번득였다. 원형진의 칼날이 번득일 때마다 어김없이 금오위의 포위망 한쪽이 허물어졌고, 피와 살이 튀었다. 비명과 신음이 뒤섞였고, 때때로 머리통이 따로 날거나 팔다리가 속절없이 떨어져 나뒹굴었다.

수적으로 절대 우위인 금오위들은 무너지는 포위망을 곧바로 채웠고, 압박을 멈추지 않았다. 도성에선 쉬지 않고 금오위들이 내달려와 말을 탄 자는 산 아래에서 말을 버리고, 다리로 달려온 자는 그대로 달려서 지비산의 기슭을 타고 올라 합류하니 금오위의 숫자는 오히려 점점 불어났다.

예닐곱의 원형진에 중심과 머리가 있었다. 그는 원형진에서 떨어져 나왔다가 붙었다가를 반복하면서 원형진의 공세와 이동을 지휘하고 있었다. 그가 떨어져 나올 때마다 반드시 금오위의 한쪽이 급격히 허물어졌다. 봉심은 멀리서도 그를 알아볼 수 있었다. 그는 서경 관아의 낭장 서길이었다. 그렇다면 나머지는 말할 것도 없었다.

어디선가 일이 아주 잘못된 게 분명했다. 그 사정은 아득했고, 피와 죽음은 당장 눈앞에서 벌어지고 있었다. 봉심은 피가 끓었고, 호흡이 곤란할 지경이었다. 자욱하게 끼쳐 오는 피비린내가 봉심의 그런 상태를 부채질했다.

봉심은 내달려서 지비산의 옆을 돌았다. 이미 지비산의 사방은 봉쇄되어 있었다. 봉심은 내달리면서 속삼을 뜯어내 두 눈만 남기고 얼굴에 칭칭 감았다. 다른 생각은 없었다. 오직 피와 죽음의 향연에 가담하고 싶은 본능 같은 충동뿐이었다. 여진을 향해 진작에 써먹었어야 할 충동이기도 했다.

산 아래를 지키고 선 일단의 금오위가 달려오는 봉심을 발견하고 소리쳤다. 봉심은 그들을 무시하고 곧장 숲 안으로 뛰어들었다. 숲에도 이미 살금살금 움직여 가고 있는 금오위들이 있었다. 봉심의 움직임은 거칠고 시끄러웠고, 그들은 봉심을 쉽게 발견했다.

얼굴을 가렸다는 사실이 금오위들을 자극시켰고, 봉심이 주저없이 칼을 빼게 만들었다. 서로 간 의사소통은 입이 아니라 창검과 칼로 이루어졌다. 금오위의 창검은 봉심의 앞을 막으려는 의지로 움직였고, 봉심의 칼은 그들을 뚫고 서길 일행에게 달려가고 싶어했다. 충돌이 없을 수 없었다.

봉심은 난생처음 다른 이의 생살을 베었다. 그것은 예리하고도 둔중했으며 휘떡이며 퍼득댔다. 놀랍게도 마치 자기의 살이 베이는 듯한 충격과 같았다. 봉심은 돌았다. 제정신이 아닌 상태가 되어 그 찰나간의 아찔함 속으로 미친 듯이 파고들었다.

허공을 베기만 했던 칼이다. 그 칼 앞에 허공 대신 사람들이 있었다. 일단 사람들을 베는 맛을 보자 허공과 사람은 큰 차이가 없었다. 칼도 미쳤고 봉심도 미쳤다.

"이… 이 새끼, 사람 새끼 아니다."

금오위들이 욕설을 내뱉으며 시야에서 급급히 물러섰다. 나무들도 급급히 비켜섰고 숲이 마구 길을 열었다. 봉심은 막아서는 숲을 쳐내며 내달렸다.

문득 숲에 어둠이 깃들었다. 어쩌면 벌써 어두워져 있었던 것인지도 몰랐다. 숲을 다급하게 움직여 가는 소리가 봉심을 이끌었다. 봉심은 그 소리와 만났다. 어둠과 피를 잔뜩 뒤집어쓴 서길 일행이었다.

봉심은 얼굴을 감은 천을 걷어내고 앞장섰다.

"저를 따라오십시오."

눈을 감고도 넘을 수 있을 정도로 지비산의 산세엔 훤했다. 도성 내의 산들은 하나같이 벌목과 출입이 금지되어 왔으나, 봉심에겐 어릴 적부터 놀이터나 마찬가지였고, 지비산도 예외가 아니었다. 어둠은 봉심에게 장애가 되지 못했다. 오히려 도움이었다.

금오위들이 밝힌 횃불은 밤하늘의 달빛보다 멀었다. 그들은 산과 어둠을 헤매고 있었다. 어쩌면 죽음과 어둠에 두려워진 마음을 서로 전염시키며 일부러 헤매는 척하는 것인지도 몰랐다.

봉심은 자기만이 와본 곳일지도 모를 지비산의 가장 깊숙한 지점에서 안내를 멈췄다. 어둠 속에서 아직 살기를 풀지 않은 눈들만 번들거렸다.

"밤을 도와 송악으로 넘어가야 합니다. 날이 새기 전에 송악을 넘으면 더 쫓아오지 못할 겁니다."

봉심이 말했다. 눈들이 흔들렸다. 서길의 눈만 흔들리지 않았다.

"그들은 이미 알고 우릴 기다리고 있었다. 우린 개경에 도착하기 전부터 서경 백성들의 심부름을 온 게 아니라 개경에 잠입한 역도들이 되어 있었어."

어둠 속에서 그의 눈 아래 칼자국이 실룩였다.

"우리가 돌아가면 필히 그들의 칼날이 서경을 향할 것이다. 탄원서를 전하지 못하는 한 우린 돌아갈 수 없다."

눈들이 더욱 크게 흔들렸다. 서길의 눈은 단호하게 초점을 고정시켜 흔들리는 눈들을 하나하나 다잡았다.

"그들은 서경의 탄원이 누구의 목줄을 죄는 것인지 알고 있고, 나랏님 눈앞에서 주저없이 군병을 동원하여 그것을 막으려 하고 있는 것이다. 그럼에도 서경에선 모른 척했던 것은 거꾸로 뒤집어씌울 준비를 이미 하고 있었다는 것과 같다. 우리는 죽어서라도 탄원을 전하고 알려야 한다. 그것이 서경을 구하는 길이고 또한 우리에게도 유일한 삶의 길이다."

아무도 대꾸하지 않았지만 눈으로 묻고 있었다. 어떻게?

"시전 장 어른 말씀대로라면 문하성의 좌상시 편에서 마중이 있어야 했다. 일은 그쪽에서 생긴 듯하다."

서길의 눈이 봉심을 향했다.

"정 진사의 개경 친구가 우리 앞에 온 것은 하늘의 도우심이다."

모두의 눈이 덩달아 봉심을 향했다. 봉심은 자기도 모르게 반걸음 뒤로 물러났다.

서길이 품에서 탄원서를 꺼냈다.

"자네에게 넘기겠네. 우리가 이목을 끌 테니 자넨 다시 산을 내려가게."
봉심은 저항했다.
"다른 방법은 없는 것입니까?"
"우리의 처지와 서경의 처지가 다르지 않네. 이게 전해지지 못하면 다 죽네."

봉심은 서길의 그 대답엔 저항할 수 없었다. 그러나 손을 내밀 수도 없었다. 도주로를 열어주려던 것 외엔 미리 생각해 둔 게 없는 봉심에게도 다른 방법은 없었다.

유독 한 쌍의 눈이 빛을 발했다. 봉심에게 내내 못마땅한 기색이었던 비슷한 또래의 청년무반 그였다.

"어쩌면 처음 봤을 때부터 오늘을 예감하고 자네가 싫었던 것일지도 몰라. 자네가 그걸 받지 않으면 죽어서도 저주할 거야."

봉심은 어둠을 사이로 그를 바라보았다. 그사이 탄원서는 서길의 손에서 봉심의 손으로 옮겨졌다. 봉심은 거부하지 못했다.

"이제 우리의 삶은 우리 손을 떠났다. 죽으면 다 같이 죽고 살면 다 함께 살 것이다."

서길이 어둠 속을 내달렸다. 세 명의 장년무반이 즉시 서길의 뒤를 따랐다. 두 청년무반이 잠시 멈칫거렸다. 봉심을 싫어한 청년무반이 봉심을 보고 어둠 속에서 이를 드러냈다.

"부탁한다. 자네를 잊지 않을 걸세."

두 청년무반도 이미 어둠 속으로 묻혀 들어간 일행의 뒤를 쫓아 사라져 갔다. 곧 그들이 달려간 쪽에서 비명이 터지고 고함이 뒤따랐다.

"역도들이 다시 준동한다!"

"저쪽이다! 달려라!"

어둠이 요동쳤다. 그 여진이 봉심에게까지 전해졌다. 봉심은 이를 악물었다. 그리고 서길 일행이 달려간 반대편을 향해 산의 거죽을 박찼다.

"그거… 지금 자네가 갖고 있는가?"

달리 말을 꺼내기 힘들어 한동안 침묵을 지키던 습명은 서경에서 온 탄원서로 어렵게 말문을 열었다. 봉심이 젖은 눈에 의혹을 띠고 습명을 쳐다봤다.

"문하성의 좌상시면 한안인을 말하는 것 같은데 그는 이미 끈 떨어진 연과 같은 신세네. 한안인의 아랫사람이라면 더 말할 것 없네. 아마 서경의 장어른이란 사람이 한안인의 줄과 통한 것 같은데 지금으로선 그 줄이 벌써 이자겸 쪽에 붙은 거나 다름없는 것 같네."

습명은 안타까운 빛을 숨기지 않았다.

"자네에게 그 탄원이 왕께 직접 통하게 할 다른 방도가 있는가?"

"저도… 어찌해야 할지를 모르고 있습니다. 그래서 나리를 찾아…….."

그것은 습명도 마찬가지였다. 하지만 서경 무반들의 이야기를 전해 들은 습명은 탄원이 품은 막중한 책임과 무게를 모른 척하기 힘들었다.

원래부터 한안인과 이자겸은 서로 못 죽여 안달인 사이였다. 그 절정은 선왕이 병사하고 현왕이 등극한 초창기 때였다. 선왕 때부터 조정의 실권을 장악하고 그 여세를 현왕까지 유지하려는 신진 관료파의 정점에 한안인이 있었고, 현왕에게 둘째 딸을 출가시킴으로써 화려하게 복귀한 이자겸이 왕실의 인척과 외척, 그리고 전통적인 훈구대신파의 정점에 있었다. 새로운 왕을 맞은 조정의 실권을 놓고 두 세력은 노골적인 충돌과 비밀스런 암투를 거듭했다.

열쇠는 선왕의 유지를 받들어 여진 정벌에 나선 윤관이 쥐고 있었다. 결과적으로 그것을 이자겸 일파는 알았고 한안인 일파는 몰랐다.

차츰 별무반이 흐트러지고 영이 산만하게 된 데엔 이자겸 일파의 장난질이 작지 않게 작용했다는 것을 적어도 부식 쪽은 알고 있었다. 그에 따라 여진의 저항이 거세지면서 선왕의 유지는 차츰 빛을 잃어갔다. 한안인 일파는 선왕의 유지를 내세우면서도 어떤 대책을 내놓지 못했고, 나중엔 윤관의 탄핵을 방치하다시피 했다. 왕은 윤관이 화병으로 죽기 전까지 다시 복직시키려 했으나 한안인 일파는 쳐다보지도 않았다. 한안인 일파는 빠르게 몰락했다.

현재 한안인이 가진 중서문하성의 좌산기상시란 직책도 낭사와 간관들의 우두머리일지언정 재상과 대신 급 아래였다. 그마저도 실권은 이자겸 일파의 우산기상시 채진에게 있었다. 서경의 탄원이 한안인의 손에 닿았다 해도 그에게 왕을 알현할 기회가 주어질지 의문이었다.

"그 탄원이 한안인 쪽을 통하려 했기 때문에 일이 더 커진 것이 분명한 것 같네."

습명은 자기 일처럼 걱정되었고 고민되었다. 주제넘은 걸 알면서도 어쩔 수 없었다.

"무슨 내용인지 혹시 내가 볼 수 있는가?"

봉심은 놀란 듯 습명의 얼굴을 살폈다.

"세세한 사정을 안다면 내게 방도가 찾아질지도 모르기에 하는 말이네."

"그래 주신다면……."

봉심은 대답은 그렇게 하면서도 서길에게서 건네받은 탄원문은 꺼내지 않았다. 대신 지원이 탄원문을 쓰게 된 과정과 배경을 본 대로 아는 대로 설명했다.

"그걸 정지원이 쓴 것인가? 그런 것인가?"

습명은 크게 놀랐다. 목소리가 떨려 나왔다.

"과연 그렇다면 우리 옥당을 통해보겠네. 한안인을 통하는 것보다는 훨씬 안전하고 확실할 걸세."

습명은 자기가 무슨 말을 하는지도 모르고 나오는 대로 뱉어냈다.

옥당(玉堂)은 한림원이었다. 곧 내시부와 함께 왕과 가장 가까운 곳이었다. 봉심이 탄원서를 품에서 꺼냈다. 어느새 눈물이 마른 봉심의 눈이 살기로 빛났다.

"이게 왕께 전해지지 않는다면 나리도 죽이고 저도 죽겠습니다."

습명은 퍼뜩 정신이 들었다.

봉심은 탄원서를 습명의 서탁에 내려놓고 넙죽 큰절을 올렸다.

"제 목숨을 걸고 부탁드립니다."

습명은 아득해졌다. 늦었다. 후회인지 두려움인지 알 수 없었지만 물리기엔 이미 늦어버렸다는 것을 알았다.

"죽어서도 나리의 은혜는 잊지 않겠습니다."

봉심은 엎드린 채 한동안 고개를 들지 않았다.

습명은 호흡했다. 엎드린 봉심의 뒤통수를 보면서, 서탁에 놓인 핏물 배인 서경의 탄원서를 보면서 들숨과 날숨을 바라보았다.

별일이란 건 없을지 모른다. 대단하거나 엄청난 일이란 것도 없을지 모른다. 그저 들숨과 날숨처럼 겪을 만한 일과 감당할 만한 일들이 오고 가는 것뿐일지도 모른다. 그 경계를 넘어버린 일이나 모자란 일은 인간사에 존재하지 않거나 오지 않을 것이다.

습명은 가까스로 놓쳐 버렸던 호흡을 되찾고 안정시켰다.

"내게 맡겨보게. 내가 해보겠네."

그때서야 봉심이 고개를 들었다.

"그럼 저는 아무래도 나리께 누가 될 것 같으니 이만 돌아가 봐야 할 것 같습니다."

습명은 봉심을 잡았다.

"내성은 어찌 들어왔는가?"

"지비산에 금오위들이 나가 있어서인지 성문은 닫히지 않고 불이 훤히 밝혀져 있었습니다. 수문의 관졸들이 조는 틈을 봐서 몰래 들어왔습니다."

"돌아갈 때도 그런 운이 따를 것 같은가?"

봉심은 운이 아니라 실력이라고 말하려다 말았다.

"자네는 적어도 오늘 밤은 여기서 보내는 게 더 나을 것이네."

습명은 스스로 놀랄 정도로 주도면밀해졌다.

"날이 밝기 전에 깨끗이 씻고 새 의복으로 갈아입은 후 햇볕을 받으며 당당하게 돌아가도록 하게. 자넨 서경에 다녀온 이야기를 나하고 밤새 나누고 돌아가는 것이네. 반드시 어젠 외성엔 나간 적이 없었던 것으로 해야 하네."

봉심은 습명의 말이 끝날 때까지 서탁의 탄원서를 뚫어지게 바라보다가 고개를 들었다.

"집어넣으십시오."

습명은 핏물이 말라붙은 탄원서를 집어 들었다. 비릿한 피 냄새가 훅 끼쳐 오는 것 같았다. 왼 소매부리 안으로 옮기니 왼팔이 어깨까지 묵직해지는 듯했다.

"그럼 저는 이만……."

봉심이 기어코 일어섰다. 습명은 퍼뜩 다른 생각이 들었다.

"자네 설마……."

"잘됐다고… 나리의 고마움을 그들에게 전해주어야겠습니다."

"자네, 제정신인가?"

"내일 아무 일 없었다는 듯 돌아가기 위해 여기서 오늘 밤을 보내는 게 제겐 제정신이 아닌 것입니다. 죄송합니다."

봉심은 쫓기듯이 방문을 열고 나갔다.

습명은 봉심을 잡을 수 없다는 것을 알았다. 봉심은 몇 발짝 만에 마당을 건너 숙련된 도둑처럼 담장에 올라탔다. 습명은 툇마루까지 따라 나가 봉심의 뒤통수에 대고 낮게, 그러나 분명한 어조로 부르짖었다.

"자네에게 일이 생기면 탄원이 내 소매 속을 벗어날 수 없을 걸세."

봉심이 담장 위에서 멈칫거리는 듯했다. 그러나 곧 담장 너머로 사라져 버렸다.

밤공기가 차게 느껴졌다. 습명은 방에 들어가지 못했다. 오늘 밤 잠을 이루긴 다 틀렸다는 것 외엔 확실한 게 아무것도 없었다.

7 오지랖

  부식의 눈이 탄원서의 위쪽에서 아래쪽으로 천천히 옮겨졌다. 눈을 따라 고개가 아래로 떨어졌다. 부식의 앞에서 부복한 채 눈치를 살피는 습명에겐 참으로 더딘 시간이었다. 아래로 내려가는 부식의 눈이 탄원서에 가려 보이지 않을 때쯤에야 습명은 숨을 쉴 수 있을 것 같았다.
  어느 순간 습명은 머리가 뜨끈해지는 느낌을 받고 고개를 들었다. 부식이 탄원서 위로 눈을 들어 습명을 가만히 노려보고 있었다. 습명은 찬물을 뒤집어쓴 것처럼 오싹해졌다.
  "모르지는 않았지만 자네 참 오지랖 넓군."
  습명은 황급히 머리를 조아렸다.
  학사승지 김황원에게 갈까도 했다. 그러나 역시 부식을 뛰어넘고 갈 수는 없었다. 불벼락은 이미 각오한 바였지만 온몸이 오그라드는 듯한 긴장감은 각오가 붙잡아 맬 수 없는 곳에 있었다.

"어제 일은 이것 때문이었어."

부식도 이미 어제의 일을 전해 들은 모양이었다.

"하지만 역도들은 따로 있었군."

습명은 놀라서 고개를 들었다.

부식이 탄원서를 흔들어 보이면서 노기를 띠었다.

"이게 사실이라면 서해도 안찰사 김덕과 그를 내세워 부린 자들이 곧 역도야. 왕명을 받아 글과 문서로 바꾸는 게 일인 한림원이 모르는 왕명이 어디 있는가. 일국의 신하로서 내려 받지도 않은 왕명을 빙자하는 것이 얼마나 큰 역모임을 모른단 말인가."

부식은 자리를 박차고 일어섰다.

"미친 것들이다, 이것들이!"

부식의 눈에서 불꽃이 튀고 입에선 노기에 찬 언사가 험악하게 쏟아졌다.

"이것을 막고자 나라의 군사를 사병 부리듯 하였단 말인가. 도대체 하늘 무서운 줄 모르는 미치광이들에다가 눈에 보이는 게 없는 패악무도한 자들이 아니냐. 이것들을 속아내 궁성 바닥에 패대기쳐서 왕명의 지엄함과 신하 된 자들의 도리를 바로 세우지 않는다면 무슨 낯짝으로 국권을 말하고 정사를 논할 수 있겠는가."

불벼락은 습명이 아닌 서경의 탄원이 있게 한 자들을 향하고 있었다. 그렇다고는 해도 놀랍고 벌벌 떨리기는 마찬가지였다. 습명은 부식이 저토록 노한 것은 처음 보기도 하였거니와 패대기이니 낯짝이니 하는 막말을 쏟아 낼 줄은 꿈에도 몰랐다.

부식은 문을 박차고 나갔다. 습명은 놀라서 황급히 따라 나가다가 급급히 다시 들어왔다. 부식이 다시 돌아왔기 때문이다.

"이것이 네 손에 전해진 경위를 다시 자세히 말하라."

습명은 머리를 조아리고 봉심과의 일을 아뢰었다. 부식은 씨근대면서 들었다.

습명은 아까는 의식적으로 뺐던, 탄원의 작성자가 정지원이라는 얘기를 보태 넣었다.

그때쯤에 부식의 거친 호흡이 뚝 멎었다. 습명이 덜컥 놀라서 고개를 들어 부식을 살폈다.

부식은 생각을 놓쳐 버린 사람처럼 가만히 서 있었다. 호흡마저 잊어버린 듯했다. 왠지 모르게 조금 전의 흥분을 후회하는 기색 같기도 했다.

"어르신……."

습명이 조심스럽게 불렀을 때에야 부식은 주춤주춤했다.

"계속하라."

습명은 뒷이야기를 마저 아뢰었다. 부식은 듣기를 마치고 입을 열었다.

"금오위를 움직여 탄원을 막으려 한 것으로 그자들이 왕명을 빙자한 혐의는 충분하고 분명하다. 나중에 누가 묻거든 서경에서 두 갈래로 탄원이 왔고 그 한 갈래가 우리에게 닿았다고 하라."

부식의 목소리는 한결 누그러졌고 호흡도 가지런해져 있었다.

"지난밤 한숨도 못 잤다니 이만 돌아가서 쉬고 있게. 부를 일 있으면 바로 부를 테니 어디 딴 데 가지 말고."

부식은 습명에게 당부를 남기고 방을 나갔다. 나가면서 한마디 더 했다.

"자네가 큰일을 한 것이네. 자네의 넓은 오지랖도 이번엔 쓸모가 있었어."

한림원 본전의 긴 대청마루를 돌아 사라지는 부식의 뒷모습을 보면서 습명은 꿈을 꾸는 듯한 기분을 느꼈다.

습명은 관복을 벗고 단출한 백삼으로 차려입은 뒤 동료들에게 알리고 퇴궐했다. 퇴궐 중에 귀를 세웠지만 궐내에선 어제의 일을 말하는 소리들이 들리지 않았다. 피로가 몰려왔다. 일단 한숨 자고 싶었으나 봉심에 대한 궁금함이 수면욕을 쫓았다. 습명은 통인을 보낼까 하다가 여러모로 맞지 않는 것 같아 직접 봉심의 집을 향했다.

봉심은 집에 없었다. 봉심의 이웃이 서경에 다녀온 뒤 잠시 쉬었다가 나가고는 아직 들어오지 않은 것 같다고 했다. 습명에게 지원의 대답을 전하러 나간 게 마지막이라는 얘기였다.

습명은 저자로 갔다. 말과 소문이 가장 빠르고 왕성하게 도는 곳이니만큼 뭔가 주워들을 게 있을까 싶어서였다. 과연 저잣거리의 장사치들과 행인들이 모일 수 있는 곳엔 삼삼오오 모여서 어제의 일을 수군대고 있었다. 습명은 방물을 구경하는 척하면서 귀를 세웠다.

"결국은 아무도 못 잡았다며? 역도들이 오긴 온 거야? 본 사람이 있다던가?"

"공연히 힘만 과시한 거 아닌지 몰라. 나는 군사들을 내 마음대로 부릴 수 있다, 그런 거."

"누가?"

"누구긴 누구야, 딸 잘 둔 자 얘기지."

"들을라."

"이런 제길, 딸 잘 둔 자가 어디 한둘인가."

습명은 천천히 걸었다.

"지난밤에 죽은 자가 삼십을 넘고 다친 자는 기백이라더군. 무슨 일이 있긴 있었던 거야."

"그런데도 역도를 단 한 명도 못 잡아? 금오위는 당나라 군대들이야? 아님 지들끼리 편 나눠 싸웠나?"

"어제 장사도 못하게 하고 그렇게 날뛰던 것들이 오늘 아침엔 하나도 안 보이고 싹 들어가 버린 걸 보면 역도들을 깨끗이 놓쳤거나 원래부터 없었거나 둘 중 하나겠지."

적어도 봉심이나 서경 무반들이 잡히지는 않은 것 같았다. 습명은 어느 정도 안도할 수 있었다.

궐 안의 일은 부식이 잘 처리할 것이다. 습명이 걱정하거나 우려하는 것부터가 불경일 것이다. 비로소 집에 돌아가 눈을 붙일 수 있을 것 같았다. 걸음이 빨라졌다.

"새벽녘에 귀신을 봤다고 눈이 뒤집히고 입에 거품을 무는 자들이 속출했다는 거야. 무슨 놈의 추격이니 싸움이니가 되겠나."

다시 습명은 발목이 잡혔다.

"역도들은 지비산을 타고 송악으로 넘어갔다는데 궁성의 뒤편을 탄 거나 마찬가지야. 나라님의 뒤통수를 밟고 도망친 꼴이지. 실로 간 큰 놈들이 아닌가."

"궁성 쪽은 병풍처럼 깎은 듯 아래로 내질렀으니 궁성 너머 북편으로 돌았겠지."

"송악을 타야 봉명산이나 천마산으로 들어갈 수 있으니 어쩔 수 없었겠지. 거기까지 넘어버렸다면 쫓기엔 불가능하지."

"귀신 얘긴 어찌 된 건가? 결국 아무것도 못한 금오위가 변명거릴 만들어 흘린 건 아닌가?"

"이런, 귀신을 봤다는 자들이 한둘이 아니라 속출했다잖아, 속출. 횃불이 제멋대로 꺼졌다가 붙었다가를 반복하고 얼굴은 없고 긴 머리카락만 가진 흰 사람 그림자가 금오위들 사이를 휘뜩휘뜩 날아다녔다는 거야."

"제, 젠장, 한밤의 산중에서 정말 그런 일이 일어났다면 제법 무서웠겠는걸."

"여자 귀신이었다는 건가?"

"귀신에 암수 구별이 중요한지 모르겠지만 정황상 여자 귀신인 듯하지 않은가?"

"암수 구별, 중요하지. 원래 귀신은 암놈이 더 섬뜩한 거거든."

시전의 장사치들이 만두를 파는 쌍화점 앞에 모여서 수군대고 있었다.

"하지만 이상한 점이 있어. 사람 놀래키는 재미로 나타나는 귀신이 무슨 재미를 보겠다고 창검을 쥔 군사 떼 사이에 나타났겠나."

"눈 뒤집히고 입에 거품 문 자들이 속출했다며? 그럼 한꺼번에 큰 재미 본 거 아닌가?"

"이런… 사람 말 좀 들어. 지금 누가 장난하자는가."

귀신 얘기는 쌍화점 주인의 입에서 나온 듯했다. 만두를 찌기 시작했는지 커다란 가마솥이 사방으로 김을 쏘아대고 있었다. 쌍화점 주인은 잠시 가마솥을 살피고 나서 역성을 냈다.

"무엇이 역도인가? 조정의 역도가 우리에겐 충신일 수 있고 조정의 충신이 우리에겐 역도일 수도 있는 거야. 이걸 보자고. 윤관 장군께서 돌아가신 뒤 한때 서경에서 반란이 일어날 거라는 소문이 돌았었는데, 실제로 그런 일이 일어났다 해도 과연 우리 입장에서 윤관 장군과 서경 백성들을 역도라고 할 수 있었겠는가?"

"자네 원래 서경 출신이었나?"

"객쩍은 소리 말고… 그러니까 자네 말은 무엇인가? 서경 역도니 여자 귀신이니 하는 이번 일이 윤관 장군과 관계 있을 수도 있다는 것인가?"

"장군께서 돌아가신 지 벌써 한 해가 넘었어. 하지만 몇 해가 넘든지 난 언제든 한 번 터질 거라고 보는 쪽이야. 뻔히 나라를 좀먹는 자들인 줄 모르는 사람이 없는데도 거들먹거리고 다니는 꼴들이 오죽 여전한가. 가슴을 치면서 장군의 죽음을 한하는 사람들이 지금도 부지기수일걸."

"바로 그거야. 이번에 잠입했다는 서경 역도라는 자들이 윤관 장군의 탄핵과 죽음에 불만을 품은 자들이고, 지난밤 금오위들이 봤다는 여자 귀신이 윤기령이라면 얘기가 어떻게 되겠나? 드디어 불만 세력들이 움직이기 시작한 게 아닐까?"

쌍화점 주인의 말은 파괴력이 있었다. 장사치들은 물론 가만히 훔쳐 듣던 습명마저 호흡을 멎게 만들었다.

"쉿, 그만 하세."

한 장사치가 습명을 보고 장사치들에게 눈치를 줬다. 장사치들은 습명을 힐끗거리며 흩어졌다. 쌍화점 주인은 가마솥 뚜껑을 들어 안을 살피며 습명을 못 본 척했다. 습명은 걸었다.

"만두 좀 들여가십시오. 밀가루가 더 안 들어와 당분간 장사 못할지도 모릅니다요."

습명은 돌아보았다. 쌍화점 주인이 습명을 보고 싱글거렸다.

"그래서 소를 듬뿍듬뿍 넣었습니다. 시작은 늦었어도 어디 두꺼운 밀가루 반죽일 뿐인 남만이나 송나라의 만두 따위가 얇은 피를 만들어 그 안에 갖은 야채와 고깃점을 다져 넣은 우리 고려 만두에 비하겠습니까."

"자네는 윤기령이 실제로 있는 사람이라고 보는가?"

습명의 물음에 쌍화점 주인은 영문을 모르는 사람처럼 되물었다.

"갑자기 윤기령이라뇨? 그가 누굽니까?"

습명은 쌍화점 주인이 당돌하게 여겨졌지만 내색 않고 다시 걸음을 걸었다. 좀 가다가 돌아보니 장사치들이 다시 흩어진 파리 떼가 모이듯 쌍화점 앞으로 모여들고 있었다.

8 처녀 귀신

윤기령.

그 이름은 모르는 사람은 아마도 없었다. 그러나 그 이름의 주인공을 직접 봤다는 사람 또한 아무도 없었다.

윤관은 슬하에 자식을 여섯 뒀는데 모두 아들이었다. 그런데 일곱이라는 얘기도 만만치 않았다. 윤기령은 거기서 생겨났다.

여섯이면 언인, 언순, 언암, 언식, 언이, 언민이었고, 일곱이면 언인, 언순, 언암, 이름 모를 자식, 언식, 언이, 언민이었다. 문제는 여섯에서 일곱이 될 때 네 번째에 끼어드는 이름 없는 자식이었는데, 그에 대해 아는 사람이 아무도 없었다. 그런 이유로 윤관의 넷째 자식에 대해서는 진작부터 갖은 소문이 무성했다.

대대로 손이 귀한 윤관의 가문이 윤관 대에 이르러 아들을 셋이나 낳는 경사를 보다가 네 번째에서 딸이 걸리자, 처음으로 찾아온 득남의 기세에 누가 될까 봐 대외적으로 딸의 출생 사실을 숨겼다는 것, 그 뒤로 과연 득남의 기세가 죽지 않아 아들을 셋이나 더 얻었으나, 굳이 아들을 많이 얻고자 하는 욕심에 딸을 희생시켰다는 세간의 평가를 의식해서 존재 자체를 아예 비밀에 붙여 버렸다는 것이 무성한 소문의 줄기이자 골자였다.

윤관의 가문에선 어느 누구도 그것을 확인해 준 적이 없지만, 그런 주장을 하는 자들은 이름없는 자식이 윤관의 가문 내에선 윤기령으로 불리며 아들 이상으로 대접받고 있고 아들 이상의 역할을 한다는, 직접 보고 확인한 듯한 내용까지 흘리고 다니길 주저하지 않았다.

심지어는 윤기령이 나머지 여섯 자식을 합한 것보다 뛰어나며, 그 행색은 관음보살의 현신과 같아 보는 이의 눈을 멀게 하고, 그 능력은 귀신과 같아 하지 못하는 것이 없고 이르지 못할 곳이 없다고 했다. 그쯤 되어서는 허무맹랑한 얘기라고 코웃음 치는 자들과 더욱 불확실해진 신비감과 호기심에 몸서리치는 자들이 갈렸으되, 그게 소문의 날개였다. 그럼에도 그 날개를 봤다는 자들은 아무도 나타나지 않았다.

그녀의 이름은 윤관의 죽음 직후에 잠시 실제처럼 살아났었다. 그녀가 어떤 형태로든 제 부친의 원을 풀고 목숨 값을 받아내고야 말 것이라는 소문이 세간에 파다했고, 그 소문이 궐 안까지 넘어 들어왔다. 단 한 번도 사실로 확인되지 않은 소문은 오히려 피부에 직접 와 닿는 불길하고 불안한 공포가 되었다. 윤관 탄핵에 앞장섰던 자들은 겉으로는 웃었지만 뒤를 두려워하는 기색을 감추지 못할 정도였다.

그러나 아무 일도 일어나지 않았고, 결국 윤기령에 관한 소문들은 단 한 번도 사실로 확인되지 않고 윤관의 죽음처럼 거의 잊혀져 버린 것이나 마찬가지가 되었다. 그런데 만두 장사의 입에서 그 이름이 다시 들먹여진 것이다.

습명은 왠지 모를 서늘함을 느꼈다. 윤기령에 대한 소문이 다시 도는 것은 죽은 윤관을 깨우는 것과 같았다. 그것을 원하는 자는 적어도 개경 조정엔 아무도 없었고, 습명도 마찬가지였다.

한림원은 왕명만을 내려 받을 뿐 정사에는 간여할 수 없었다. 그러나 왕은 한림원에 몸소 행차하여 모두를 모아놓고 동북구성 반환과 윤관 탄핵에 관한 의견을 물었다. 대세는 이미 반환과 탄핵 쪽으로 기울어 있었고, 왕은 마지막처럼 한림원의 의견을 구하는 듯 보였다.

한림원 승지 김황원의 눈치를 받은 부식이 머리를 조아려 아뢰었다.

무릇 자연에도 흥망성쇠가 있으니 인간사인들 예외가 되겠습니까. 나라의 일 또한 인간사의 확장이니 순리를 따름이 옳은 줄 아옵니다. 여진이 비록 야만 되고 분별없다 하나 영가(盈歌), 오아속(烏雅束)으로 이어지며 그 기세가 자못 새롭게 떠오르는 해와 같사오니 반드시 헤아려야 할 점이 아닌가 사료되옵니다. 통촉하시옵소서.

찬성이었다. 개인적으로는 윤관 탄핵과 동북구성 반환을 찬성하지 않았던 습명은 내내 우울해하다가, 윤관이 죽던 날엔 밤새도록 식은땀을 흘리며 악몽에 시달렸다.

 습명은 그날 밤의 악몽이 되살아나는 듯해서 몸을 떨었다.

 습명은 지난밤 지비산에 있었던 금오위들을 직접 만나 말을 들어볼 방법이 있을까 궁리했다. 서경의 무반들이 윤관과 관련한 역도라는 추측은 엉터리임이 분명했지만, 여자 귀신은 아무래도 말 만들기 좋아하는 자들의 헛소리로 치부해 버리기 힘들었다.

 윤관의 죽음 이후 조정의 대신들과 관료들이 가장 두려워한 건 민심의 폭발이었다. 윤관과 생사고락을 함께했던 별무반에 자식 하나쯤 보내지 않은 백성들이 없었기 때문이다. 행인지 불행인지 그런 일은 일어나지 않았다. 그게 어떤 면에선 더 좋지 않았다. 그것은 언제 터질지 모르는 화산 위에 집을 짓고 사는 것과 같았고, 조정의 대신과 관료들은 아직까지 누구도 그 불안감과 두려움에서 자유롭지 못했다.

 서경이 항상 감시받고 견제받는 이유가 거기에 있었다. 만약 민심의 폭발이 일어난다면 그 진원지가 서경일 것임을 아무도 믿어 의심치 않았다. 김덕을 내세운 왕명을 빙자한 자들의 소행 또한 결국은 조정 대신과 관료들의 불안감과 두려움의 반영일 것이다.

 윤관의 몰락을 만들어냈던 조정 대신, 권신들과 윤관을 가장 앞에서 지원했던 서경 간의 견제와 힘겨루기는 어쩌면 이제 시작일지도 몰랐다. 이때에 윤기령까지 소문으로 다시 살아난다면 어떻게 될지 알 수가 없었다. 가장 무서운 것은 민심의 향방이었고, 윤기령이란 이름은 폭발력이 너무 컸다.

습명은 되돌아서서 다시 쌍화점을 향했다. 쌍화점에 모였던 장사치들이 습명을 보고 또다시 흩어졌다.

"만두 좀 싸주게."

각오한 듯 말하는 습명의 태도였지만 쌍화점 주인은 천연덕스럽게 웃었다.

"그러실 줄 알았습니다요. 이 비싼 걸 아무나 사겠습니까요. 척 보면 탁이지요. 손님껜 특별히 계산보다 하나를 더 얹겠습니다요."

습명은 쌍화점 주인을 노려보았다.

"어젯밤 귀신 이야기는 어디서 들었는가?"

어지간해선 넉살을 잃을 것 같지 않던 쌍화점 주인의 얼굴이 굳었다. 습명은 그 얼굴에 가슴이 찔려서 말투와 태도를 늦췄다.

"추궁하자는 것이 아니네. 사실대로 말해준다면 내가 만두 값을 더 쳐주겠네."

"그러실 필요까진 없습니다만, 소인의 막내가 금오위 대정인데… 어제 밤새 고생하고 지금은 집에서……."

쌍화점 주인이 말끝을 흐렸다. 얼굴엔 불안감과 두려움이 가득했다.

조금 전 그 넉살은 어디 갔을까. 습명은 공연히 못할 짓을 하는 듯한 마음에 가슴이 찔렸다.

"함구령이 내렸다고 했습니다. 소인은 보잘것없지만 손 씨 집안 장남인데, 장남으로서 막내를 망칠 수는 없습니다. 그저 소인을 죽여주십시오."

급기야 쌍화점 주인은 굽신대며 울먹였다. 습명은 내심 이를 물었다.

"그럴 일은 없을 것이네. 사실인가 아닌가만 말해주게."

"거짓을 말했으면 제가 이러겠습니까?"

대정이면 가장 하급 무관이었지만 이십여 명의 관졸을 부리고 거느릴 자격이 있는 엄연한 무관이었다. 그가 장남인 쌍화점 주인에게 함구령 운운하면서 없는 말을 지어 했을 것 같진 않았다.

"이제부터라도 자네가 입조심을 하면 되지 않겠나?"

습명은 의식적으로 부드럽게 말하고는 소매에서 잡히는 대로 통보를 꺼내 쌍화점 주인의 손에 쥐어주었다. 통보를 받은 쌍화점 주인이 와중에도 마뜩찮아 했다. 선왕 때 별무반 창설과 양성을 위해 대거 만들어진 화폐는 백성들에게 인기가 없었고, 여전히 물물교환이 주류였다.

"만두는 놔두게. 먹을 사람이 없다네."

습명은 도망치듯 총총걸음을 걸었다. 무슨 일이 있어도 단 한 명의 백성에게라도 불편을 끼치지 않겠다는 스스로에게 했던 맹세를 깬 것 같아서였다.

어쨌든 여자 귀신은 사실이었다. 하지만 실제 귀신이 있을 리 만무했다. 만두 장수처럼 거기에 윤기령을 넣으면 말이 될지도 몰랐다. 윤기령은 단 한 번도 실재로 확인된 적이 없는 귀신과도 같은 존재였다.

지비산의 여자 귀신 이야기를 듣는다면 누구라도 그녀를 되살려 기억해낼 수밖에 없을 것 같았다. 금오위의 함구령은 벌써 쌍화점 주인의 막내를 통해서 깨졌다. 무관이 그럴진대 군졸들의 입은 얼마인가. 금오위에 속한 사역군을 제외해도 정군이 육천이었다. 그들의 가족과 일가친척의 입까지 보태진다면 그 숫자를 헤아리기 어려울 것이다. 습명은 여자 귀신과 윤기령을 말하는 무수한 입과 입에 둘러싸인 착각을 느끼며 쫓기듯이 걸었다.

"좀 쉬었는가."

부식은 돌아와 있었다. 습명은 결국 집으로 가 쉬지 못하고 다시 입궐해버렸으나 거짓을 말할 수도 없어 그저 고개를 숙여 보였다.

"내색하지 않으셨지만 왕께서도 몹시 진노하신 듯하더군."

부식은 뭔가에 감명을 받은 얼굴이었다.

"궐내에 눈이 너무 많다고 나를 걱정해 주셨네. 바로 하면 뵙고 나온 내가 의심받을지 모르니 김덕 소환장은 내일 작성해 올리기로 했네. 결자를 받아왔으니 자네가 작성하면 될 것이네."

잘된 것 같았다. 습명은 마음이 한결 가벼워졌다.

"그토록 든든하고 듬직하실 줄은 나도 미처 몰랐네. 그저 따르고 섬기기만 하면 형통인 군왕을 모신 신하의 편안함과 기쁨이 무엇인지 오늘 비로소 알았다고나 할까."

부식의 눈매가 가늘어졌다.

"김덕이 소환되어 오면 대대적인 조사가 벌어지겠지. 몸을 낮추고 기어야 할 자들이 속출할 거야."

부식이 원한 바는 그것인 듯했다. 다만 속출이란 말에 습명은 퍼뜩 여자 귀신을 떠올렸다.

"실은 외성에 나갔다가 이상한 소리를 들었습니다."

부식이 뜨악해했다.

"외성엘 나가다니? 어젯밤 한숨도 못 잤다고 해서 가서 다시 부를 때까지 쉬라 하지 않았던가?"

"최봉심이 걱정되어 안부를 확인해야 눈을 붙일 수 있을 것 같아서……."

"그래서?"

습명은 서경의 탄원문을 본 부식이 김덕이 왕명을 빙자한 내용 외에는 관심조차 보이지 않았음을 상기했다.

"최봉심은 찾을 수 없었습니다. 그래서 지난밤의 얘기나 들어볼 겸 해서 저자엘 들렀습니다. 금오위는 어땠는가 궁금하기도 하고 민심도 살필 겸 해서……."

"자네 요즘 활약이 몹시 눈부시군. 잠도 안 자고. 드디어 그 넓은 오지랖이 만개하는 것인가?"

습명은 낯이 화끈거렸지만 참아내면서 쌍화점 주인이 말한 처녀 귀신 얘기를 했다. 그 귀신이 정말 윤기령이라면 윤기령에 관한 무수한 소문 중 결혼과 남자에 관한 것이 없었으니 처녀 귀신일 것이다.

부식은 이놈이 무슨 말을 하는가 하는 얼굴이더니 이내 어이없다는 듯 허허 웃고 말았다.

"이거 참, 자네의 오지랖이 귀신에게까지 닿았다니, 이쯤 되면 자넬 존경한다고 해야 하나……."

"요는 백성들이 그 처녀 귀신을 윤기령이라고 말한다는 것입니다."

부식의 웃음이 멎었다.

"백성들이 지금에서 예전의 그때처럼 윤기령을 말한다면 그 파급이 어떨지 상상하기 어렵습니다. 그것은 죽은 윤관 장군을 다시 깨우는 것과 다르지 않을 것입니다."

"기령이……."

부식이 더듬거렸다.

"그녀가 서경 무반들의 도주를 도왔단 말인가……."

부식의 신음이 깊었다. 생각 이상으로 적지 않은 충격을 받은 모양이었다.

습명은 이상함을 느끼고 부식의 태를 살폈다. 부식의 어투에서 흡사 윤기령을 아는 듯 말하는 느낌을 받았기 때문이다. 정말 그렇다면 그것만큼 놀라운 일은 또 없을 것 같았다. 윤기령이 실재한단 말인가.

부식은 이를 데 없는 심각한 얼굴이 되어 혼자 중얼거렸다.

"김덕을 방어하고자 함이었겠지만, 결과적으로 윤관 탄핵에 가장 앞장섰던 자들을 치는 모양이 된 일에 정지원이 탄원서를 짓고, 서경 관아의 무반들이 심부름을 자청했으며, 그 뒤를 기령이 받쳤다……. 말이 되긴 되는구나."

습명은 부식의 한마디 한마디를 받아먹는 것처럼 멍하게 입을 벌렸다.

"그런데 그 탄원서를 왕께 전하게 된 자는 본의 아니게 다른 누구도 아닌 나. 이것은 무슨 뜻인가? 이게 무슨 뜻이란 말인가?"

부식은 이내 허허허, 웃었다. 흡사 울음소리 같기도 해서 언뜻 실성한 듯했다. 습명은 겁이 덜컥 나서 부식을 쳐다보았다.

부식은 실성한 듯한 웃음을 멈추지 않았다. 얼굴을 일그러뜨리고 웃어대는 부식의 눈가에 언뜻 물기 한 점이 비친 듯도 했다.

부식은 아예 윤기령의 존재를 인정하고 있었다. 그리고 그 등장에 습명과는 전혀 다른 충격을 가누지 못하는 듯했다. 습명은 놀람을 넘어 정체와 부피를 알 수 없는 어떤 거대한 전율에 휩싸였다.

9 인연

　대동은 예성과는 또 달랐다. 송악 너머 개경의 북편을 가르며 강화로 빠지는 예성강을 보노라면 젖줄이란 말을 실감할 수 있었다. 강을 따라 하구의 벽란도에서 개경 어귀까지 이르는 기나긴 상점의 행렬과, 끊임없이 오가는 상선들은 예성강의 강물을 젖 삼는 아기들이나 다름없었다. 비하면 대동강은 그저 저 혼자 유유히 흐를 뿐인 고고한 태초의 물줄기인 듯했다. 그러면서도 느긋하게 서경의 한가운데를 지나는 품새가 또한 서경을 아우르고 어루만지는 듯했다.
　습명은 알 수 없는 감동을 느꼈다. 예성이 어머니라면 대동은 아버지랄까. 모성과 부성은 비교할 수 있는 게 아니지만, 감동이 다를 수밖에 없듯 습명은 일찍이 예성에서 느끼지 못했던 대동의 감동에 뻐근하게 빠져들었다.
　부식의 목소리가 감동을 깨웠다.

"그렇다면 나는 기왕에 정지원이를 진작 봤을지 모른다."

　부식은 습명에게 서경을 다녀오라면서 그렇게 말했다.
　놀라운 말이었다. 부식과 정지원 사이에 진작 어떤 운명의 끈이 연결되어 있었고, 그것이 이제야 작동하는 느낌이 있었으나 물을 수도 확인할 수도 없었다. 습명이 윤기령을 말하고 난 다음에 정지원을 봤다고 하는 것도 도대체 이해할 수 없었다. 다만 정지원과 윤기령, 부식을 잇는 어떤 끈이 있는 모양이라고 어렴풋이 짐작해 봤을 뿐이다.
　부식은 김덕과 관계한 조사가 제대로 이루어져 왕명이 그 지엄함을 떨치면 탄원서의 작성자가 지원임을 왕께 아뢰고, 그의 개경 임관과 입궐을 건의할 것이라고도 했다. 습명은 정지원을 향한 부식의 갑작스런 태도 변화 역시 이해할 수 없었지만 나쁘게 보진 않았다. 바라던 바라고 할 수는 없었어도 정지원의 급제 시문을 접했을 때부터 그에게 호감이 더 강했던 습명이다.
　습명은 정지원의 시를 나직이 읊조렸다. 대동강을 눈앞에 두었으니 참으로 적절하다 싶었다.

雨歇長堤草色多

送君南浦動悲歌
大洞江水何時盡
別淚年年添綠波
비 개인 강둑 풀빛 짙푸른데
임 떠나보낸 남포에 슬픈 노래 흐르네.
대동강 물이 언제나 마를쏜가.
해마다 이별의 눈물들 더하는 것을.

소름이 돋았다.
부식은 찬란하도록 아름답게만 여겨지는 지원의 시에서 왠지 모르게 요사하고 귀기스런 느낌이 난다고 했다. 하지만 습명은 탄복을 금치 못했다. 정지원의 시는 잔뜩 점잔을 빼며 사물을 겉으로만 훑는 기존의 시문과는 완전히 궤를 달리하고 있었다. 그 안에 직접 뛰어들어 가 있었고, 거기서 전혀 새로운 것을 끄집어내고 있었다. 충격과도 같았고, 습명은 당분간 붓을 들지 못할 것 같은 예감에 사로잡혔으며, 실제로 그 이후론 단 한 줄의 시문도 짓지 못하고 있었다.

하늘은 잿빛이었다. 날도 잿빛이 되어갔다. 대동의 강물도 어느새 잿빛으로 깊게 가라앉은 듯했다. 시야가 점점 개운하지 않았다. 대동이 한 마리 거대한 회룡(灰龍)이 되어 연신 잿빛 숨결을 토해내는 듯했다.

문득 잿빛 안개비였다. 미세한 잿빛 입자들이 끝 모를 무한 공간인 듯 아득하게 휘돌면서도 촉촉하고 차가운 실제의 물방울이 되어 끊임없이 살갗에 달라붙어 왔다. 습명은 한 번도 와본 적이 없는 딴 세계에 든 듯 몽롱하게 젖어들었다.

"다녀왔습니다."

습명은 소리를 따라 고개를 돌렸다. 먹빛 장포를 입은 사내가 뒤에서 머리를 주억거리고 있었다. 그의 장포에 달라붙는 잿빛 물방울은 결국 투명했다.

"계신 걸 알았으니 바로 찾아뵐 것이라 하였는데 굳이 괜찮으시다 하여 모셔왔습니다."

습명은 그가 자기를 수행해 온 한림원 소속의 통인임을 뒤늦게 알아보았다. 습명은 현실로 돌아왔다.

통인의 뒤에 낯선 사내가 서 있었다. 사내는 안개비 앞으로 나서지도 않았고 속으로 파묻히지도 않았다. 마치 가장 적절한 위치에 선 것처럼 안개비와 어울린 채 가만히 습명을 바라보고 있었다. 통인이 한쪽으로 비켜섰다.

흡사 안개비가 모여들어 만들어낸 듯한 사내가 나직하게 말했다.

"날씨가 좋습니다."

습명은 다시 몽롱해졌다.

"그렇구려."

"서경의 말학 정지원이라 합니다."

사내는 정지원이었다. 습명은 뒤늦게 가슴이 뛰었다.

"아, 이 사람은 한림원에서 미숙한 붓질을 놀리고 있는 정습명이라 하오이다."

습명은 부식의 말이 다시 들리는 듯했다.

"같은 정 씨라고 좋아 지내지 말고 할 말만 전하고 오라."

습명은 부식이 서경까지 따라와서 감시를 하는 것 같은 기분이 들었다.

지원이 발을 뗐다. 천천히 습명의 주위를 돌 듯 걸었다. 습명은 지원의 움직임을 눈으로 따라가다가 한쪽에 비켜서 있는 통인에게서 눈을 멈췄다. 습명의 눈길을 받은 통인이 고개를 숙여 보이고 아래로 내려갔다.

지원은 을밀대의 북편에서 걸음을 멈췄다.

"사방이 트여 있어 서경을 한눈에 내려다볼 수 있는 곳입니다. 그래서 사허정(四虛亭)이라고도 합니다."

지원은 습명을 돌아보았다.

"저는 이곳을 서경의 눈이라고 생각합니다."

습명은 지원이 말문을 열어주어 고맙긴 했지만, 무슨 말부터 시작할까 궁리하느라 정작 지원의 말이 귀에 잘 들어오지 않았다.

"서경의 눈은 사방으로 열려 있는데 저는 그렇지 못합니다. 봉심에게서 들었습니다. 도와주신 것, 감사하게 생각합니다."

봉심이 구원자가 되었다.

"아, 최 무장이 서경에 있소?"

"김덕이 소환되고 난 다음날 돌아왔습니다. 탄원을 갖고 갔던 무관들과 함께요."

습명은 놀랍고도 감사했다.

"모두… 무사하오?"

"행색이 사람 꼴이 아니었고 크고 작은 상처투성이어서 놀라지 않은 사람이 없었지만, 다행히 심각한 부상은 없는 듯했습니다."

"정말 다행이구려. 진심으로 최 무장과 그들을 걱정했었소."

습명은 진심이란 말까지 보탤 건 없었다고 후회했지만 이미 늦었다.

"뒤에서 도와주시지 않았다면 저도 제 눈의 좁음을 한탄하며 큰 상처를 입었을 것입니다. 아무 한 것도 없는데 덕분에 이번에 많은 공부가 되었습니다."

"감당하기 어렵소이다. 실은……."

생각보다 빨리 때가 왔다. 습명은 호흡을 멈추고 쫓기듯이 말했다.

"서경의 탄원은 우리 한림원의 시독학사 어른께서 거두어 왕께 올리셨소이다."

"아, 그랬군요!"

지원이 탄성을 내질렀다. 습명은 됐다고 생각했다. 부식의 언질이 떠올랐다.

"다만 그 사실은 정 진사만 알고 계시고 다른 이들에겐 결코 알려선 안 된다고 하셨소."

왜 그래야 하는지는 습명도 몰랐다. 지원도 궁금해하는 것 같았다.

습명은 한꺼번에 몰기로 했다.

"학사 어른께선 정 진사를 동산처사 곽 어른의 거처에서 본 적이 있는 것 같다고도 하셨소. 알고 보니 정 진사와 당신께선 서로 인연이 멀지 않은 것 같으니 개경에 오거든 꼭 한 번 들러달라 하셨소."

할 말은 다 했다. 습명은 지원의 반응이 걱정되면서도 홀가분했다. 정지원을 말하던 부식의 목소리가 다시 들렸다.

"이제 알았다. 서경의 한미한 출신인 정지원이 무슨 자격으로 국자감에 들었나 했더니 동산처사의 천거가 있었을지도 모르겠구나. 왕께서 스승처럼 모시는 분의 천거라면 국자감 따위가 어떻게 받아들이지 않을 수 있었겠는가. 내가 한때 동산처사의 산문을 드나들 때 보았던 그 꼬마가 정지원이 맞는다면 그것이 틀림없을 것이다."

그때의 부식은 뭔지 모를 열기에 휩싸인 듯도 했다.

"하지만 서경의 한미한 집안에서 태어난 떠돌이 소년이 왕사(王師)인 동산처사의 집에 묵게 된 것부터가 더욱 놀라운 일이 아닌가. 나는 그것이 더 놀랍구나. 정말 놀라워."

습명은 급기야 미친 듯이 웃어대던 부식을 떠올리며 지원을 살펴보았다.
지원은 동산처사의 거처에서 부식이 보았다는 말을 부정하지 않았다.

사실인 것 같았다. 그러나 습명이 미처 예상 못한 말을 했다.

"탄원이 올려진 경위를 혼자만 알아야 한다면 저도 모르는 것으로 하겠습니다. 모르는 일이므로 시독학사께는 감사함을 전하지도 못하겠습니다."

습명은 당황했다. 지원의 말뜻을 알 수가 없었다. 지원은 잠시 사이를 두었다가 말을 이었다.

"또한 나중에 개경에 가더라도 일부러 그분을 찾아뵙는 일은 없을 것 같습니다. 저는 한림원의 시독학사와 저의 인연에 대해서 생각해 본 적이 한 번도 없었다는 것도 아울러 전해주셨으면 감사하겠습니다."

지원의 말투는 완곡했으나 사실은 분명한 뜻을 드러낸 거부 의사였고, 습명은 적잖은 충격을 받았다. 꿈속에서도 부식을 기억해 본 적이 없는 습명으로선 비록 과시 수석 급제자이긴 하나 아직 정식 관직을 받지 못한 일개 서생이 대놓고 부식의 전언을 뭉개 버릴 줄은 짐작조차 못했다. 서경에 올 때까지, 서경에 와서도 부식의 전언을 씹고 또 씹었지만 쉽게 꺼내지 못했던 것은 부식의 갑자기 바뀐 태도를 납득하지 못했기 때문이지, 지원에게 거부당하거나 무시받을까 봐서는 아니었다.

"묘하다. 그는 나하고 아주 가까운 곳에 있었다. 그것을 나는 지금까지 모르고 있었다. 그는 어떨까 몹시 궁금하구나."

부식의 궁금함은 풀렸다. 그러나 그대로 전하기는 힘들 것 같았다.

지원은 더 말이 없었다. 습명은 왜 그리 쉽게 부식의 전언을 받아들이지 않는지 묻고 싶었으나 묻지 못했다.

안개비는 심해졌고 사허의 사위가 몽롱해지고 있었다. 습명은 돌아갈 일이 꿈만 같게 여겨졌다.

10 서경 사람

"개경은 어떻던가?"

김덕 호송에 서경 관의 몫으로 동행했던 판관 지인환이 개경에서 돌아와 자리가 만들어졌다. 부유수 이존형이 묻자 지인환이 무겁게 답했다.

"며칠 지켜보았습니다만, 김덕의 삭탈관직 정도로 마무리될 듯합니다."

여기저기서 탄식이 터졌다. 이존형은 잠시 눈을 감았다가 뜨고는 재차 물었다.

"유수 어른은 만나보았는가?"

"만날 수 없었습니다. 들리기로는 왕께서 유수님을 불러 김덕의 월권과 방약무인을 서경 유수란 자가 몰랐더냐고 준엄한 꾸짖음을 내리셨다는데, 유수 관직 유지 여부에 관해선 듣지 못했습니다."

이존형은 김덕 건과 달리 유수 이위 건엔 당황을 드러냈다.

"강조 유수사 시절의 잠깐을 제외하곤 서경엔 공백이 없었다. 서경은 이제 어찌 되는 것인가?"

그 물음엔 아무도 대답하는 자가 없었다. 답답하고 불안한 그림자가 정청에 드리워졌다.

지인환이 끄응 소리를 내고는 다시 아뢰었다.

"북방 사정에 밝은 김덕이 서경까지 들어서 역도 색출을 주장한 건 오히려 나라를 위한 충정으로 보아야 한다는 신료들의 간언이 줄을 이어 강조 때의 서경 반역지지론(叛逆之地論)의 악몽이 되살아나는 듯했습니다. 소관이 돌아올 때쯤엔 김덕의 삭탈관직이 월권과 왕명의 빙자가 아닌 서해도를 돌면서 뇌물을 수수한 소행 탓으로 몰리고 있었습니다. 개경 조정에서 왕건 국조께서 유훈으로 남기신 서경 근본지지(根本之地)를 말하는 신료들은 이제 눈을 씻어도 찾아볼 수 없었습니다."

정청이 술렁였다. 주로 서경 토착의 낭관들이 많았으므로 뭔가 터져 나올 듯했다. 이존형은 눈을 감아버렸다.

백여 년 전에 강조가 왕을 시해하고 새 왕을 옹립했을 때 서경엔 한차례 위기가 있었다. 거란이 강조의 반역을 구실로 쳐들어 내려왔고, 강조는 거란에 죽임을 당했으며, 그 이후 한동안 서경은 반역의 땅으로 낙인찍혔다. 그때처럼 노골적이지는 않아도 서경의 위기는 그에 못지않게 꽤 깊어지고 있는 듯했다.

"개경이 그런 줄 몰랐단 말이시오?"

무반들의 자리 상석에 앉은 낭장 서길이 지인환을 쏘아보듯 했다. 지인환은 서길이 나선 것을 오히려 다행으로 여겼다.

"개경에 잠입했다 도망친 서경 역도들에 관한 얘기는 없었소?"

"그렇지 않아도 서 낭장의 노고를 상기해 두드려 보았는데 모두 금시초문인 듯했네. 묻어버리고 가기로 한 것 같았네."

서길의 얼굴에 비웃음 같은 미소가 어렸다.

"그들도 내심으론 편치 않을 거요. 어쨌든 서경의 탄원은 왕께 닿았고 김덕의 목은 날아갔으니까."

지인환은 고개를 끄덕였다.

"직접 뵙진 못했지만 개경의 대신들이 아무리 그래도 왕의 뜻은 서경 근본지지에 있을 것이네. 무엇보다 국조의 유훈이 아니겠는가."

"지 판관의 말씀이 참으로 옳소."

서길은 지인환에게 맞장구 치고 무관들을 아울렀다.

"서경은 언제나 그래 왔듯 왕의 뜻을 헤아리고 따르는 일에 흔들림이 없으면 그만이다. 그것이 서경의 자랑이자 긍지임을 한시도 잊어선 안 될 것이다."

무관들이 일제히 읍을 해 보였다. 그것은 개경의 서경 반역 지지론자들에게 보내는 강력한 항의이자 경고의 표시 같기도 했다. 사록과 서기들 중엔 개경에서 파견된 자들이 더러 있었다. 오늘의 말은 반드시 개경에 전해질 것이다.

이존형이 눈을 떴다.

"며칠째 농무인가?"

이존형이 물었다. 분사이부 낭중 조종식이 아뢰었다.

"열흘이 되어가는 듯합니다."

이존형이 한숨처럼 탄식했다.

"날씨마저 서경의 앞날을 말하는 듯하구나."

자리는 파했다. 정청을 나오면서 지인환이 서길을 눈짓으로 청했다. 서길이 다가왔다. 근 열흘째 계속되고 있는 지독한 안개는 서경 관아의 깊숙한 곳까지 기어들어 와 있었다.

"개경 조정에서 얼핏 윤관 장군의 살생부에 관한 얘길 들었네. 아는 바가 있는가?"

지인환의 음성은 은밀하고 심각했다. 덩달아 서길의 얼굴도 굳었다.

"장군의 살생부라는 건……?"

"처음 보는 자였는데 서경에 장군의 살생부가 있고, 그것이 곧 개경에 닿을 것이라는 소식을 들었다고 말하는 자가 있었다네."

서길이 어이없어했다.

"그런 게 있다면 나도 보고 싶구려. 어떤 자였소?"

"문하성의 간관인 듯했는데, 얼굴이 희고 이목구비가 가는 것이 영 사특해 보였네."

"그런 자가 어찌 서경을 안다고 그런 말을……."

지인환의 안색이 무거워졌다.

"서경을 노리는 다음 암수가 이미 준비되어 있는 듯한 느낌을 받았다네.

의논할 사람이 서 낭장밖에 없어 말하는 것이네."

서길은 잠시 침묵을 지켰다가 입을 열었다. 안개에 젖은 얼굴의 칼자국이 유달리 선명했다.

"어쩌다가 서경에 판관으로 오셔서 고생이 심하시지만, 서경은 항상 떳떳했다는 것을 이젠 잘 아실 것이오. 어떤 암수든 떳떳함을 뚫지는 못할 것이오."

지인환이 무겁게 신음하며 고개를 끄덕였다.

"부유수께서 끈 떨어진 연과 같은 신세가 되셨으니 우리가 잘 모셔서 서경을 안정시키는 데에 힘을 보태세."

"그대는 아주 훌륭한 판관이시오."

서길은 잠깐 웃었다가 곧 굳은 얼굴이 되어 총총히 안개 속으로 사라져 갔다. 지인환은 한동안 움직이지 않았다.

관아를 나온 서길은 시전 장 노인의 집을 찾았다. 장 노인의 집엔 봉심이 머물고 있었다. 봉심은 안개가 자욱이 밀고 들어온 장 노인의 집 뒤뜰에서 칼을 휘두르고 있었다. 봉심이 발끝을 차고 칼날을 번득일 때마다 안개가 헝클어지고 흐트러졌으나 물러서지는 않았다. 봉심은 사방의 안개를 상대하듯 이리 베고 저리 찌르기를 자유자재로 했다.

서길은 안개 속에서 봉심을 훔쳐보는 눈을 발견했다. 올해 열여섯인 장 노인의 손녀 향이었다. 향이는 뒤뜰 장독대 사이에서 얼굴만 빼꼼히 내놓고 있었다.

안개를 사이에 두고 서길과 향이의 눈이 만났다. 향이가 서길을 보고는 혀를 삐죽 내밀어 보이고는 안개 속에 숨어버렸다. 그제야 기척을 느꼈는지 봉심의 동작이 멎었다.

"상처는 다 나은 모양이군."

봉심은 서길을 보더니 퍼뜩 놀라고는 얼굴이 붉어졌다. 수련 모습을 보인 것이 부끄러운 듯했다.

"언제 오셨습니까?"

봉심은 칼집에 칼을 넣으며 허리를 숙여 보였다.

"서경에서 관직을 받을 생각은 없는가?"

봉심의 눈이 서길의 얼굴에서 멎었다.

"가능합니까?"

"개경에 알리기만 하면 될 거야. 미안한 말이지만 무관 직은 돈 몇 푼으로도 살 수 있고 개경 조정에 자네의 거취를 챙길 사람이 많을 것 같진 않군."

바야흐로 다시 동반, 문벌의 시대였고 서반에 대한 관심도는 낮았다. 국자감에서 강예재를 없애자는 소는 잊을 만하면 이어졌고, 오로지 무만 닦는 자들은 찾아보기 힘들었다. 서반은 결코 동반이 될 수 없었으나 동반은 언제라도 서반을 겸할 수 있었다. 동반이 곧 양반이었고, 서반은 반쪽 자리에 지나지 않았다. 그 반쪽마저도 온전한 것의 반쪽이 아닌 부스러기 같은 반쪽이나 다름없었다.

"서경 관직 생활을 생각해 본 적은 없지만 개경이 정 떨어진 것만은 분명

합니다."

"그래, 자네는 개경보다 서경에 더 어울리지."

서길은 씩 웃었다.

"더구나 이미 자넨 서경을 위해 큰일을 하지 않았는가. 그런 걸 우린 엮였다고 하지. 자넨 서경에 엮인 거야."

봉심은 부정하지 않았다. 서경에 엮이고 지원에게 엮였다. 결정은 어렵지 않았다.

"말직이라도 자리를 만들어주신다면 감사히 받겠습니다."

"엄연히 국자감 강예재 출신인데 분사병부 대정으로 시작함이 옳지 않겠는가. 그렇게 될 걸세."

서길은 앞마당으로 향했다. 봉심은 따랐다.

"내달부터 녹봉이 나올 테니 따로 거처를 마련해도 될 것이네만, 여기 장 어른의 집이 근방에선 가장 크고 넓으니 자네만 불편하지 않다면 문제는 없을 듯싶네."

"장 어른께서도 그렇게 말씀하긴 하셨습니다만 공짜 밥과 잠은 역시 편칠 않습니다."

안개 속 어딘가에서 코웃음이 날아왔다.

"돈 내면 되지."

봉심이 당황해서 두리번거렸다. 서길은 속으로 웃었다.

"할아버지는 어디 계시냐?"

서길이 부러 큰 목소리로 물었다. 발소리가 급히 앞마당 쪽으로 멀어지면서 앙칼진 목소리가 들려왔다.

"누구 할아버지요? 누가 나한테 할아버지가 있다고 그래요?"

봉심은 서길과 함께 장 노인의 집을 나왔다. 서길은 시전을 둘러보고 있는 장 노인을 보러 가고 봉심은 나루터로 향했다. 서경 임관을 지원에게 알려야 할 것 같아서였다.

"형님, 어디 가시오?"

왈짜패 둘이 봉심을 아는 척하며 달려왔다. 시전의 왈짜패들은 봉심이 개경을 다녀온 뒤로 봉심을 형님이라고 부르며 꽤 친한 척을 했다. 겉으로 보나 실제로나 그들의 나이가 더 많았기 때문에 불편하기도 하고 귀찮기도 했다.

"남포."

봉심은 짧게 대답하고 걸음을 빨리했다. 왈짜패들이 따라붙었다.

"함께 가오."

"우리가 길잡이 하겠소."

봉심은 걸음을 멈췄다. 왈짜패들도 덩달아 멈춰 서며 궁금한 얼굴들로 봉심을 쳐다봤다.

"말로만 형님인가, 아니면 진심으로 형님인가?"

봉심이 묻자 왈짜패들이 주춤했다. 그러나 이내 헤헤거리며 봉심에게 달라붙었다.

"둘 다요."

"우린 처음부터 형님의 상대가 못 된다는 걸 진작 눈치 채지 않았겠소.

그러니 갈데없는 우리의 형님이 맞소."

봉심은 잘랐다.

"그럼 말 들어라. 따라오지 말 것."

봉심은 멍청해져 버린 두 왈짜패를 남겨두고 나루터로 향했다.

"개경 양반, 어디 가시는가?"

"영광의 상처는 다 아물었는가?"

짐과 손님들을 기다리던 나루터의 사공들이 봉심을 보고 분분히 모여들었다. 봉심은 서길의 말을 들은 것을 잠시 후회했다.

"이런 날씨엔 노련한 사공이 있어야 강을 나갈 수 있을 걸세. 내 배를 타게."

"이런 제길, 노련한 사공들이 죄다 이번 안개 속에 실종되어 버렸다던가, 자네가 노련한 사공이게? 입에서 술 냄새가 가실 날이 없는 저자의 말은 듣지 말고 내 배를 타게, 개경 양반."

봉심은 강물만 남기고 모든 것을 덮어버린 듯한 자욱한 안개를 바라보았다. 강을 따라 걸어가는 것도 괜찮겠다는 생각이 들었다.

"저는 이제 서경 사람입니다."

봉심은 그렇게 말하고 걸음을 뗐다. 사공들이 그저 눈을 끔뻑거리며 봉심을 쳐다보았다.

봉심은 후회하지 않기로 했다. 봉심은 누가 뭐래도 이제 서경 사람이었다.

11 보답

　대동강은 안개 속에서 잠든 듯했다. 안개도 고요했고 대동강도 고요했다. 강물이 흐르기를 멈춰 버린 듯도 싶었다. 어디선가 이따금씩 찰박이는 소리가 들리는 건 물고기들 탓일 것이다.
　안개는 코를 타고 들어오면 촉촉한 물방울이 되었다. 마치 코를 통해 폐부로 물을 들이마시는 것 같았다. 내뱉으면 다시 안개가 되었다. 봉심은 발끝을 조심하지 않았다. 시야가 막혔을 땐 발이 눈보다 정확했다. 조심해야 할 것은 눈이었다. 눈이 착각을 일으키면 발도 흐트러질 것이다.
　안개 속에서 검은 그림자들이 모습을 드러내면서 봉심의 걸음 속도만큼 가깝게 다가왔다. 강변을 점령한 뽕나무들이었다. 그사이 꽤 걸은 모양이었다. 안개 속엔 시간도 없었다. 가까워지면서 제 색깔을 드러내는 널찍한 젖은 뽕잎들이 유난히 짙푸르렀다.

葉養天蟲防雪寒
枝爲强弓射犬戎
名數草木眞國寶
莫剪莫折誡兒童
잎은 누에를 길러 추위를 막아주고
가지는 강궁을 만들어 오랑캐를 쏠 수 있다.
비록 하나의 초목이지만 참된 나라의 보물이니
자르거나 꺾지 말도록 아이들에게 가르치도록 하라.

서경에 뽕나무를 끼고 있는 집들이 유독 많고 대동 강변에도 뽕나무가 널린 까닭을 물었더니 서길이 알려준 시구였다. 윤관 장군이 일곱 살 때 서경에 와서 지은 시라고 했다.

뽕나무를 나직이 읊조리며 걷던 봉심의 발끝이 흐트러졌다. 눈에 이상한 것이 들어온 까닭이었다.

그것은 뽕나무와 함께 서 있었다. 그것은 뽕나무 옆에 가만히 서 있었으면서 강 쪽을 바라보고 있었다. 그리고 봉심이 발견했을 때 소리없이 고개를 돌려 봉심을 돌아보았다.

여자.

여자는 안개 속에서 형체가 흐릿하면서도 선명했다. 선명한 것은 봉심과 마주친 두 눈뿐인가. 봉심이 눈에 힘을 주었을 때 여자는 안개 속으로 거짓말처럼 사라져 버렸다. 그 자리에서 안개가 되어버린 듯도 했다.

순간 옆구리가 불에 지진 듯 화끈거렸다. 봉심은 크게 놀라며 몸을 틀고 비켜섰다. 안개보다 훨씬 새하얀 무엇이 봉심의 옆구리를 베고 지나간 것이었다. 봉심은 눈을 부릅뜨고 거칠게 칼을 빼 들었다. 옆구리에서 시작된 예리한 통증이 전신을 난자하듯 퍼졌다. 뜨끈하고 끈적끈적한 무엇이 옆구리를 적시며 하체로 슬금슬금 스며드는 촉감은 통증과는 또 별개였다.

약속없이 등 뒤쪽에서부터 안개가 갈라져 왔다. 봉심은 벼락처럼 돌아서며 전방을 열십자로 갈랐다. 안개 한 덩이가 따로 떨어지며 훌쩍 봉심을 뛰어넘었다. 봉심의 왼 어깨에서 피가 튀었다. 봉심은 이를 악물고 몸을 뒤집어 안개덩이의 중심에 칼끝을 찔러 넣었다. 안개덩이가 흩어졌다. 그저 안개일 뿐이었다.

엉뚱한 곳에서 새롭게 안개덩이가 나타나더니 곧장 봉심을 향해 줄달음쳐 왔다. 봉심은 성난 기합을 내지르며 칼을 앞세우고 안개덩이에 맞부딪쳐 갔다. 안개덩이보다 예리한 선과 줄기들이 먼저 봉심의 전신에 닿아왔다. 그것은 눈에는 보이지 않는, 몸과 피부의 예지였다. 봉심의 눈은 단지 한줄기 무지개의 환영을 보았을 뿐이다.

무수한 선과 줄기를 이룬 예기가 봉심의 온몸을 그물처럼 뒤덮었다. 그것들은 곧 봉심의 몸을 모조리 통과해 버렸다.

봉심은 전신 살갗이 점점이 터져 나가는 듯한 아찔한 충격을 받으며 뒤로 밀렸다. 아니, 튕겨진 것이라고 해야 옳았다. 봉심을 뚫고 지나간 예리한 느낌의 한가운데엔 뒤늦게 거대하고 육중한 반탄력이 있었다. 봉심의 두 발은 중심을 잃었고, 몸은 속절없이 뒤로 밀려났다. 뽕나무 한 그루가 봉심이 뒤로 나자빠지는 것을 막았다. 뽕나무 기둥에 등이 처박히는 고통은 차라리 감미롭고 시원했다.

봉심은 더 움직이지 못했다. 곧 상상조차 하지 못했던 고통이 닥쳐 왔다. 저절로 입이 벌어졌다. 오장육부가 경직되면서 폐부가 공기를 거부했고 기도가 오그라들었다. 호흡이 막혔고, 입은 더더욱 크게 벌어졌다. 그것은 봉심의 의지가 아니었다. 봉심의 의지는 아무리 힘들고 고통스러워도 그것을 표정으로 드러내지 않을 정도는 되었다. 그러나 여자가 준 고통은 봉심의 의지 훨씬 윗길에 있었다.

여자가 조용히 봉심의 앞에 섰다. 봉심은 고통에 몸부림치면서 눈을 치켜뜨고 여자를 노려보았다. 호흡이 막힌 몸은 덜컥덜컥 경련했고, 여자는 봉심의 시야에서 마구 흔들렸다.

봉심은 온몸이 터져 나갈 듯한 압박에 진저리를 쳤다. 머릿속은 이미 쾅쾅쾅 소리를 내며 요란하게 터지고 있었고, 시야엔 여자도 안개도 사라지고 아찔하게 폭발하는 빛 무더기뿐이었다. 경직되던 오장육부가 미친 듯이 요동쳤다. 오장육부의 비명이 기도를 쳤다. 기도가 터지고 폐부가 터졌다. 오장육부의 비명이 봉심의 입 밖으로 터져 나왔으나 소리가 되지 않았다. 봉심은 허리를 뒤로 꺾으며 자빠졌다. 오장육부가 꼬이는 것인지, 꼬였던 것이 풀리는 것인지 봉심의 몸은 저절로 뒤틀렸다.

들숨이 갑자기 코와 입으로 밀고 들어왔다. 날숨은 없었다. 들숨만 몇 차례 반복적으로 더 일어났다. 봉심의 몸은 땅바닥에서 활처럼 휘어 올라 경련하다가 숨이 넘어갈 즈음에 기적적으로 날숨을 내뱉고는 축 늘어졌다.

폭발은 더 이상 일어나지 않았다. 들숨과 날숨도 순서대로 이루어졌다. 여전히 몸은 움직일 수 없었지만 눈은 움직일 수 있었다. 피를 너무 많이 흘렸음인가. 이대로 죽어가는 것인가. 이상하게 몸이 편안해진 듯했다. 봉심은 땅에 드러누운 채 눈을 움직여 여자를 찾았다. 여자는 그 자리에 그대로 서 있었다.

여자는 무심했다. 감정과 마음이 느껴지지 않았다. 그저 혼자 서서 눈앞에 아무것도 두지 않은 것처럼 봉심을 쳐다보고만 있었다. 봉심과 눈이 마주치자 여자는 그 자리에서 흩어지듯 사라져 버렸다.

안개가 흔들렸다. 봉심은 안개에 섞여오는 야릇한 향기를 맡았다. 그 향기는 치자꽃 내음처럼 강한가 하면 목단 향처럼 미미하기도 했다.

봉심은 여자의 얼굴을 떠올렸다. 아무것도 떠오르는 게 없었다. 안개처럼 모호하기만 할 뿐이었다. 여자는 야릇한 향기만 남겨두고 사라졌다.

아니었다. 봉심의 뇌리를 가득 채운 안개 속에서 선이 움직이고 있었다. 그 선은 봉심의 수준으로는 실현 불가능한 움직임을 그리면서 계속 반복되었다. 봉심은 그것이 자기를 공격했던 여자의 동선이라는 것을 깨달았다. 그것이 왜 뒤늦게 선명하게 그려지는지는 알 수 없었다.

안개 속에서 환각 같은 발자국 소리가 들려왔다. 두런두런한 목소리도 뒤따랐다.

"잉어만큼 예쁜 물고기가 또 있을까? 난 뻐끔거리는 잉어의 입술을 보면 거기에 내 입술을 맞추고 싶어지더라고."

"까닭이 있을 거다. 처녀의 입술과 잉어의 입술을 혼동할 수밖에 없는 보다 근본적이고 처절한 까닭이."

"자네들은 아닌가?"

"나로 말할 것 같으면 개구리의 희고 매끈한 안쪽 다리가 훨씬 더 끌리더군."

"그것은 식욕이다. 음탕한 식욕."

"토끼의 풍만한 앞가슴은 어떤가?"

"아무도 자네들에게 금욕을 강권한 적이 없다는 걸 잊어선 안 돼. 자네들의 선택이었을 뿐이지 않은가."

이상할 정도로 선명한 목소리와 발소리가 점점 가까워지는가 싶더니 봉심의 지척에서 멎었다. 봉심은 머리 위쪽에서 걸음을 멈춘 발들을 보았다. 하나같이 짚신을 신고 있었다. 짚신이 더 가까이 다가왔다.

"죽음인가?"

"눈에 빛이 있다. 아직 죽지 않았어."

얼굴들이 모이며 봉심을 내려다보았다. 젊고 생기에 가득 찬 얼굴들이었다.

"죽어가는 것인가?"

"살아나는 중인 것 같기도 하지 않은가?"

"이래저래 쉽게 만져서는 안 되는 상태 같다. 수한이를 부를까?"

수한이? 백수한? 봉심은 속으로만 반문했다. 그리고는 모든 것이 희미해져 버렸다.

"하늘, 땅, 사람의 올바른 위치는 어디인가. 하늘, 사람, 땅인가, 하늘, 땅, 사람인가?"

"천지인(天地人)은 위아래 따지기 좋아하는 자들의 고민없는 배열에 지나지 않는다. 천인지(天人地)가 합당하다."

"그것 또한 눈에 보이는 대로 배열한 것이 아닌가?"

"보이는 대로 보는 것이 어쩌면 가장 정직하다. 보이고 들리고 느껴지는 오감의 세계 또한 그대로 진리다."

"천인지가 합당하다면 인이 천지간의 중심이라는 것인가, 아니면 천지간의 피조물이라는 것인가?"

"피조물이라면 천지인의 내림이 맞지 않을까?"

"인이 없었을 때에도 천지는 있지 않았겠는가."

"인으로써 인이 없는 천지까지 헤아려야 할 필요가 있을까?"

봉심은 수런거리는 대화를 들으면서 눈을 떴다.

"인이 천지인의 중심이라는 것은 인의 입장일 뿐이니 천과 지의 입장으로 옮겨가면 중심도 함께 따라가지 않겠는가."

"무릇 인의 본성에 천지가 들어 있다 했으나, 천지에 인의 본성이 있다는 얘긴 들어보지 못했다. 그렇다면 역시 중심은 천지를 다 품은 인이 아니겠는가."

"그것은 오히려 인이 천지의 본성으로 만들어진 피조물이라는 증거가 아닌가?"

"인이 가운데 두어짐이 맞다. 글자에서 배울 일이다. 무(巫)와 왕(王)이 같은 글자다. 둘 다 하늘, 사람, 땅을 하나로 연결해 주는 위대한 자라는 똑같은 의미를 갖고 있다. 과연 가운데에 인이 있지 않은가."

무슨 귀신 씻나락 까먹는 소리들인가 싶어 봉심은 고개를 옆으로 돌렸다. 둘러앉은 사내들의 뒷등이 보였다. 아담한 황토방이었고, 봉심은 자기가 구석자리에 뉘여 있다는 것을 알았다.

"언제 산으로 갔는가. 내려가자. 그렇다면 천지를 품은 인간의 본성이란 무엇인가?"

"그대로 천과 지라고 하지 않았는가."

"그 천과 지가 우리가 매일 올려보는 하늘과 내려다보는 땅을 말하는 것인가?"

"그 하늘과 땅은 이름일 뿐이다. 이름을 서로 바꿔도 아무 상관 없고 그런다고 뒤집어지지도 않는다."

"위로도 끝 모르고 아래로도 끝없는 무한이 곧 천지의 본모습이 아닐까?"

"그건 백 세를 넘기지 못하는 인간도 무한하다는 주장인가?"

"인간은 자네와 우리뿐만이 아니다. 언제부터 인이 천지와 함께했는지는 알 수 없으나 그 이후로 인간은 단 한 번도 소멸한 적이 없었다. 내가 너로 태어나고 네가 나로 태어나면서 끊임없이 이어지니 한 인간의 생멸을 따지거나 인간끼리 서로 구별과 경계를 짓는 건 가소롭고 무의미하며 하찮기 그지없다. 길어야 백 년은 인간의 수명이 아니라 바로 그런 하찮은 구별과 경계일 뿐이다."

"우리가 또 산으로 가고 있는 건 아닌가?"

"생멸의 너머를 말하고 있는 것이다. 천지와 인의 본성 또한 적어도 그 너머에 있지 않겠는가."

듣기 괴로웠으나 너무나 진지한 태도들이어서 봉심은 가만히 있었다. 기침이 나온 건 고의가 아니었다. 대화가 뚝 멎었다. 그리고 일제히 봉심을 돌아보았다.

"저는 아무것도 한 게 없습니다. 찬 데 놔두는 것보단 따뜻한 곳이 나을 것 같아 친구들이 옮겨온 대로 놔뒀을 뿐입니다. 허락이 없었기에 오히려 걱정했습니다."

모두를 밖으로 물리고 봉심의 옆에 앉은 백수한이 말했다. 봉심이 몸을 일으키려는데 수한이 제지했다.

"눈을 뜨셨어도 한식경 정도 가만히 누웠다가 일어나시는 게 나을 겁니다."

수한의 희고 깨끗한 얼굴엔 한 점의 잡티도 없는 것 같았다. 봉심은 인간 세계에 저렇게 생긴 남자가 살았던가 싶었다. 목소리도 물 흐르듯 낭랑하고 맑았다.

"귀인을 만나신 듯합니다. 일어나서 움직여 보시면 전과 많이 다름을 느끼게 되실 것입니다."

봉심은 이해하기 힘들었다. 봉심은 이상야릇한 향기에게 공격당했고 난자당했을 뿐이다.

"허리와 왼 어깨의 상처를 제외하곤 기운의 타격입니다. 막히고 폐쇄된 혈들에 타격을 입었기 때문에 아마 고통 또한 꽤 크셨을 듯합니다."

강예재에서 기와 혈과 호흡에 관한 공부가 없었던 것은 아니었다. 하지만 혈을 제외한 기와 호흡은 중요하게 취급하는 분야가 아니었고 추상적이었다. 일종의 심법이자 의식의 수련 분야였고, 가르치는 선생들부터도 잘 모르는 듯 성의와 깊이를 느낄 수 없었다. 혈도 공격점과 타격점을 지칭하는 급소로써 주로 다루어지고 있을 뿐이었다. 봉심은 수한의 말을 더욱 이해하기 어려웠다.

"평소 고기를 많이 드십니까?"

수한이 물었다.

북방의 양 키우고 소 키우는 여진이나 거란을 상대하고 박살 내려면 그들보다 고기를 더 먹어줘야 한다는 신념을 가진 봉심에겐 대답하기도 귀찮은 질문이었다.

"인간에게 살을 바치기 위해 목숨을 빼앗겨야 하는 짐승들을 생각해 보십시오. 때가 아닐 때 목숨을 빼앗겨야 하는 모든 짐승들은 골육에 사무치는 한과 고통을 갖게 됩니다. 그들의 살을 먹는 것은 곧 그 한과 고통도 함께 먹는 것과 같습니다. 우리의 몸과 살 또한 그들과 다르지 않아서 그들의 한과 고통까지도 그대로 흡수하게 됩니다."

수한의 눈 그림자가 일렁였다.
"강제적인 죽음으로 생겨난 한과 고통을 축적한 몸 또한 이미 병든 몸이고 죽어가는 몸입니다."
봉심은 스스로 이상할 정도로 수한의 말을 또박또박 새겼다. 정말 고기를 먹어서는 안 될 것 같았다. 육식의 신념이 갑자기 어디로 가버린 것인지 알 수 없었다.
"결국 귀하가 만난 귀인께선 귀하에게 극한의 고통을 줌으로써 귀하의 몸에 쌓인 한과 고통을 상당 부분 해소해 놓았습니다. 비록 칼로써 살갗과 혈들을 마구 저며놓은 것일 뿐이라고 말씀하실지 모르겠지만, 귀하의 몸 상태를 살펴보고 그런 의도를 발견할 수 있었기에 기운의 타격이라고 한 것입니다. 기운이란 결국 마음의 움직임이니까요."
알 듯 말 듯했다. 다만 몸은 전에 없이 편안했다. 속이 깨끗하게 비워져버린 것 같기도 했다. 그 여자가 무슨 짓을 하긴 했다는 것을 알 수 있었다. 백수한의 말대로라면 도움을 준 것이라는 얘기였다.
"귀하를 이렇게 만든 분은 귀하에게 큰 도움을 준 것입니다. 어떤 분인지 몰라도 이런 식의 도움이라면 대단한 분인 것만은 틀림없습니다."
과연 그랬는가 싶었다. 그러나 한 번 더 도움을 준다면 사람 잡을지도 모를 일이었다. 봉심은 어이가 없기도 했으나 부정할 수 없었다. 이미 몸이 그것을 말해주고 있었다.
뿐만이 아니었다.
눈앞에서 선이 그려졌다. 그녀가 안개 속을 움직이던 그 동선이었다. 동선은 계속 반복적으로 움직이면서 봉심에게 따라 해보라고 요구하는 것 같았다. 봉심은 왠지 그렇게 움직일 수도 있을 것 같다는 생각이 들었다. 그렇게 움직일 수만 있다면 지금까지 칼을 휘둘러 온 것은 애들 장난이 될 게 뻔했다.

문득 국자감 유학재 녀석들이 지원을 귀신 붙은 놈이라고 쉬쉬하면서 멀리했다는 얘기가 떠올랐다. 서경 사람들이 지원을 신동이라고 불러대는 것이 예사롭지 않게 다가왔던 느낌도 새로웠다. 왠지 그 여자가 지원과 관계가 있을 것 같은 예감이 강했다.

수한이 봉심의 어깨에 손을 얹었다가 일어서서는 밖을 나갔다. 수한의 손에서 전해진 것인 듯한 따뜻한 온기가 어깨에 여운처럼 남았다가 온몸으로 나른하게 퍼지는 것을 느끼면서 봉심은 눈을 감았다. 눈 밖으로 밀려 나온 왠지 모를 눈물이 제멋대로 양쪽 눈가를 타고 흘러 귀를 축축하게 적셨다.

12 살생부

　그것은 정확히 개경 한복판에 내걸렸다. 긴 장대 끝에 대롱대롱 매달린 채 아침 해를 받으며 모습을 드러낸 그것은 깨끗이 잘린 사람의 수급이었다.
　다른 곳도 아닌 왕도의 한복판에선 일어날 수 없는 일이었고 일어나서도 안 될 일이었다. 더구나 수급의 임자가 이자겸의 사람인 행랑도감의 부사 도은희로 밝혀지면서 개경 전체가 발칵 뒤집혔다.
　죽은 자의 직책과 살아생전 행적으로 인해 처음엔 주점과 반점들을 포함한 개경의 점포들과 시전 상인들이 지목을 받았다.
　관내 점포들을 관리하는 명목으로 행랑도감의 갈취가 극심했던 것은 그간의 공공연한 비밀이었다. 알면서도 쉬쉬할 수밖에 없었던 것은, 도은희를 비롯한 행랑도감의 관리들이 이자겸의 사람들이기 때문이었다. 그럼에도 상인들과 점주들 중 누군가가 사람을 사서 도은희의 목을 땄을 거란 추측이 일단은 가장 앞섰다.

하지만 그런 일이 벌어지면 가장 먼저 상인들과 점주들이 견디지 못할 게 뻔한데 계산에 밝은 그들이 제 무덤을 팠겠느냐는 반론이 점점 더 설득력을 얻어갔다. 실제로 많은 상인과 점주들이 잡혀갔고, 개중 대다수가 반병신이 되도록 물고를 받았지만 도은희의 목을 잘라 내걸었다는 자는 물론 사주했다는 자 또한 밝혀내지 못했다.

이자겸이 형부의 낭관과 아전들의 무능에 분노하여 몸소 몽둥이질을 가했다는 소문이 궐을 넘었다. 가장 위에서 내린 몽둥이질 한 대가 가장 아래까지 내려오면 수천 대로 불어난다는 군벌세계의 속칭 몽둥이내림 전설이 보태지면서 개경의 공기는 날로 흉흉해져만 갔다.

금오위 군병들은 물론 전시나 그에 준하는 경우에 발동하는 신호위와 좌우위 군사들까지 예사로 저자를 오갔다. 도은희의 죽음이 몰고 온 위협이 조정의 권신들을 향한 것인지 개경의 백성들을 향한 것인지 분간이 어려웠다.

밑바닥에선 얼마 전에 왔다가 사라진 서경 역도들과 그들의 도주를 도운 처녀 귀신의 얘기가 진작부터 망령처럼 돌아다니고 있었다. 아무도 그 처녀 귀신이 누구라고 말하지 않고 단지 처녀 귀신이라고만 했다. 그럼에도 소문이 돌고 돌아 궐내에까지 기어들어 온 것은 곧 처녀 귀신이 누구를 지칭하는 것인지 모르는 자가 없다는 것과도 같았다.

윤기령은 불안과 두려움과 공포를 부르는 존재로 다시 살아나고 있었다. 아무도 윤기령이란 이름을 입에 올리지 못하는 것은 또한 그 이름을 올리는 순간 목이 달아날지도 모른다는 두려움과 공포의 공유이기도 했다. 습명이 우려하던 것 이상이었다.

"모두 비켜서라."

무관들과 군병들이 바쁘게 한쪽 방향으로 뛰어가고 있었다. 그들의 화급한 표정이 또 무슨 일이 터졌음을 보여주고 있었다.

습명은 가슴이 쿵쾅거리는 소리를 들었다. 설마…….

설마는 과연이었다.

상서성 이부의 이부시랑 전길서의 집이었다. 전길서는 관직의 승진과 이동을 실질적으로 조정하는 이부의 실력자로서 이자겸 측근 중의 측근이었다. 윤관 탄핵 후 대거 시행된 관직 이동과 개편에서 전길서는 이자겸의 뜻을 충실히 받들어 올릴 자는 올리고 내릴 자는 가차없이 쳐 내려서 이자겸의 권력 기반을 확실히 다진 전력이 있었다.

죽음이 노리는 방향이 분명해졌다.

달려가는 무관과 군병들을 따라 습명이 현장에 닿았을 때엔 전길서의 시신이나 수급을 볼 수는 없었다.

전길서의 집 앞마당이었다. 시신을 치운 지 얼마 되지 않았는지 전길서의 부인으로 보이는 중년 여인이 실성한 듯 울부짖고 있었다.

그녀가 울부짖는 내용으로 상황을 대충 짐작할 수 있었다.

전길서가 몸이 좋지 않아 아랫것을 보내 미리 알리고 천천히 입궐을 할 생각으로 누워 쉬고 있었는데, 탕약을 준비해 들어가니 목이 없어진 채 누워 있더라는 것이다. 없어진 목은 담장 위에 놓여 있었던 모양으로, 담장의 기와에 핏자국이 흥건했고, 그 아래는 접근하지 못하도록 새끼줄이 쳐졌으며 군사들이 둘러서서 지키고 있었다.

전길서 부인의 울부짖음은 살인귀를 잡지 않고 뭣들 하고 있냐는 원망과, 장례를 치를 수 있게 지아비의 시신을 돌려달라는 항변이 주종이었다.

"한림원의 직원 나리께서 어찌 여기 와 계신가?"

누군가가 다가와 습명에게 험악하게 눈알을 부라렸다.

형부시랑 조위진이었다. 역시 이자겸 사람인 그는 부식의 사람인 습명이 매우 거슬린 것 같았다.

습명은 쫓겨나듯이 전길서의 집을 나왔다. 그사이 밖에도 무관과 군병들이 진을 치고 있었다. 습명은 두 다리가 후들후들 떨려서 제대로 걸을 수가 없었다.

도은희에 이은 전길서의 죽음으로 드디어 미증유의 충격과 전율과 공포가 수면 위로 떠올랐다.

처녀 귀신이 죽은 장군의 살생부를 들고 왔다.

저자에서 관리와 문반들의 모습이 깨끗이 사라졌다. 죽음의 손길이 조정의 권신들을 분명하게 가리키고 있다는 것을 의심하는 자들은 없었다.

눈에 보이게 궐을 들락거리는 자들은 무관들과 군병들뿐이었다. 그들만

살생부 135

이 시간을 교대하느라 부지런히 오갔고, 들어가는 자들보다 나오는 자들이 점점 많아졌다. 밤이면 개경의 저자 곳곳에 횃불이 밝혀졌으며, 무관들은 군병들을 이끌고 밤새도록 빈 곳 없이 순라를 돌았다. 낮에도 보이는 것은 그들뿐이었다. 개경에 밤낮의 경계가 사라져 버렸다.

충격과 전율과 공포의 밑바닥은 점점 고요해졌다. 혼란스러웠던 공기는 위아래가 서서히 따로 갈라지고 있었다.

습명은 더 견딜 수가 없어 짐쇠의 옷을 빌려 입고 집을 나섰다. 짐쇠가 위험하다며 굳이 따라붙었다.

"군병들이 신경이 곤두서 있습니다요. 까딱하면 아무나 잡아 팬다니까요. 차라리 관복을 차리고 나가시는 게 나을 텐데요."

"살피고 싶다. 살피기엔 이게 낫다."

"패려고 하는 자들이 있으면 나리의 존함을 알리겠습니다요. 흠씬 터지는가 싶었는데 모시는 분의 존함을 재빨리 대서 무사한 경우를 몇 번 봤거든요."

높으신 분들의 손발이 묶였으므로 아랫것들이 더 바빠졌을 터이다. 저자를 도는 무관과 군병들을 눈치껏 거슬리지 않게 하면서 심부름이나 전갈로 바쁜 걸음을 재촉하는 하인들과 노속들이 자주 보였다. 활보였다. 개경 저자를 비로소 그들이 활보하고 있었다. 죽음은 이제 그들과는 아무 관계가 없었다.

습명은 그들의 걸음에서 다음 죽음을 손꼽아 기다리는 기대감을 읽었다. 고개를 숙이고 표정을 숨긴 그들의 태도가 마치 재미난 희열을 깨물고 있는 듯 보여 소름마저 오싹 돋았다. 착각이길 바라는 것은 도은희와 전길서의 죽음을 부정하는 것과 같을 것이다. 그래도 착각이길 바랐다.

"뭐냐? 거기서 무엇을 두리번거리고 있느냐?"

"거기 수염 긴 놈, 행색의 어울림이 없이 요상하다. 꼼짝 말고 있어라!"

한 무리의 군병들이 고함치며 우르르 달려왔다.

습명은 놀랐다. 짐쇠가 기겁해서 양팔을 벌려 습명의 앞을 막아서면서 고함쳤다.

"미쳤소? 한림원의 정습명 나리를 모른단 말이오?"

쫓기듯 집으로 돌아온 습명은 바로 드러누웠다. 짐쇠가 아니었으면 저 자 길바닥에 누웠을지도 몰랐다. 세상이 거꾸로 서고 있었다. 아니, 어쩌면 바로 서는 것일지도 몰랐다. 그것이 가장 괴로웠다.

"기령이 정녕 귀신의 이름으로 다시 돌아왔다는 것인가……"

부식은 망연하게 중얼거렸다.

"사람들이 그녀가 선친의 살생부를 들고 돌아왔다고 말들을 하기 시작했습니다."

습명이 조심스럽게 대꾸하자 부식이 힐끗 질책하듯 쳐다봤다.

"꼴이 그게 뭔가? 살생부가 있다면 내 이름이 올랐지 자네 이름이 올랐 겠나."

습명은 고개를 떨어뜨렸다.

"살생부엔 없을지 모르나 저 또한 백성들의 기쁨이 되는 죽음에서 자유롭지는 못할 것입니다."

부식이 노려보았다.

"진정 백성들이 기뻐한다면 통쾌하게 죽어주는 것도 아름답지 않겠느냐?"

습명은 떨었다. 황급히 머리를 처박았다.

"망발을 했습니다. 죽여주십시오."

부식은 침묵했다. 습명은 부식의 침묵이 길어질수록 불안해졌으나 고개를 들 수가 없었다. 부식의 죽음도 백성의 기쁨이라고 말한 것이나 다름없었다. 죽어 마땅했다.

"일어나게."

습명은 주춤했다.

"어허, 그만 일어나라니까!"

부식의 언성이 높아져서 습명은 반사적으로 고개를 쳐들었다.

부식은 일어서서 의관을 고치고 있었다.

"나 혼자 가면 오지랖 넓은 자네가 궁금해서 돌아가시겠지. 함께 가세."

습명은 궁금해져서 엉거주춤 일어섰다.

부식은 정전과 행각들을 보란 듯이 휘적휘적 걸어 지나갔다. 부식을 본 자들은 급급히 허리를 숙여 비켜섰다. 대개 각 청의 이속들이었고 대신과 관료들의 모습은 보이지 않았다. 그러나 숨은 눈과 보이지 않는 눈이 가장 많은 곳이다. 습명은 부식을 더욱 돋보이게 하기 위해 허리를 잔뜩 낮추고 부식의 뒤를 따랐다.

부식은 이미 약속이 되어 있는 듯 승평문을 통해 궁성 내 연영전에 들었다. 연영전엔 젊은 학자와 유생들이 가득했다. 선왕과 달리 시문과 학예를 좋아하는 왕의 배려였다. 왕은 무료할 때마다 연영전에 들어 젊은 학자와 유생들과 담론을 즐겼다. 연영전에 왕께서 직접 스승이자 국사로 칭하는 동산처사 곽여의 자리가 있었다.

곽여는 연영전의 가장 깊숙한 곳에서 차를 준비해 놓고 부식을 기다리고 있었다.

부식은 곽여의 앞에서 일단 큰절을 올렸다. 습명도 덩달아 큰절을 했다. 한 그루 늙은 소나무를 방불케 하는 곽여는 묵묵히 앉아 있기만 했다.

부식은 곽여의 맞은편에 책상다리를 하고 앉았고, 습명은 한쪽으로 비켜서 무릎을 꿇고 앉았다.

"밖에서 들리는 소문을 들으셨는지요?"

부식은 의례적인 인사는 생략했다. 습명은 부식과 곽여의 사이를 잘 몰랐기 때문에 긴장했다. 곽여는 개의치 않는 듯했다.

"처녀 귀신 말인가? 들었지."

처녀 귀신에 관한 소문이 벌써 궁성까지 넘어 들어왔다는 사실에 습명은 아찔해졌다.

"사람들이 그를 윤기령이라고 말한다고 합니다."

곽여는 알고 있다는 듯 고개를 끄덕였다. 늙고 주름진 곽여의 노안엔 이렇다 할 표정이 없었다.

"왕사의 거처에서 기령을 보았던 게 꽤 오래되었습니다."

살생부 139

습명은 놀랐다. 윤기령이 곽여의 집에 있었던 모양이다. 부식은 서경의 정지원도 곽여의 집에서 보았다고 했다. 비로소 부식과 정지원을 잇는 끈이 보이는 듯 했다.

"오래전이지. 나도 그렇구먼."

곽여는 희미하게 중얼거렸고, 부식은 눈을 들어 예리하게 곽여의 표정을 살폈다. 곽여의 얼굴에서 뭔가를 읽어 내려는 듯했다. 습명이 보기엔 곽여의 표정은커녕 흰 눈썹에 뒤덮인 눈이 어디를 보고 있는지도 알 수 없었다.

"기령이 진정 개경에 돌아왔다면 반드시 왕사를 한 번은 찾아뵙지 않겠습니까?"

"그래 주면 나는 좋지. 하지만 그 아이는 원래 오고 가는 걸 알리는 아이가 아니니까……."

"서경의 정지원이를 왕사께 데려온 게 기령이 아니었습니까?"

습명은 깜짝 놀라 엉덩이가 바닥에서 떨어질 뻔했다.

습명이 서경을 다녀와 어렵게 정지원의 대답을 전한 뒤 부식은 다시는 그 이름을 입에 올리지 않았다. 그 이름이 결국 윤기령과 함께 곽여의 앞에서 다시 튀어나온 것이다.

"지원이… 정지원이……."

곽여는 고개를 위로 들어 기억을 더듬듯 중얼거렸다.

"왕사의 거처에서 그와 마주친 적이 있고 지난 과시에 수석으로 급제하였는데 어찌 모르듯 하십니까?"

부식은 작정하고 말에 날을 세우고 있었다. 습명은 숨 막히는 긴장으로 인해 호흡을 가누기가 어려웠다. 그러나 곽여는 느긋하고 태연하기만 했다.

"그 아이의 이름이 지원이었던가? 나는 그 아이를 알지만 이름은 모른다. 물어본 적도 없고 알려주지도 않았지."

부식이 말문이 막혀 버린 듯했다.

"그 아이라면 기령이 데려온 게 맞아. 그 아이 역시 기령을 닮아 오고 가기를 제 마음대로 했지."

곽여의 입가에 희미한 미소가 어리는 듯했다. 부식은 그런 곽여를 아예 대놓고 노려보는 것 같았다.

"왕사께서 그를 국자감에 천거해 입학시켰던 게 아니었는지요?"

"글쎄… 나는 아닌데……. 아마 기령의 선친이 아니었겠나?"

부식이 크게 흔들렸다. 거센 충격이 부식을 후려친 것 같았다. 습명 역시 어떤 아찔한 충격에 머릿속 어딘가가 터지는 느낌이었는데, 부식의 그런 모습을 놓치지 않은 것은 부식의 충격이 더한 때문인 것 같았다.

무릎에 올려 있는 부식의 손이 덜덜 떨리는 것을 보고 습명은 또다시 놀랐다. 부식은 두 주먹을 꽉 쥐었고 꽉 다문 입속에서 이빨을 짓깨문 표정으로 떨림에 저항하고 있었다.

"더 궁금한 것 있는가?"

곽여가 아무렇지도 않은 투로 물었다. 습명은 부식을 대신해서 조롱받는 듯한 느낌이 들었다. 부식의 궁금증은 필사적인 듯했는데, 곽여의 대답은 어떤 것도 대단치 않다는 듯 술술 풀려 나오기만 했다.

"한 가지만 더 묻고 싶습니다."

부식의 음성은 이빨 사이에서 씹혀 나오고 있었다.

"저자의 망령된 소문을 어떻게 보시는지요?"

"오래갈 소문이 아닌 듯하여 관심이 없다네."

곽여의 말투는 마지막까지 변함이 없었다. 곽여는 그 어떤 것도 파문을 일으킬 수 없는 텅 빈 허공 같았다.

부식은 한참을 가만히 앉아 있었다. 곽여는 부식이 어찌해도 상관없는 것처럼 여유롭게 몸을 좌우로 흔들면서 알지 못할 곳에 시선을 던지고 있었다.

문득 부식이 곽여에게 큰절을 올렸다.

"불손과 불경이 도를 넘었습니다. 용서하여 주십시오."

곽여는 또 아무렇지도 않게 말했다.

"스스로의 생각에 넘어가지 말게. 스스로를 속이는 것에 비하면 다른 사람이 속이는 것은 속이는 것이라고 할 수도 없다네."

연영전을 나온 부식은 숨을 크게 들이쉬었다가 습명에게 물었다.

"옆에서 어떻게 보았는가?"

"아직 혼란스럽기만 합니다."

습명은 사실대로 답했다. 부식이 곧바로 물었다.

"정지원이 윤관을 떠나보낸 슬픔과 그 슬픔으로 인해 흘리는 눈물이 대동강의 강물을 불린다고 노래한 것은 아닌가?"

"저도 조금 전 그런 생각이 바로 들긴 했습니다만……."

습명은 스스로의 생각에 넘어가지 말라던 곽여의 말을 떠올리고 있었다.

"정지원은 윤관이 죽고 난 후 기다렸다는 듯이 과시를 보았고, 급제했다. 살생부는 정지원의 손에서 나올 수도 있지 않겠는가?"

습명도 안에서는 그런 생각을 했고, 그 때문에 아찔한 충격에 빠졌었다. 하지만 그럴 가능성이 있다면 곽여가 아무렇지도 않게 부식이 묻는 대로 대답을 해주진 않았을 것이라고 여겨졌다. 부식은 정지원과 윤기령이란 이름에서 계속 걸려 있었지만, 곽여는 전혀 그런 것 같지 않았다.

"왜 대답이 없는가?"

부식은 벌겋게 상기되어 있었다. 습명은 움츠러들었다. 예, 아니오라고 대답할 준비가 없었다. 정지원을 직접 만나봐서인지 몰라도 그가 윤관의 죽음을 슬퍼하며 그 시문을 썼을 수는 있어도, 비분강개하여 살생부를 적는 모습은 상상이 되질 않았다.

부식은 습명을 노려보다가 안절부절못하며 주위를 두리번거리더니 다시 또 습명을 잡아먹을 듯이 노려보았다. 습명은 자기가 뭘 잘못했나 싶었다. 부식은 다시 어디에도 눈을 못 두고 안절부절못하더니 휑하니 승평문을 향해 걸었다.

전에 본 적 없는 부식의 태도였다. 부식 같지 않았다. 습명은 그런 부식의 태도에서 언뜻 질투의 그림자를 본 것 같았다. 마치 정지원과 윤기령

살생부 143

의 관계를 확인하고 그것을 질투해서 어쩔 줄 모르는 모습으로 비친 것이었다.

습명은 스스로 크게 놀라 부식의 뒤를 후다닥 따르며 연신 자신을 꾸짖었다. 그럴 리가 없었다.

처녀 귀신과 장군의 살생부가 오래갈 소문이 아니라고 했던 곽여의 견해는 바로 틀렸다. 상서성 우사원외랑 나정의 죽음 소식이 한림원에서 부식과 습명을 기다리고 있었다. 놀랍게도 나정의 목은 예빈시의 처마에 내걸렸다고 했다.

나정의 목이 내걸린 곳이 그의 죽음의 이유를 말해주고 있었다. 나정이 예빈시 봉공이었던 시절, 여진의 사신 요불이 오아속의 동북구성 반환 요구와 강화 요청을 들고 입궐하여 예빈시에서 묵었다. 그때의 과한 접대는 강화와 동북구성 반환이 거의 굳어진 마당에서도 논란이 되었다. 나정이 접대한 음식상에 비하면 왕의 수라상이 초라할 지경이고, 밤에는 처녀들을 끌어다가 요불의 방에 넣었다는 추문도 돌았었다. 그럼에도 나정은 그 이후 승진과 출세를 거듭해서 우사원외랑까지 올랐다. 그로 인해 한때 이자겸과 여진의 밀약설까지도 떠돌았었다.

지난일은 지난일일 뿐이고, 나정의 죽음이 황성 안에서 일어났다는 것이 무엇보다도 크나큰 충격이었다. 그것은 안전지대는 없고 누구의 목이든 언제든지 떨어질 수 있다는 직접적인 위협이자 가공할 공포였다.

"두 눈을 부릅뜨고 지켜보자. 어디까지 가는지……."

부식이 전면을 무섭게 노려보면서 말했다.

습명은 낄낄거리는 웃음소리 같은 환청을 들었다. 그것은 처녀 귀신의 웃음소리 같기도 했고 궐 밖 백성들의 웃음소리 같기도 했다.

13 선

　서길은 김신과 김치 형제, 유위후, 한후 형제, 조광, 그리고 봉심을 불러 모았다. 탄원을 품고 개경을 함께 다녀왔던 무관들을 불러 모은 셈이었다.
　봉심은 서경 관아의 정식 무관이 되고 나서 그들의 이름을 다 알았다. 김신과 김치는 둘 다 삼십대로 한 살 터울 연년생 형제였고, 유위후와 유한후 형제는 열 살 차가 넘었다. 봉심에게 껄끄럽게 대했던 청년무관은 조광이었고, 조광과 유한후, 그리고 봉심의 나이가 서로 비슷했다.
　서길은 위무청 앞에 나와 있었다. 서길은 선 채로 용건을 꺼냈다.
　"그때 개경 지비산에서 우리의 도주를 도왔다는 처녀 귀신의 존재를 봤거나 느낀 사람 있나?"
　아무도 물음을 알아듣지 못한 얼굴들이었다.

서길은 개경에 떠도는 처녀 귀신과 장군의 살생부에 대해 말했다. 놀라운 얘기였다.

"그 처녀 귀신이란 게 금오위를 헤집어 우리의 도주를 도왔다는 것입니까?"

조광이 이죽거렸다.

"그렇다면 정말 어여쁘고 고마운 귀신이니 남근을 굵직하고 우줄우줄한 놈으로 하나 깎아 세워 제라도 올려야 하는 거 아닙니까?"

아무도 웃지 않았다. 김신이 묵직한 저음을 깔았다.

"정말 장군의 살생부가 나타났다면 그 시작을 우리 서경으로 지목하려는 의도가 아닐까 모르겠습니다."

서길은 이전에 못 봤던 심각한 얼굴로 고개를 끄덕였다.

"내로라하는 관료들의 목을 잘라서 장난을 칠 수는 없을 테니 살생부는 아마 사실인 듯하다. 개경의 소문을 전해 들은 부유수께선 어찌할 바를 모르던 차에 조금 전 서경의 사정을 묻는 왕의 서신이 도착하자 거의 숨이 넘어가고 계시다."

"왕께서 직접 사정을 묻는 서신을……."

"그것은 왕께서도 살생부와 그 무슨 처녀 귀신의 배후로 우리 서경을 의심하고 계시다는 뜻입니까?"

비로소 절망에 가까운 심각함이 모두를 덮쳤다.

유한후가 물었다.

"설마 보지도 못하고 알지도 못하는 그 처녀 귀신이란 것을 잡아서 우리와 무관하다고 증명해 보여야 하는 겁니까?"

"할 수 있으면 그렇게라도 해야 할지도……."

조광이 목소리에 날을 세웠다.

"개경에는 그 처녀 귀신을 직접 목격한 자들이 있답니까?"

"소문뿐인 것 같더군."

"그렇다면 처녀 귀신이 죽은 자들의 목을 자르는 걸 본 자는 더욱 없겠군요."

"그렇겠지……."

조광은 점점 흥분했지만 서길은 딴생각을 하는 사람처럼 성의없이 고개만 끄덕였다.

"그렇다면 미친 것들 아닙니까. 지들이 보지 못하고 알지 못하는 걸 왜 우리 서경에 뒤집어씌우는 겁니까?"

서길의 귀엔 조광의 목소리가 더 들리지 않았다. 서길은 판관 지인환이 개경을 다녀오고 나서 따로 불러 은밀히 했던 말을 떠올리고 있었다.

"서경에 장군의 살생부가 있고 그것이 개경을 향해 올 것이라는 소문이 있다고 말하는 자가 있었네. 문하성의 간관인 듯했는데 얼굴이 희고 이목구비가 가는 것이 영 사특해 보였다네."

서길은 중얼거렸다.

"처녀 귀신은 못 잡을지 몰라도 얼굴이 희고 이목구비가 가느다란 문하성의 간관을 잡을 수 있을지는 모르지."
모두가 서길을 쳐다봤다.
"무슨 말씀이십니까?"
서길이 눈을 빛냈다.
"문제는 과연 지금 우리나 서경의 누군가가 개경에 들어가는 것이 될 만한 짓이냐는 거다."
서길의 말을 들은 무반들이 봉심을 쳐다봤다. 봉심은 그게 무슨 뜻인지 알아차렸다.
"걸리는 자가 있으신 듯한데 제가 개경에 갈 수 있지 않겠습니까?"
서길은 간단히 고개를 저었다.
"자넨 이미 서경 관아의 정식 무관이야."
고개를 젓던 서길의 눈이 한쪽에서 멎었다. 모두 서길의 눈길을 따라갔다.
"자네 친구 저기 가는군."
조광이 봉심에게 말했다.
지인환과 지원이 행청과 행각들 사이를 부지런히 걸어가고 있었다.

"어서 오게."
이존형이 정청에서 지원을 맞았다.
"십수 일을 가던 안개가 걷히더니 무슨 날벼락인지 알 수가 없네."
이존형의 안색은 파리하게 질려 있었다.

"개경의 중서사인이 객청에서 기다리고 있네. 한시라도 빨리 그의 손에 답신을 들려 보내고 싶은 내 마음을 이해하는가?"

"오는 길에 지 판관으로부터 사정은 소상히 들었습니다."

지원은 공손하게 허리를 숙여 보였다.

"여기 있는 자들의 붓은 믿을 수가 없어 자네를 청했네. 자네가 작성한 탄원이 왕께 닿자마자 김덕이 소환됐으니, 또다시 자네의 붓이 왕의 근심을 덜어드리길 기대하는 것이 무리는 아닐 테지?"

"서신을 직접 볼 수 있을는지요?"

지원이 청하자 이존형이 옆에 시립한 서리를 향해 눈짓했다. 서리가 목반에 올려놓고 떠받쳐 들고 있던 왕의 서신이 지원에게 건네졌다. 지원은 왕의 서신에 큰절을 올리고 공손히 서신을 집어 들어 펼쳤다.

요사하고 괴이한 일들이 잇따르고 있는데 답하는 자들마다 서경을 입에 올리니 무슨 연유인가? 과인의 물음이 공연한 우려이길 바라노라.

짤막했다. 짤막한 서신의 끝에 찍힌 붉은 어인이 무성의하고 귀찮은 표정을 짓고 있는 듯했다.

구석에서 부지런히 먹을 갈던 이속들이 지원의 옆으로 붓과 벼루와 종이를 조심스럽게 옮겼다. 지원은 붓을 잡지 않고 입을 열었다.

"왕께서는 별무반이 출정하던 때 말고는 이후 한 번도 서경을 찾지 않으신 걸로 알고 있습니다."

이존형이 둥그레진 눈으로 지원을 쳐다보았다. 지인환도 의외의 말에 당황한 듯했다.

"국조의 유훈이 지켜지지 않고 있고, 서경은 근본지지의 빛을 잃어가고 있습니다. 왕께선 시문을 즐기고 여흥에 관심을 두실망정, 이미 서경과 북방을 남의 일인 듯 더 바라보지 않기로 하신 듯합니다. 서경이 두들겨 맞는 데엔 그런 배경이 가장 큰 까닭이 될 것입니다."

지원의 어조는 침착하고 차갑기까지 했다.

"그… 그런 내용을 넣을 작정인가?"

지인환이 떨리는 목소리로 더듬거렸다. 이존형은 아예 숨이 넘어가는 얼굴이었다.

"지금의 서경으로는 권신들의 계속적인 도발을 막을 힘이 없습니다."

"자네는 처녀 귀신과 살생부도 그들의 도발로 보고 있다는 것인가?"

서길이 정청에 들어섰다. 이미 와서 듣고 있었던 듯했다.

"개경에선 관리 몇의 목이 떨어졌을 뿐이지만, 왕께도 의심을 사게 된 서경의 위협에 비하겠습니까. 서경에서 살생부가 간 게 아니라는 것을 모르는 서경인이 없을진대, 서경이 위협을 당해야 하는 연유가 무엇입니까? 이는 서경이 자초한 바가 아니니 오히려 서경이 물어야 할 일입니다."

왕의 물음은 왕이 자초한 것이고 스스로에게 물어봐야 할 일이라는 말과 다름없었다.

"아… 안 되겠네."

이존형이 부들부들 떨었다. 이존형은 이속들을 향해 발악적으로 고함쳤다.

"붓과 벼루를 당장 물리지 않고 뭣들 하고 있느냐?"

이속들이 급히 다가와 지원의 옆에 내렸던 붓과 벼루와 종이를 거두었다. 지원은 조용히 일어섰다.

"왕께서 태도를 바꾸지 않으시는 한 서경은 권신들에게 계속적인 핍박을 받을 수밖에 없습니다. 서경이 죽으면 왕께선 그때야 당신의 손발이 잘렸다는 것을 아실지 모르겠으나, 이미 모든 게 늦어버린 이후일 것입니다. 그것을 서경이 알려주지 않는다면 누가 알려주겠습니까? 그게 아니라면 저도 달리 쓸 말이 없습니다."

"무엄하고 방자하다! 모두가 치켜세워 주니 꼭대기를 모르는구나!"

이존형이 거세게 탁상을 내려쳤다. 입에 거품이라도 물 듯했다.

"자네, 이리 나오게."

서길이 다급히 지원의 손을 잡아끌었다.

"부유수 어른!"

이존형이 결국 뒤로 넘어간 모양이었다. 서길은 놀람에 가득 찬 지인환과 이속들의 외침을 뒤로하고 지원을 잡아끌고 정청을 나왔다.

"자네 말은 결국 합당하나 부유수께서 감당할 만한 내용이 아니란 걸 모르는가?"

서길이 질책했으나 무게가 실리지는 않았다.

"처녀 귀신과 살생부를 개경 조정 권신들의 도발로 보는 손으로 만질 만한 근거가 있는가?"

"꼭 손으로 만져야 떡이겠습니까?"

지원이 빨리 벗어나고 싶은 듯 걸음을 걸었다. 서길이 따라붙었다.

"저쪽에선 처녀 귀신을 윤기령이라 하고 살생부의 주인으로 지목하여 난리법석인데, 그 자체를 거짓으로 보는 것인가?"

지원이 서길을 돌아보았다. 서길은 자기도 모르게 움찔했다. 순간적으로 지원의 눈이 이전에 보지 못했던 강렬한 빛을 뿜는 듯했기 때문이다.

"그렇습니다."

지원은 걸음을 멈추지 않았고, 서길은 왠지 모르게 다급해졌다.

"자네와 견해가 같아서 다행이네. 그런데 자네는 긴가민가 싶은 나에 비해 아주 확고해 보이는군. 그 까닭을 말해줄 수 있는가?"

"죄송합니다. 제 까닭은 나눠 가질 수 없습니다."

서길은 걸음을 멈췄다. 지원은 멈추지 않고 걸어갔다.

"서 낭장께선 제게 묻지 않아도 얼마든지 그 견해를 단단히 하실 수 있을 것입니다."

서길은 지원을 더 따라가지 않았다.

"그냥 가버리는 것인가? 서경 신동이?"

지인환이 다가왔다.

"보시는 대로……. 부유수께선 어떠십니까?"

"다행히 걱정스런 상태는 아니네."

지인환은 지원이 사라져 간 쪽을 아쉬운 듯 쳐다보았다.

"안타까운 일이군. 정 진사가 말은 그렇게 했어도 틀리지 않았고, 글로써 옮기면 오히려 왕을 살피고 걱정하는 충정 가득한 명문이 되었을 텐데……. 필경 왕께서도 감동하시고 스스로를 돌이켜 보실 만한 그런…….."

"판관께서 그렇게 생각하셨으면 진작 곁에서 어른을 진정시키시지 그러셨소?"

"지금 나오면서 비로소 든 생각이네. 그래서 더욱 안타까운 거지."

"지금이라도 늦지 않을 거요. 다시 잘 부탁한다면 뿌리치기야 하겠소?"

"이미 부유수께서 구술하고 사록이 받아 적는 중이네. 흡사 죄지은 이가 눈물로써 사죄와 용서를 구하듯 하는 투에 지나치게 쏠려서 더 보고 듣기 민망하여 나왔다네."

서길이 정색했다.

"판관께서 말씀하셨던 그 문하성 간관의 용모가 아직 그려지오?"

"아, 살생부를 말하던 그자… 생김새가 인상적이어서 아직 눈앞에 두고 보는 듯하네만……."

"그자의 용모단자를 만들어 신원을 확인하려 하오. 도와주실 수 있겠소?"

지인환이 탄식했다.

"그자가 있었구나. 내가 왜 그자 생각을 못했던가."

서길의 입가에 잠깐 쓸쓸한 미소가 스쳤다.

서길은 곧바로 관속 환쟁이들을 위무청으로 불러 모았다. 환쟁이들은 모두 다섯으로, 관청과 불사의 벽화와 단청이 주된 업무였으나 용모초상도 그에 못지않았다. 지인환이 용모를 설명하고 환쟁이들이 그림으로 옮겼다. 지인환이 가장 비슷한 그림을 골라내고 그걸 더 다듬게 할 작정이었다.

서길은 봉심이 보이지 않는 것을 조광에게 물었다.

"정지원이 돌아가는 길이라고 들렀기에 봉심이 잠깐 함께 나갔습니다. 말해달라고 했는데 제가 깜빡했습니다."

서길은 고개를 끄덕였다. 조광이 눈을 빛내면서 물었다.

"지금 환쟁이들이 그리는 자가 누굽니까?"

서길은 간단하게 일러주었다.

"그걸 알려고 그리는 것이다."

봉심은 도성의 남문 밖까지 지원을 따라 나갔다. 지원은 서경 관아를 완전히 벗어나서야 봉심을 보고 웃었다.

"많이 좋아 보인다. 서경의 관직이 맞는 것인가?"

봉심은 안개가 심했던 그날의 기이했던 만남을 지원에게 아직 말하지 않았다.

백수한의 말은 틀리지 않았다. 그날 이후로 봉심은 날고자 하면 날 수도 있을 것처럼 몸이 가벼워진 걸 느꼈다. 시간이 날 때마다 그녀가 안개 속을 움직이던 동선을 따라 움직이며 칼을 휘둘렀다. 누구라도 상대할 수 있을 것 같았다.

서길의 천거로 서경 관아의 정식 대정이 되던 날, 시전 장 노인이 돼지를 한 마리 잡았는데 기름진 고기를 보고도 식욕이 당기지 않았다. 권하는 이들이 많아 고기를 한 점 넣어 씹긴 했지만 가슴에서 받치는 바람에 어렵게 삼켰다. 그 단 한 점의 고기로 인해서였는지는 확실치 않지만, 그 다음날 가슴이 답답하고 몸이 찌뿌드드했다. 그 이후로 봉심은 고기를 피했다. 요즘은 그녀가 움직였던 동선에 움직임을 더 집어넣는 걸 연습 중이었다.

봉심은 그녀에 대해 지원에게 물어볼까 말까 망설였다. 무엇을 어떻게 물어봐야 할지도 갈피가 잡히지 않았다.

"어차피 말단으로 시작할 수밖에 없는데 훌륭한 상관을 만나는 것만큼 좋은 관복이 또 있겠나. 서 낭장 어른 같은 분은 개경엔 없을 거다, 아마."

봉심은 입으로는 서길을 말했으나 머리로는 그녀 생각뿐이었다.

"이 길로 개경에 다녀올 생각이야. 자네만 알고 있어."

지원이 그렇게 말하는 바람에 갈등은 결론을 못 내리고 멈췄다.

"지금 개경을 간다는 것인가? 개경의 사정을 듣지 못했는가?"

"그래서 아무도 모르게 다녀올 생각이야. 하지만 자네에겐 알리고 가야 하지 않겠는가."

"내가 말리고 싶다고 해도 갈 건가?"

지원은 대답 대신 그저 미소 지으며 봉심의 어깨를 가볍게 쳤다.

"서경이 자네와 맞아서 얼마나 기쁘고 고마운지 모른다네."

봉심은 퍼뜩 그녀 때문에 지원이 개경에 가겠다는 것이 아닌가 하는 생각이 들었다. 혹시 개경에 나타났다는 처녀 귀신이 그녀가 아닐까? 그러고 보니 그녀는 봉심에게도 귀신같은 존재나 다름없었다.

지원은 조금 가다가 돌아서서는 봉심에게 손을 들어 보였다. 봉심은 다시 갈등이 치밀었으나 끝내 그녀에 대해 묻지 못했다.

봉심은 다시 돌아오면서 관직이란 것이 거추장스럽다는 것을 알았다. 관직이 아니었으면 지원을 따라갔을 것이다.

위무청 앞에서 서길이 봉심을 기다리고 있었다.

"친구는 갔는가?"

봉심은 흡사 서길이 지원이 개경으로 간 걸 알고 물어보나 싶어 내심 뜨끔했다. 하지만 그럴 리가 없었다.

"예, 집으로 돌아갔습니다."

"개경에서는 처녀 귀신이 윤관 장군의 딸인 윤기령이며, 아버지의 살생부를 들고 그것을 집행 중이라고 구체적으로 말하고 있는데, 자네 친구는 간단히 그것이 헛것이라고 단정하고 있더군. 둘이 가장 가까우니 혹시 아는 바가 있는가?"

윤기령이란 이름 석 자가 봉심의 뒤통수를 강하게 후려쳤다.

그간의 윤기령에 대한 숱한 소문을 봉심이라고 못 듣지는 않았다. 그때마다 봉심은 무슨 그런 여자가 있겠느냐고 흘려 넘겼다. 그러나 이제 그럴 수가 없을 것 같았다.

"제가 개경에 다녀오면 안 되겠습니까?"

봉심은 저도 모르게 매달리듯 물었다. 서길의 눈에 이채가 스쳤다. 서길은 뭔가를 말하려다 말고 품에서 종이 한 장을 꺼내 봉심에게 들어 보였다.

봉심은 궁금한 얼굴로 종이를 받았다. 종이엔 희고 갸름한 얼굴선에 가느다란 눈매와 입술을 찢으며 요사하게 미소 짓는 청년의 얼굴이 그려져 있었다.

"아무래도 자네 이상이 없을 것 같긴 하군. 개경에 가는 김에 그자의 내력을 알아오게."

보는 이로 하여금 아주 기분 나쁘게 하는 얼굴이었지만 그런 건 상관없었다. 봉심은 일단 기뻤다.

"보내주시는 겁니까?"

서길이 엄밀한 어조로 덧붙였다.

"개경에 드는 순간부터 자네는 개경인으로 돌아가야 하네. 자넨 서경에서 간 것이 아니야. 반드시 그 점을 잊지 말게."

14 입성

   강이 흐르고 산도 흐르고 하늘도 흐르고 있었다. 멈춰 서 있는 것은 천지 간에 아무것도 없었다.
   지원은 그 사이를 함께 흘러가며 그녀를 생각했다.
   그녀를 알게 된 지 벌써 십여 년이 되었다. 그녀는 언제나 철저한 국외자였고 지원에게도 예외는 아니었다. 대동강변에서 처음 그녀를 만났을 때부터 그녀가 지원에게 가까이 다가온 적은 그사이 손에 꼽을 정도였다.
   그녀는 거의 지원의 주변을 항상 맴돌고 있었다. 윤관 장군이 돌아가신 뒤 그것은 더욱 분명해지고 심해졌다. 그럼에도 지원은 그녀를 부를 수 없었다. 오는 것과 가는 것 모두 언제나 그녀의 몫이자 권리였다.
   그녀의 존재를 느낄 수 없게 된 것은 며칠 되었다. 그녀는 지원의 주변에서도 아주 떠나 버렸다. 그리고 개경의 처녀 귀신과 살생부 소문을 들었다. 서경에서 그녀가 떠난 것과 개경에서 그런 소문이 생겨난 게 어느 쪽이 먼저인지는 그사이 서경에서만 머물렀던 지원도 알 수 없었다.

지원은 단지 오지 않으면 찾겠다는 걸 그녀에게 알려줄 생각이었다. 멀리 가버렸으면 찾으러 나선다는 걸 그녀에게 보여줄 생각이었다. 그것뿐이었다.

한 무리의 새 떼가 강물 위에 내려앉아 변화를 불러일으켰다. 새 떼는 강물에 내려앉자마자 삼삼오오로 흩어지면서 강물을 부리로 헤집었다. 둘씩 짝을 지어 따로 떨어져 가는 치들도 제법 보였다.

저도 모르게 치미는 감흥이 있었다.

桃李無言兮蝶自徘徊
梧桐蕭洒兮鳳凰來儀
無情物引有情物
況是人不交相親
君自遠方來此邑
不期相會是良因
我若陳雷膠漆信
君今棄我如敗茵

복사와 오얏은 말이 없어도 나비가 스스로 넘나들고
오동은 움직임이 없어도 봉황이 찾아와 머문다.

무정한 물건이 유정한 물건을 끌거니
하물며 절로 가까워진 사람들끼리임에랴.
그대 스스로 먼 곳에서 이 고을로 와서
나와 절로 만났으니 그 무슨 인연이련가만
나는 진중과 뇌의의 아교와 옻칠처럼 믿음이 끈끈하건대
그대는 나를 찾고 버리기를 헌 자리 다루듯 하는구나.

  서경에서 대동강을 타고 서남쪽으로 내려오다가 남강으로 빠지면 곧 곡산천과 만난다. 곡산천은 예성강과 합류하여 개경을 끼고 돌며 서쪽으로 빠진다. 서경에서 개경까지 이르는 뱃길의 끝은 개풍이다. 개풍은 곧 개경의 서쪽 입구였다.
  개풍나루에선 언제나 왁자한 난전이 이루어졌다. 고려 전역의 산물이 모였다가 흩어지는 곳이었고, 벽란도를 통한 나라 밖의 물건들이 풀리는 곳이었다. 개풍나루에서 벽란포구로 가는 삼십여 리 뱃길엔 언제나 돛을 올린 상선들이 떠다녔고, 강의 양편엔 갖은 점포들이 끊임없이 줄을 이으며 진을 치고 있었다. 사람이 만들어낸 경치 중에선 가히 고려제일의 장관이라 할 만했다. 비가 쏟아지는 날, 우산이 없어도 개경과 벽란도 길은 점포들 처마를 이용하면 비 한 방울 맞지 않고 갈 수 있다는 얘기가 있을 정도였다.
  지원은 마지막 나룻배의 사공에게 사례하고 개풍나루에 내렸다. 나루와 나루마다 배와 사공을 갈고 바꿔 타길 십수 차례 했고, 중간쯤엔 하룻밤을 묵었다. 두 발이 땅을 디뎠지만 여전히 발아래가 출렁이는 강물인 듯했다.

개풍나루의 난전은 끝이 보이지 않았으며, 물건과 물건을 맞바꾸는 흥정이 왁자했고, 먹고 마실 것이 지천이었다. 거대한 삶의 정경에 지원은 오랜만에 가슴이 벅찼다.

지원은 말술을 쌓아놓고 지짐이를 지져 대는 자리 터에 끼어들었다. 둥근 짚 돗자리가 지짐이들처럼 땅바닥에 널렸고, 각각엔 예외없이 서넛, 혹은 대여섯씩 둘러앉아 지짐이를 뜯고 술을 마시면서 말을 풀고 있었다. 빈 돗자리가 더러 있었지만 지원이 혼자여서인지 지짐이 집 일꾼은 이미 세 명의 사내가 앉아 있는 돗자리에 지원을 끼워 넣었다. 나름 심각한 얘기 중이었는지 머리를 맞대고 낮게 소곤거리던 세 사내는 지원을 잠시 봤다가 다시 머리를 맞댔다. 이런 데선 낯가리고 자리 가리는 것이 오히려 예의가 아니었다. 굳이 실례한다느니 실례하라느니 하는 말도 필요없었다. 지원은 자리에 앉으면서 지짐이와 술 한 주전자를 시켰다.

"오늘이면 빠른 거고, 늦어도 내일이면 닿을 테지."

"하루 사이가 늦고 빠르달 정도로 바닷길이라는 게 가늠할 만한 것인가?"

"서쪽 바다만큼 편안한 바다가 또 있겠나. 커다란 호수나 강이라고 봐도 무방하지."

"바다에 나가봤던가, 자네가?"

"하늘 맑은 날에 강화 마니산에 서면 바다 끝 너머에 송나라 땅이 보여. 몰랐는가?"

"호수든 강이든 빨리나 왔으면 좋겠다. 아무래도 난 사람 많고 시끄러운 곳엔 울렁증이 있는 것 같네."

들려오는 얘기에 굳이 귀를 막을 필요는 없었다. 지원과 같은 돗자리에 앉은 세 사내는 특별한 물건을 기다리는 전문상들인가 싶었다. 하지만 이따금씩 난전을 훑어보는 사내들의 눈매는 예리했고 빛이 강했다.

지원의 몫인 지짐이와 술 주전자가 개다리소반에 얹혀 나왔다. 지원은 사발에 탁주부터 한 잔 그득히 따랐다.

"두려움은 없는가, 자네들은?"

"왜 두렵지 않겠는가. 아직은 어떻게 나올지 알 수 없는 것 아닌가."

"와라, 가겠다 하고 연락이 진작 닿은 일이라니 무슨 얘기도 함께 오갔을 테지. 갑작스런 사고야 치겠는가."

상인들이 아니었나 싶었다. 지원은 어쩔 수 없이 고개를 드는 궁금함을 느끼며 사발을 입으로 가져갔다.

"원래대로 호위 겸 감시 그 이상의 일은 일어나지 않았으면 좋겠군."

"그게 자네와 나만의 생각뿐이겠나."

한 사내가 사람들 사이로 분주히 다가오는 게 보였다. 사내는 지원을 똑바로 쳐다보며 다가오고 있었다. 지원은 의혹의 얼굴로 그를 마주 보며 사발을 내려놓았다. 사내는 막상 가까이 다가오자 세 사내에게 눈을 돌렸다.

"장군께서 선의문에 호위군을 대기시키신 건가?"

세 사내 중 한 사내가 다가온 사내에게 물었다. 사내들은 평복으로 차려입은 무관들이 틀림없었다. 비로소 그들의 말투와 신색이 맞아떨어지는 것 같았다.

"예정과 다른 일이 생기면 곧장 알릴 것이니 편히 기다리시라 하게."

다가왔던 사내가 허리를 숙여 보이고 몸을 돌리자 다른 사내가 붙잡고 술을 권했다.

"기왕 왔으니 한잔 비우고 가게나."

다가왔던 사내는 두 손으로 공손히 술잔을 받아 마시면서 곁눈으로 지원을 힐끔거렸다. 함께 앉은 세 사내는 정작 지원을 별로 신경 쓰는 것 같지 않았다. 사내는 총총히 사람들 사이를 걸어 사라지고 세 사내는 술잔을 돌렸다.

"누가 옵니까?"

지원이 세 사내에게 물었다. 세 사내의 눈이 지원을 향했다. 지원은 그저 미소 지었다.

그때 난전의 한쪽이 술렁였다.

"응? 저 배는 뭐지?"

"생긴 모양이 왜 저래?"

"군선 아닌가?"

술렁임은 급격히 지원과 세 사내 쪽으로 퍼져 왔다. 세 사내가 강 쪽을 보면서 바람처럼 일어섰다.

돛을 단 상선들 사이로 뻘겋고 퍼런 깃발이 날리는 큰 배 한 척이 강물을 가르며 나아가고 있었다. 군선이었다.

"빨리 왔구나."

세 사내 중 한 사내가 탄성을 내질렀다.

멀어서 분명치는 않았지만 뱃전엔 갑옷으로 무장한 군사들이 나와 있는 듯했고, 상선들이 급급히 군선을 비켜나듯 방향을 틀고 있었다. 군선은 북쪽을 향해 미끄러지듯 나아갔다.

세 사내는 당황했다.

"어디로 가는 건가? 일찍 닿더라도 강에 떠서 낮장이 파하길 기다렸다가 여기에 내리기로 되어 있다지 않았던가?"

"기다리지 않고 바로 닻을 내릴 모양이야. 여긴 아니야."

"위쪽에 큰 배를 댈 만한 자리가 있던가?"

세 사내가 급히 내달렸다. 한 사내는 아예 사람들 머리 위를 뛰어넘었다. 지원은 물론 지짐이집의 손님들이 모두 놀라 쳐다보았다.

난전의 여기저기서 사내들이 날래게 튀어나와 세 사내의 뒤를 따라 달렸다. 그들은 군선이 나아가는 북쪽을 향해 내달렸고, 난전의 사람들이 급급히 길을 텄다. 난전은 크게 술렁였다. 군선은 강물을 품은 봉명산 줄기를 돌아 북녘으로 꼬리를 감추고 있었다.

술렁임이 파문처럼 난전을 쓸어갔다. 그 파문이 다시 되돌아올 때쯤엔 한결 가라앉았다. 난전엔 다시 흥정과 값 매기는 소리로 다시 요란해졌다.

지원은 다시 자리에 앉았다. 지짐이는 기름 빛을 잃고 검게 식어 있었다. 메밀이라 큰 상관은 없었다. 지원은 지짐이를 한입 베어 물고 우물거렸다. 먹고 마시는 데에 서둘러 본 적이 없다. 지원은 탁주 한 사발도 여러 모금씩 천천히 나누어 마셨다.

주전자를 거의 비워갈 즈음에 빈 수레 한 대가 요란한 고함과 함께 난전에 들이닥쳤다.

"서북병마판관 척준경이 군사를 이끌고 개경에 입성했다! 척 장군이 개경에 입성했다!"

난전이 요동쳤다.

"선의문까지 마중 나온 용호군을 따돌리고 승전문으로 벼락 입성했다. 개경에 난리가 났다!"

지원은 자리에서 일어섰다. 이미 앉아 있는 사람은 단 한 명도 보이지 않았다. 불안과 두려움에 가득 찬 목소리들이 정신없이 오갔다.

"아까 그 배였어. 서북 끝에서 먼바다를 돌아왔구나."

"그런데 뭐 하러 온 거래?"

"처녀 귀신과 살생부 때문이 아니겠나?"

"어느 쪽이야? 잡으러 온 건가, 합세하러 온 건가?"

"몰라서 묻나? 하나는 세상이 다 아는 장군의 양아들이고 또 하나는 장군의 딸인데 뻔하잖은가."

"이런, 그럼 다 죽었군. 개경 조정의 나리들, 이제 다 죽었어."

지원은 생각과 움직임을 잊었다.

저물녘에 지원은 개경 도성의 서문인 선인문에 이르렀다. 선인문은 외성의 스물네 개 성문 중 가장 규모가 크고 백성들의 왕래가 많았다. 출입이 통제되는지 사람들의 행렬이 길었다.

신분을 알릴 만한 특별한 무엇이 없으니 인상이나 분위기를 보고 출입을 걸러야 하는 수졸들도 못할 짓일 터였다. 관료들이나 그의 식솔들을 비롯해 가문과 혈통이 분명한 백성들에겐 신분패가 주어지긴 했으나 굳이 받지 않는 자들이 더 많았고, 나라에서도 강권하지 않아 유명무실했다. 큰일이 생기면 자진해서 나서는 백성들이 신분패를 족쇄로 보고 거부하는 것을 나라에서도 크게 탓하지 못하는 셈이었다.

지원은 과시 급제 후에 받은 신분패를 허리춤에 지니고 있었다. 굳이 이상하게 보아서 붙잡으면 그걸 내보일 생각이었다.

날이 차츰 어둑해지면서 감문위 수졸들도 특별히 눈에 걸리는 자가 아니면 대충대충 들여보냈다. 지원도 그냥 통과되었다.

도성 안은 생각보다 삼엄했다.

지원은 이제 관에서 운영하는 객사를 찾아 묵을 자격이 있었지만, 다소 불편할지언정 주막을 택했다. 상거래가 가장 활발한 길목이고 각지에서 모여든 장사치들이 많아 선인문 안쪽의 술집들엔 대개 잠을 잘 수 있는 큰 봉놋방들이 딸려 있었다. 낯모르는 사람들끼리 서로 뒤섞여서 자야 하는 불편함은 있어도 크게 문제될 건 없었다.

이미 날은 어두워졌고 군데군데 술 등롱들이 내걸렸다. 지원은 잠시 떠돌이나 다름없는 신세였던 옛 개경 생활을 돌이켰다. 등짐을 진 장사치들이 지원을 지나쳐 가까운 주막으로 들어갔다.

"조금만 더 가면 된다고 가다간 칼 맞지. 예서 자고 날 밝을 때 가자고."

"그렇게 심한가?"

"벌써 며칠째인가? 애들이 독이 잔뜩 올랐어. 오늘은 척준경까지 들이치는 바람에 아마 교대도 없이 순라를 돌면서 날밤을 지새워야 하는 신세들 일걸."

지원은 늘어선 주막가를 걸었다. 예전에도 걸었던 길이다. 그때는 나이가 어려 지나치기만 했을 뿐 주막 안으로는 들어가지 못했었다.

오가는 사람들은 대부분 하룻밤 묵을 곳을 찾는 장사치들이었다. 물건뿐만 아니라 소문과 얘깃거리들을 실어 나르는 사람들이기도 했다.

"준경이 왕께서 불러서 온 것인가, 아니면 제 맘대로 왔다는 것인가?"

"들리는 얘기로는 군선을 끌고 부하들을 몇십 명 정도만 데리고 왔다니까 부름을 받고 온 게 아닐까?"

"십수 명만 데리고 여진을 휘젓던 척준경이야. 마음을 먹으면 손발 몇십 명만으로도 개경을 쑥대밭으로 만들고도 남지 않겠는가?"

너도 나도 척준경 얘기였다. 지원은 한 귀로 듣고 한 귀로 흘렸다. 지금은 걸러 들을 만한 아무 기준을 세울 수 없었고 세우고 싶지도 않았다.

지원은 개중 사람이 가장 적어 보이는 주막으로 들어갔다.

"혹시 주무시고 가실 거요?"

둥글둥글한 주막 아낙이 술상을 내오며 지원에게 물었다. 지원은 고개를 끄덕였다.

"아이구, 똘망똘망 잘생기기도 하셨지. 그런데 어째? 오늘은 발들이 더 일찍들 묶여서 사람이 넘치네. 다닥다닥 붙어서 함께 새우잠 자실 만한 분도 아닌 것 같고……."

아낙이 술상을 지원 앞에 내려놓고 뒤쪽을 아무렇게나 가리켰다.

"술은 예서 드시더라도 요 안쪽으로 좀 더 들어가면 여각들이 있는데 편히 주무시기엔 그쪽이 나을 거요."

알고 있었다. 큰 상인들이나 전주들을 위한 번듯한 기와 채들의 구역이 있었다. 따로 방값이 없는 주막과 달리, 방값은 물론 모든 것에 일일이 돈을 받는 곳이란 걸 이미 들었다. 관에서 묵인하는 사설 기루도 있었고, 풍류 대신 은밀한 매매춘이 이루어지기도 해서 이전에도 발길이 가지 않던 곳이다.

"하룻밤 모로 잔다 한들 탈이야 나겠습니까."

지원은 아낙에게 요기가 될 만한 떡을 좀 더 부탁했다.

달은 둥글었다. 밤 구름이 달의 아래쪽을 가리고 있었다. 언뜻 그녀가 하늘로 올라가서 얼굴을 반만 내놓고 내려다보는 듯한 착각이 들었다. 지원은 달을 보고 웃었다.

주막 아낙의 말엔 호들갑이 섞인 감이 있었다. 큰대자로 늘어지게 눕진 못하더라도 서로 몸을 붙일 필요까진 없을 것 같았다. 손님이 밤늦어서 더 늘어날 일은 없을 것이다. 지원은 윗목에 누워 잠을 청했다. 서로 자자고 하는 자리여서인지 봉놋방엔 말들이 없었다. 높고 낮은 코골이가 여기저기서 간간했을 뿐이다. 지원도 깜빡 잠이 들었다.

"벌써 일어나셨소?"

문턱에 걸터앉아 섬돌의 신발들을 두리번거리는 지원에게 주막집 아낙이 다가왔다. 손에 지원의 신을 들고 있었다.

"가죽신이라 누가 신고 갈까 봐 따로 놔두지 않았겠소. 가장 일찍 일어나실 줄 알았으면 그냥 둘 걸 그랬소."

지원은 주막집 아낙의 배려에 감사를 표하고 주막을 나섰다. 아직 해는 보이지 않았지만 날은 희끄무레하게 밝아 있었다. 날이 흐릴 모양이었다.

다른 주막들에서도 일찍 길을 나서는 자들이 있었다.

"척준경이 그 길로 곧장 궐에 들어 왕을 알현했다더군. 무작정 들이닥친 게 아니라 왕께서 부르신 게 틀림없었어."

"자네가 그걸 어찌 알았나?"

"지난밤에 요 뒤에 갔다 왔거든."

"그런데 어제 자네 짝은 누구였기에 우린 듣지 못한 얘길 들은 건가?"

"오줌 누러 가다가 전주들과 대상들이 수군대는 소릴 들은 거지. 그 작자들이 소식엔 가장 빠르잖아."

"뭔 소린가? 자네들, 나만 빼놓고 가서 창기들을 품었단 말인가?"

"자넨 어제 너무 마셨어. 잡아 흔들어도 깨어나지 못하는데 업고 가기라도 했어야 한다는 건가?"

지원은 자기도 모르게 패거리들 가까이 따라붙었다. 행색을 보아 소금 상들 같았다.

"아무튼 오늘 척준경이 직접 나서서 개경 전체를 들었다가 놓을 모양이래. 날 밝기 전에 빨리 성 밖으로 벗어나는 게 상책이야."

"죽겠군. 이참에 처녀 귀신과 살생부 얘기가 잠잠해질 때까지 아예 개경 출입을 말아야 할까 봐."

"그럼 당장 어렵게 뚫어놓은 우리 길에 다른 놈들이 치고 들어오지. 걸음으로 먹고사는 우리 같은 놈들은 하루라도 쉬어선 안 된다는 걸 모르나?"

소금상들은 낮게 기고 있는 아침 안개를 밟으며 부지런히 선의문 쪽으로 향했다.

지원은 척준경을 생각했다. 하룻밤 차이는 컸다. 지원은 비로소 척준경이 보였다.

15 척준경

막상 해가 뜨자 햇살은 눈부셨다. 예성강에서부터 몰려와 성벽을 스며들어 바닥을 기어 다니던 아침 안개는 흔적도 없이 사라졌고, 희끄무레하던 하늘은 파랗고 투명한 장막을 한껏 펼쳤다. 십수 일간 개경의 저자 곳곳을 점령했던 금오위와 신호위, 좌우위의 군병들도 아침 햇살에 쫓겨간 안개처럼 깨끗이 사라졌다. 갑자기 광명이 찾아온 듯한 깨끗한 빈 길들을 보면서 놀라지 않는 백성들이 없었다. 기뻐하는 자들 또한 아무도 없었다.

개경의 하루는 밝고 찬란했으되 더없이 깊고 고요한 침묵으로 열리고 있었다. 침묵엔 지난 십수 일간보다 더한 긴장과 불안이 보태져 있었다. 아침나절은 그렇게 지났다. 그리고 해가 중천으로 치달을 무렵, 황성의 동쪽 거인문으로부터 개경의 고요와 침묵을 짓밟으며 한 무리의 거친 말발굽들이 달려나왔다.

　말발굽은 내성을 가로질러 동문을 통해 외성으로 치달려 나왔다. 고요와 침묵 밑에 깔렸던 긴장과 불안이 거칠고 우악스런 말발굽 소리에 터져 출렁였다. 민심이 말발굽 소리를 따라 흔들렸고, 그 선두에 척준경이 있었다.

　척준경과 그 부하들의 말은 발이 컸고 다리가 굵직했다. 빨리 달리는 것보단 오래 달리는 것에 익숙했고, 순발력보단 뚝심에 강했다. 척준경과 함께 먼 서북에서 관선을 타고 함께 내려온 진귀한 몽고마들이었다. 그들의 묵직하고 거친 굉음 같은 말발굽 소리는 땅거죽을 잡아 흔들었으며, 듣는 이들의 가슴을 쿵쾅쿵쾅 떨어 울렸다. 개경은 폭풍을 만난 숲처럼 흔들리면서도 잔뜩 숨을 죽였다.

　척준경은 불과 수십의 기마병만을 이끌고 개경 전역을 거침없이 돌았다. 울타리와 담장 밖으로 고개를 내밀 용기를 가진 자는 개경에 없었다. 척준경이 내성의 서소문과 황성의 서천문을 통해 되들어갈 때까지 모두 머리를 낮추고 울타리와 담장 사이로 숨어서 지켜보았다.

　한바탕 휘몰아치고 사라진 말발굽 소리의 여운이 가라앉자 다시 억눌린 고요와 침묵이 찾아왔다. 거기엔 평화가 끼어들 여유가 없었다.

　척준경은 저녁 무렵 다시 황성의 눌리문을 통해 달려나와 개경의 고요와 침묵을 뒤흔들었다. 한낮과는 반대 방향으로 내달려 개경 전역을 휘저어놓고 황성의 정문인 수문으로 들어가 버렸다. 척준경을 피해 달아났던 고요와 침묵이 다시 돌아왔고 어둠마저 내렸다.

어둠은 한낮과는 다른 불안과 두려움을 함께 몰고 왔다. 불안과 두려움은 어둠이 깊어지면서 척준경의 뜻을 알지 못하는 무지까지 보태져 점점 공포로 변해갔다. 개경은 밤새도록 떨었다.

지원은 하루를 다 지켜보고 내성과 외성의 남쪽 경계인 자남산 기슭가 민가에 부탁해 밤을 묵었다.

약두산은 자남산의 동편에 맞닿은 야산이지만 일반 백성들의 출입이 불가능했다. 관료들 또한 마음대로 출입할 수 없었다. 왕의 스승인 동산처사 곽여의 거처가 있기 때문이었다.

약두산은 궁성의 북편을 바람막이처럼 두르고 있는 송악산의 줄기이자 지봉으로 볼 수 있었지만, 곽여 덕분에 성역이나 다름없는 독자적인 지위를 확보하고 있었다.

흡사 새들이 나뭇가지들을 물어다 집을 지은 것처럼, 곽여의 거처는 약두산의 나무들과 풀을 엮어 만든 초목 집이었다. 깊은 숲 사이에서 그런 집이 쉽게 눈에 띌 리가 없었다.

그의 집보다는 황소만 한 삽살개를 찾는 것이 빠를지 몰랐다. 그러나 그 삽살개를 봤다고 해서 곽여의 집에 들어갈 수 있는 것은 아니었다.

곽여가 백령(白靈)이란 이름을 붙인 그 삽살개는 곽여가 원하는 손님과 원하지 않는 손님을 구별할 줄 알았다. 원하는 손님이면 조용히 꼬리만 흔들었고 원하지 않는 손님이면 컹 한마디면 되었다. 체구가 워낙 거대하여 단 한 번의 울음으로 약두산을 통째로 떨어 울리고도 남았다. 산이 통째로 놀라는데 사람인들 온전할 수가 없었다. 물러가야 했다.

전신을 새하얀 털로 축축 늘어뜨린 채 어슬렁어슬렁 움직이는 백령의 자태는 흡사 약두산 산신과 다름없었다. 그리고 그 자태는 변함이 없었다.

백령은 숲 사이에서 지원을 가만히 쳐다보고 있었다. 긴 털로 뒤덮인 눈이 조금도 보이지 않았기 때문에 백령의 표정은 알 수 없었으나, 지원은 느낌으로 백령이 자기를 알아보는 것을 알았다. 과시에 급제하고 서경으로 돌아가기 전에도 백령과 곽여를 만나 작별 인사를 하고 간 지원이었다. 백령과 다시 보게 된 사이는 그리 오래지 않았다.

지원은 백령에게 다가갔다. 백령이 어슬렁거리며 숲을 나왔다. 지원은 거의 얼굴 높이까지 오는 백령의 머리를 쓰다듬어 줄까 하다가 그만뒀고, 백령은 마치 못 본 것처럼 지원을 지나쳤다.

백령의 꼬리가 좌우로 살랑살랑 흔들리고 있었다. 지원은 그런 백령의 뒤를 따라갔다.

곽여는 마침 방문을 열어놓고 개다리소반을 문지방까지 가져다 놓은 채 차를 마시고 있었다. 차를 좋아하는 사람들이 어찌 개다리소반에 찻잔을 올려놓을까만, 곽여가 그렇게 하면 개다리소반마저 훌륭한 다탁이 되었다.

백령을 따라 싸리 울타리 안으로 들어선 지원은 마당에서 곽여를 향해 큰절을 올렸다.

"그간 존안하셨습니까."

곽여는 지원이 올 줄 알고 있었던 것처럼 보고도 놀라지 않았다. 그러나 몰랐어도 놀라지 않을 곽여라는 것을 지원은 알고 있었다.

"이리 올라오게. 마침 차가 남았으니 자네에게도 한 잔 주고 싶군."

곽여는 쭈욱 함께 지내온 사람에게 말하듯 했다. 지원은 툇마루에 올라 한쪽으로 비켜 앉았다.

곽여의 늙은 손이 차 주전자를 들어 마시던 찻잔에 차를 채웠다. 곽여는 찻잔을 지원 앞으로 밀었다. 다도를 따지는 자들이 보면 무슨 찻잔을 술잔 돌리듯 하냐고 할지 모르지만, 곽여가 그렇게 하면 그것마저 품위가 있었고 새로운 다도였다.

지원은 찻잔을 들어 입술을 약간 적셨다. 흐린 나무 향이 입 안에 가득 찼다.

지원은 곽여가 먼저 말을 거는 법이 없다는 것을 상기했다.

"기령이 왔습니까?"

"왔었지."

묻는 말에 대답을 안 해준 적 또한 없었다. 곽여의 대답은 바람이 불어오면 흔들려 주는 나뭇잎이나 풀잎과 같았다.

"갔습니까?"

"그 아이가 언제 온다 하고 오고 간다 하고 가는 아이던가."

그녀는 곽여에게도 지원에게 하듯 똑같이 행동하는 모양이었다.

"아침진지는 자셨는지요?"

"오랜만에 자네가 밥 좀 해보려나?"

지원은 곽여의 부엌으로 갔다. 익숙하고 친근한 정경이 부엌에 있었다. 김부식과 마주쳤던 것도 이 부엌에서 밥을 해 나갈 때였다. 그때의 김부식은 촉망받는 한림원의 젊은 관리였고, 지원은 아궁이때 묻은 곽여의 집 불목하니나 다름없었다.

지원은 잠시 옛 생각에 젖었다.

"또 나갔나?"

습명이 앉기도 전에 부식이 물었다.

"오늘은 앞에 서지 않고 부하들만 밖으로 내돌리고 있습니다."

습명은 대답하면서 부식의 앞에 단정히 두 무릎을 꿇고 앉았다.

"효과는 같을 테지. 그자들이 누구인지 이젠 다들 알 테니까. 없어도 있는 것과 같은 이치야."

부식은 눈살을 찌푸렸다.

"그런데 뭐 하자는 수작인지 아직 알려진 게 없던가?"

"아마도 척준경 방식의 순라인 듯합니다."

"척준경 방식? 그건 또 뭔가?"

"항상 보이는 것보다 잠깐잠깐만 비침으로써 존재감과 효과를 더 크게 하는……."

부식이 코웃음 쳤다.

"자네의 해몽이 더 기막히군."

"어제와는 달리 조정이 빠르게 안정을 찾아가는 듯합니다. 척준경을 조정의 든든한 파수꾼으로 인식을 바꾸는 신료들이 눈에 띄게 늘고 있습니다."

"준경이 온 이상 더는 처녀 귀신과 살생부가 없다는 뜻인가?"

"두고 봐야 알겠지만 왠지 그렇게 될 것 같은 생각이 듭니다."

부식은 잠시 말을 멈추고 눈을 허공에 뒀다. 허공에 떴던 부식의 눈이 천천히 습명에게 옮겨졌다.

"곽여가 처녀 귀신과 살생부 소문이 오래가지 않을 것이라고 했던 건 이미 준경이 올 줄 알고 있었다는 것인가, 아니면……."

거기에 대해선 습명은 어떤 대답도 할 수가 없었다.

부식의 미간이 주름을 잡으며 좁혀졌다.

"이상하지 않은가. 기령이 정말로 선친의 살생부를 들고 실력을 행사하고자 하는 것이라면, 준경이 굳이 먼 북방에서 달려와 그것을 막고자 할 소용이 있는가?"

습명은 어떤 미로가 눈앞에 펼쳐지는 느낌이었다.

"결국은 양아버지의 한을 풀고자 하는 일인데 돕지는 못할망정 막아서는 안 되는 준경이 아닌가?"

"와서 요상한 일들을 막으라는 왕명이 닿았다면 제아무리 척준경이라도 어쩔 수 없이……."

"우리가 그런 왕명을 받아 꾸민 적이 있던가? 준경이 개경에 입성할 때까지 우리는 꿈에도 모르고 있었다. 왕께서도 모르고 계셨던 것이 아닌가?"

"화급을 다투는 일이라고 여기시어 문서를 갖추지 않고 말만으로 바로 추밀원을 통하신 것이 아닌지……."

부식이 고개를 저었다.

"나도 당황하였기에 그리 생각했었으나 아닐지도 모른다. 준경을 불러들인 자들이 따로 있고 왕께서도 사후 보고를 받으셨을지도 몰라."

서탁 모서리에 걸친 부식의 주먹이 쥐어졌다.

"그럴 만한 자들이면 뻔하지만 알아볼 일이다. 준경이 들어와 하는 짓을 보니 앞뒤가 안 맞는 게 있어."

예빈시의 주부가 소주방(燒廚房)의 궁녀들에게 음식을 들려 왔다가 지원과 곽여가 겸상을 나누는 것을 보고 놓고 돌아갔다. 곽여는 그들에게 따로 말이 있을 때까지 음식을 날라 오지 말라고 했다. 지원에게 밥 짓기를 계속시키겠다는 뜻과 같았다.

"제가 밥 짓는 게 어찌 소주방 나인들의 솜씨만 하겠습니까?"

지원은 궐에서 온 음식을 상으로 옮기려 했다.

"뒀다가 있다 먹게. 나는 하루 한 끼로 족하니……"

"이미 밥을 충분히 지어놓았습니다."

"그 아이가 언제 여기서 밥 먹는 것 본 적 있나?"

지원은 웃었으나 얼굴이 붉어지는 걸 가리지 못했다.

마당 한쪽에서 꼬리를 살랑살랑 휘저으며 곽여와 지원을 가만히 쳐다보고 있던 백령이 갑자기 소리가 날 정도로 고개를 돌렸다. 한없이 느릿느릿한 백령은 때때로 그렇게 번개처럼 빨랐다.

"왔으면 이리 오거라. 오늘은 밥이 너무 많구나."

곽여가 나직이 말했다.

그러나 바람 없는 숲의 고요함만 새삼스러울 뿐 다른 움직임은 없었다.

지원은 천천히 숲길을 거닐었다. 백령이 천천히 따라왔다.
"언제 왔느냐?"
숲이 말했다. 아니, 숲 어딘가에서 그녀가 말했다.
지원은 걸음을 멈췄다.
백령이 숲 한쪽을 쳐다보고 있었다. 백령답지 않게 꼬리를 방정맞게 좌우로 흔들어대 바람이라도 일어날 것 같았다.
지원은 백령의 꼬리를 생각없이 쳐다보면서 되물었다.
"처녀 귀신을 어떻게 하실 생각입니까? 서경도 시끄럽습니다."
숲이 침묵했다.
"척준경이 처녀 귀신을 없애는 걸 내버려 두실 겁니까?"
"원래 없는 걸 어쩌든 말든 내가 무슨 상관이겠느냐?"
지원은 백령과 같은 곳을 바라보며 미소 지었다.
"누가 만들어낸 것인지 알아내셨습니까?"
"준경 오라버니를 불러들인 자들이 아니겠느냐?"
지원은 더 미소 짓지 못했다.
"결국 그들이 척준경의 힘과 무력을 얻고자 한 것이었군요."
"네 탄원이 자기들도 모르는 사이에 왕께 전해진 충격이 컸겠지. 금오위를 총동원해도 서경의 무반 여섯을 잡지 못했으니… 아니, 네 친구까지 해서 일곱이었나?"

"누이가 귀신처럼 나타나서 그들의 도주를 도왔다는 것부터가 거짓의 시작이겠군요."

"그때 나는 잠든 네 얼굴을 내려다보고 있었다."

지원은 가슴이 뜨거워졌다. 그럴지언정 머리는 차갑게 식혀야 했다.

"저는 척준경이 그자들의 뜻대로 움직이는 걸 두고 보지 못하겠습니다. 척준경을 만나게 해주십시오."

"준경 오라버니는 내 말을 듣지 않는다. 오래되었어."

지원이 고개를 쳐들었다. 목소리도 높아졌다.

"누이의 이름을 제멋대로 찧고 빻은 자들을 내버려 두란 말입니까? 척준경부터 만나게 해주십시오."

숲이 다시 침묵했다. 한줄기 바람이 일었다. 바람은 지원의 뒤에 사뿐히 내려섰다. 여자가 지원의 뒤에 있었다.

"그들이 나를 어쩌든 나하고는 상관없다. 그것은 이미 내가 아니니까. 그러니 너도 상관하지 마라."

지원이 돌아섰다. 그녀는 지원의 바로 앞에 있게 되었다. 그녀의 옆에는 백령이 헥헥거리며 그녀의 뺨을 핥아대고 있었다.

"세상이 말하는 나도 내가 아니다. 나는 그들의 이야기에도 관심이 없어."

"그럼 내가 무엇을 해야 합니까?"

그녀가 지원의 머리를 와락 끌어다가 가슴에 안았다. 백령이 깜짝 놀라 그녀에게서 떨어졌다.

"아무것도 하지 마라. 나를 위해서는… 아무것도 하지 마."

그녀의 품에 파묻힌 지원의 몸이 경련했다. 십 년 전, 대동강변에서 처음 만났던 그때처럼.

16 관계

　그녀와 지원은 지원이 열한 살 때 대동강변에서 처음 만났고, 지원이 열두 살 되던 해에 그녀는 지원을 개경으로 데리고 와 곽여에게 인사를 시켰다. 그때의 어린 눈으론 그녀가 곽여의 손녀인 줄 알았다.
　지원은 곽여의 집에서 먹고 잤고 그녀는 항상 지원의 주위에 있었으나, 어디서 먹고 어디서 자는지는 알 수 없었다. 곽여 역시 알 수 없는 사람이어서 지원이 말을 걸기 전엔 먼저 말하는 법이 없었다. 지원이 말을 하지 않으면 곽여의 집에선 하루 종일 사람의 목소리가 단 한 마디도 흘러나오지 않았다.
　곽여는 지원이 십사 세 되던 해에, 먼저 틀린 공부를 하지 않으면 맞는 공부를 알 수 없다는, 정말 알 수 없는 말을 했다. 그리고 그녀의 부친 윤관의 이름을 빌려 지원을 국자감에 입학시켰다. 지원은 국자감에서 일 년쯤 수학했을 때 유학재 앞에서 난동을 부리는 봉심을 보면서 곽여의 말을 이해했고, 그 길로 국자감을 때려치웠다.

곽여의 거처로 되돌아온 지원은 곽여에게 어떤 공부나 가르침도 청하지 않고 그저 나무를 해다가 방에 군불을 지피고 아궁이 앞에서 밥을 하는 것으로 소일했고, 곽여 역시 그런 일을 말리지 않았을 뿐만 아니라 지원을 붙잡아 앉혀놓고 뭔가를 가르쳐 주려고 하지도 않았다. 차라리 지원이 있는 곳마다 나타나서 지원을 가만히 쳐다보던 백령이 지원에게 더 관심이 많았다고 해도 무방했다. 그땐 곽여가 궐내에 머무는 시간이 훨씬 더 많았으므로 실제로 지원에겐 백령이 훨씬 더 가까운 대상이었다.

지원은 차츰 자유로워져 마음 내킬 때마다 곽여의 집을 떠나고 돌아오길 반복했다. 그 사이사이는 열흘을 채우기도 했고 보름을 채우기도 했으며 어떤 때는 달포를 넘길 때도 있었다. 그저 산천을 떠돌았고, 잠은 가까운 산사에서 잤다. 때론 노숙도 했다. 곽여는 거기에 대해서도 아무 말 하지 않았다.

그녀는 여전히 보이지 않는 그림자처럼 지원을 따라다녔다. 실제로 그림자였는지는 알 수 없지만, 그녀는 지원이 언제 어디에 있든 어디선가에서 불쑥 말을 걸어오는 재주가 있었다.

빛나던 윤관 장군의 업적이 한순간에 빛이 바래지던 날부터 그녀와 곽여의 사이는 멀어졌다. 곽여는 늘 그랬던 것처럼 별다른 기색을 내비치지 않았으나 그녀의 원망감은 겉으로 드러났고, 지원에게 선택을 강요하는 모양으로 나타났다.

아버지의 집으로 갈 거다. 남을 거냐, 같이 갈 거냐?

지원은 곽여를 떠나 그녀를 따라 개경 아래쪽 파평의 윤관 장군의 집으로 들어갔다.

그러긴 했어도 지원은 곽여를 변명했고, 그녀를 이해시키려 했다.

왕의 스승이십니다. 조정의 고관대작들이 뭐라 했든 결국 왕께서 전쟁을 더 하실 뜻이 없었기 때문에 전쟁은 끝났고 어르신께서도 그 뜻을 어찌 실 수가 없으셨던 걸 겁니다.

알고 있어.

그때 알고 있다고 대답한 그녀의 목소리는 지원이 기억하는 가장 차가운 것이었다.

그녀는 집에서도 어디에 있는지, 어디서 먹고 어디서 자는지 알 수 없는 행위에 변화를 주지 않았다. 윤관의 가족들은 물론 그 집 식솔들은 아무도 그녀의 존재를 모르는 듯했다. 지원 또한 행랑채에 딸린 작은 골방 하나를 받아 머물렀고, 밥을 들여주는 부엌어멈 외엔 아무도 지원을 아는 체하지 않았다. 지원은 골방에 틀어박혀 책만 읽었다.

화병으로 몸져누운 장군이 그로부터 일 년여쯤이 지나 화병마저 놓아버렸을 때, 그녀는 아예 사라져 버렸다.

장군의 장례엔 외부인은 아무도 오지 않았다. 위대한 장군의 죽음은 비장했고 초라했다. 지원은 처음부터 소개를 나누지 않았기에 골방에 틀어박혀 있었지만, 부엌어멈을 통해 듣고 알 수 있었다. 그때 지원은 골방에 혼자

틀어박혀서 처음으로 관직과 정치를 향한 욕망을 가졌다.

장례가 끝났어도 그녀는 돌아오지 않았다. 지원은 그녀도 없고 장군도 없는 집에 더 머물지 못했다. 장군의 집을 나설 때 그녀는 지원의 앞에 나타났다.

그녀에겐 슬픔도 분노도 그 어떤 감정도 내비치지 않았다. 그야말로 아무 표정도 없는 얼굴이었고, 그런 얼굴로 가만히 지원을 쳐다보기만 했다. 그러나 그것이 지원이 본 가장 슬픈 얼굴이었다.

지원은 그때 치밀어 오르는 울음을 억누르고 말했다.

과시를 보겠습니다.

부엌 옆에 딸린 곁방은 지원에게 이미 익숙한 그 방 그 이불 그대로였다. 닭이나 호랑이보다 먼저 일어나는 곽여의 시간에 맞추기 위해 초저녁부터 잠자리에 들곤 했다. 그러나 이십이 가까워 오랜만에 그때 그 자리에 누운 지원은 쉽게 잠을 이루지 못했다.

그녀가 없었으면 지원은 과시를 보지 않았을 것이다. 과시를 본 것은 그녀 때문이었다. 그녀를 만나지 못했다면 지원은 그녀처럼 사람들이 볼 수 없는 세상 밖만 돌다가 결국은 스러졌을 것이다. 그녀는 여전히 세상의 바깥만 돌고 있지만, 지원을 세상 속에 남아 있게끔 하는 존재였다.

지원은 그녀도 세상 속으로 끌어내고 싶었다. 오지 않으면 가고 보이지 않으면 찾는다는 걸 알려주고자 하는 것 또한 그 때문이었다.

"들으십시오, 제 말."

지원은 누운 채 말했다.

"나는 보이지 않는 것들을 보려고 했습니다. 그런 내게 누이가 보인 건 당연한 것이었습니다."

지원은 눈이 축축해지는 걸 느꼈다.

"그런데 누이를 보게 되면서부터 나는 보이지 않는 것들을 보기 힘들게 되었습니다. 왜 그런가 싶어 돌이키면 내 눈은 항상 누이만 찾고 있었습니다."

눈앞이 맑아졌다. 대신 양쪽 눈가를 뜨거운 느낌 두 줄기가 타고 내렸다.

"누이가 내 눈을 멀게 한 겁니다. 그런데 이제 와서 누이를 위해 아무것도 하지 말라니요? 그런 말이 어디 있습니까?"

눈의 축축함은 어느새 베갯잇으로 옮겨져 있었다.

"그런 말 또 하려거든 내 눈을 돌려주십시오. 나를 십 년 전 그때 그 자리로 갖다 놓아달란 말입니다."

방 안은 정적에 휩싸였다. 그것을 느낀 순간 정적은 일순간에 거두어졌고, 어둠이 들이찼다.

갑자기 몸이 따뜻해져 왔다. 점점 더 따뜻해지더니 곧 더워졌고 이내 뜨거워졌다. 지원은 몽롱해졌다. 전에는 가져본 적 없는 알 수 없는 느낌이 몸의 안팎을 가득 채웠다.

바로 귓가에서 그녀의 목소리가 들려왔다. 숨결도 느껴졌다.

"나는 너하고 항상 함께 있어. 지금은 모르겠지만 너도 나중엔 알게 될 거야."

귓전에서 들리던 그녀의 목소리는 끝날 때쯤엔 이미 아득했다. 온몸을 덮었던 덥고 몽롱했던 느낌도 어느새 씻은 듯이 사라지고 없었다. 지원은 가만히 누웠다가 부스스 자리에서 일어났다.

달빛이 밝았다. 백령이 마당 한쪽, 울타리 그늘이 드리워진 곳에 우두커니 서서 지원을 바라보고 있었다. 곽여의 방엔 불이 꺼져 있었다.

지원은 싸리문을 열고 나갔다. 약두산의 숲이 달빛 아래 잔뜩 웅크린 채 지원의 앞으로 성큼 다가왔다.

지원은 발길이 가는 대로 걸었다. 궁성의 반대편, 약두산 동편 기슭을 따라 도는 그 길은 동쪽으로 부흥산이 펼쳐지고 북쪽으로는 송악산이 시작되는 약두산의 가장 깊은 쪽이었다. 지원에게는 이미 익숙한 길이기도 했다.

산의 줄기들이 맞닿아 비탈과 분지를 이루는 곳엔 억새들이 무성했다. 달빛을 받는 한밤의 억새밭은 아름다우면서도 스산했다.

건장한 체구를 가진 시꺼먼 사람 형체가 억새풀 사이를 가르고 있었다. 달빛을 제대로 받을 때마다 얼굴과 몸의 윤곽을 언뜻언뜻 드러내는 그는 멀리서 보아도 척준경이었다.

지원은 숨을 길게 들이쉬었다가 절반쯤만 내뱉고는 척준경을 향해 걸었다.

척준경의 앞쪽에서 흰 그림자가 어른거리는 것이 보였다. 그녀가 열 발짝쯤 척준경을 앞서 환영처럼 걷고 있었다. 척준경은 부지런히 따라 걷고 있었으나 어쩐 일인지 그녀와 척준경의 사이는 간격이 좁혀지지 않았다.

"기령아, 사람을 불러냈으면 말이 있어야 할 게 아니냐, 말이."

척준경의 굵직한 목소리에 억새들이 소스라쳤다. 한밤의 산중엔 조금도 어울리지 않는 목소리였다.

"귀신 얘기 따위, 내가 모르겠냐. 네가 아닌 줄. 그게 정말 너라면 내가 너 혼자 그런 일을 하게 내버려 뒀겠느냐고. 아버님의 살생부란 것도 그래. 그런 게 있었다면 진작 개경 한복판에다가 떠억 펼쳐 놓고 한놈 한놈 불러내 목을 쳐버렸을 거야."

척준경의 말투는 협박과 공갈로 연명하는 저자의 왈짜들처럼 몹시 투박하고 거칠었다.

"어떤 놈들이 너를 팔고 아버님을 팔아 되지도 않는 수작을 부렸는지 모르겠지만, 내가 온 이상 그것도 끝이야. 이제 너를 욕되게 하고 아버님을 욕되게 한 놈들을 하나하나 찾아서 맨손으로 모가지를 분질러 버릴 거다. 왕께서도 아버님이 그런 걸 남겼다곤 믿지 않으시고, 어떤 자들이 이익을 취하려고 만들어낸 음모로 보고 계신 걸 확인했어. 과연 왕이시더군. 내게 그 놈들을 밝혀내 달라고 모든 걸 일임하셨다고."

척준경이 손으로 자기 가슴을 마구 쳤다.

"두고 봐라. 이 오라버니가 그놈들을 색출해서 네 이름과 아버님의 명예를 지켜줄 모양이니까. 한 달도 필요없어. 보름이면 모조리······."

척준경의 목소리는 마무리를 짓지 못했다. 앞서 가던 그녀의 흰 그림자가 어둠 속을 환영처럼 어른거리며 척준경을 덮쳐 갔다.

"야, 기령아!"

척준경의 놀란 목소리가 터져 나온 것과 동시에 달빛이 희고 가는 일직선을 그리며 척준경의 머리 위로 떨어졌다.

"야, 인마."

척준경은 기겁하며 억새밭을 뒹굴었다. 척준경 대신 억새들이 달빛에 잘려 사방으로 흩날렸다. 뒹구는 척준경을 따라붙는 것은 달빛이었다. 척준경이 구르기를 멈췄을 때, 달빛은 척준경의 목 앞에서 멈추며 시퍼런 살기를 머금은 칼날이 되었다. 달빛은 곧 그녀의 칼이었다.

억새밭에 주저앉은 척준경의 어이없는 얼굴이 달빛 아래에서 드러났다.

"너, 나한테 이러면 안 되잖아."

꾸짖는 건지 사정을 하는 건지 분간이 안 되는 말투였다. 둘 다인 것 같기도 했다.

척준경 앞에서 그녀의 눈이 파란 빛을 뿜었다. 살기였다. 그녀의 칼날과 눈이 하나가 된 듯했다.

"나는 필요없어. 정말 아버님의 이름을 욕되게 한 자들을 골라내 응징할 수 있어?"

그녀의 목소리 또한 시퍼런 얼음 가루가 날리는 듯했다.

"지금까지 내 말을 뭘로 들은 거냐? 아까 다 말했잖아."

"그런데 왜 개경을 돌고만 있어? 정말 그럴 마음이 있긴 한 거야?"

척준경의 눈이 커졌다.

"역시 서경이냐? 서경 놈들이 아버님의 이름을 팔아 반역을 모의하는 거야?"

그녀의 눈과 칼, 목소리에 하나처럼 서렸던 시퍼런 살기가 폭발했다.

척준경의 목을 겨눴던 그녀의 칼이 그대로 앞을 찔러갔고, 척준경은 억, 하는 다급한 헛바람만 남기고 억새풀 아래로 사라졌다. 척준경의 목을 놓친 그녀의 칼은 곧장 매의 발톱처럼 아래쪽을 찍어 내렸다.

"야, 너 정말!"

성난 고함과 함께 척준경이 그녀의 칼을 걷어 올리며 와르르 일어섰다. 언제 빼 들었는지 척준경의 칼이 그녀의 칼을 막고 있었다.

척준경의 칼은 판자대기처럼 널찍하고 편평한 것이 백정의 그것보다 험악하고 위협적이었다. 그 칼 위에서 여인의 눈썹처럼 가늘고 휘어진 그녀의 칼은, 그러나 피에 굶주린 듯 온몸을 파르르 떨면서 척준경의 거대한 칼을 찍어 누르고 있었다.

척준경은 설마 힘에 부치는지 악다문 이를 드러내고 용을 썼다.

"너하고 나 사이에 뭐가 다르고 뭐가 틀리고 있는 거냐? 말을 해, 말을! 다짜고짜로 이러면 이 오라버니 정말 화낸다!"

그녀의 칼이 척준경의 칼 위에서 몸을 튕겼다. 척준경이 밀려나듯 뒤로 물러났고, 그녀는 사방을 난자하며 척준경을 덮쳐 갔다. 억새풀들이 비명을 지르며 날아올라 달을 가렸다. 화를 낼 거라더니 척준경은 뒤로 몸을 빼기에 바빴다. 척준경이 도망치듯 뒷걸음질만 치고 그녀가 도륙을 낼 기세로 쫓는 모양이 계속 이어졌다. 애꿎은 억새들만 아닌 밤중에 날벼락을 맞는가 했더니, 척준경이 숲으로 도망치는 바람에 나무들까지 밑둥이 잘려

밤하늘을 날았다. 지원의 눈엔 도깨비들의 놀음과 같았다.

"하지 마! 그만 하라고!"

나무들이 떨어져 처박히고 가지들이 부딪쳐 부러지는 소리에 척준경의 외마디 고함이 뒤섞였다.

"난 한시도 아버님의 원통한 죽음을 잊은 적이 없어! 그런데 네가 나한테 왜 이래야 돼?"

척준경의 목소리는 급기야 상처 입은 짐승이 울부짖듯 했다.

갑자기 모든 것이 멎었다. 마지막으로 넘어가던 나무가 요란하게 쓰러지자 순식간에 고요가 찾아왔다.

척준경만이 그 속에서 거친 호흡을 뱉어내고 있었다.

"너만 친딸이라고 너무 그러지 마라. 양아들도 아들이야. 나도 모든 고려인들이 다 알고 있는 엄연한 장군의 아들이라고. 네가 하지 말라고 해도 나는 반드시 아버님의 복수를 할 거다. 아버님의 한을 풀 거라고."

그녀는 조금의 흐트러짐도 없이 조용히 서서 척준경을 노려보았다. 그녀의 눈엔 동공이 없었다. 그저 흰빛뿐이었다. 반해 척준경의 눈은 동자에 불이 붙어 활활 타오르듯 했다.

"두고 봐라. 내가 하나하나 아버님의 뜻을 다시 되살릴 것이다. 다시 조정의 권신들이 뜻을 모으고 왕께서 재가를 하게 해서 여진을 칠 거다. 아버님의 한을 풀어드릴 방법으로 그 이상 좋은 게 있으면 말해봐라. 네가 더 좋은 방법을 말해주면 내가 그렇게 하마."

그녀는 척준경을 노려볼 뿐 아무 대꾸도 하지 않았다.

"왜 날 믿지 못하니? 나는 한다면 하는 사람이란 걸 네가 가장 잘 알잖아."

그녀의 눈이 지원을 향했다. 지원은 달빛에 반사되어 흰자위뿐인 그녀의 눈길에 가슴이 찢어지는 듯했다.

척준경이 그녀의 눈길을 따라 지원 쪽으로 돌렸다. 척준경의 눈이 커졌고, 그 안에 의혹이 가득 담겼다.

"넌… 뭐냐?"

지원은 척준경을 쳐다보지 않았다. 그사이 그녀는 사라지고 없었다. 지원은 처음으로 그녀의 감정과 표정을 보았다. 그녀에게 분명한 것이 단 하나 있었다는 것을 처음 알았다.

그녀에게도 아버지는 있었다.

이상함을 느꼈는지 척준경이 두리번거리더니 그녀가 사라진 걸 알고 벌떡 일어섰다.

"기령아, 어디 간 거냐? 나랑 얘기 좀 더 하자! 우리가 얼마 만에 본 거냐? 섭섭하다, 인마!"

척준경의 목소리가 약두산 너머까지 울려 퍼지는 듯했다. 대답은 없었다. 척준경은 화가 북받치는지 지원을 사납게 돌아보더니 버럭 고함쳤다.

"넌 뭐냐고?"

지원은 지그시 척준경을 바라보았다.

"명심하십시오. 장군을 개경에 머물게 붙잡는 자들이 바로 장군께서 목을 쳐야 할 자들입니다."

지원은 척준경의 대꾸를 기다리지 않고 돌아섰다. 어쩐 일인지 눈물이 팽 돌았다.

지원은 어둠에 대고 고개를 떨어뜨렸다.

"알겠습니다. 당신을 위해서는 아무것도 하지 않겠습니다. 하지만 당신의 아버지를 살려낼 수 있을지 없을지는 장담하지 못하겠습니다."

지원은 그녀를 위해서는 아무것도 하지 않겠다는 말만큼은 그녀가 듣지 않기를 바랐다.

17 이지미

"이자겸이 척준경에게 큰절을 올렸다는 얘기 들었나?"
"뭐? 이자겸이 미친 건가?"
"그렇다면 이를 데 없이 좋은 일이겠지만, 처녀 귀신과 살생부를 잠재워 줘서 조정의 신료들을 대표해 감사를 드리는 뜻이었다더군."
"그래도 큰절은 지나친 거 아닌가?"
"그럴 만이야 하지. 살생부의 끝은 결국 이자겸이었을 테니 척준경이 목숨의 은인이나 다름없잖은가."

봉심은 개경 백성들이 여기저기서 수군대는 소리들을 들으며 걸었다.

"나라가 안정되면 반드시 척준경을 앞세워 여진을 치겠다는 약속도 했다더군."

"제가 왕인가? 여진을 치는 일을 제가 뭔데 약속을 해?"

"그렇게 나쁘게만 보지 말게. 이번에 가장 심대하게 목숨의 위협을 받았던 이자겸이 개과천선한 걸지도 모르는 일 아닌가."

"이자겸이 개과천선? 그야말로 지나가는 개가 웃을 말이군."

개경은 원래대로 돌아온 듯했는데, 지원의 행적은 어디에도 없었다. 봉심은 불안하고 답답했다. 서경에선 용모단자의 임자가 누군지 알아오길 눈 빠지게 기다리고 있을 것이다. 더 지체하긴 어려웠다.

봉심은 외성의 곳곳을 걸어서 돌았다. 사흘째였다. 지원과 우연히라도 마주쳤으면 가장 좋을 것 같았지만 그런 일은 일어나지 않았다. 어쩌면 볼일을 마치고 서경으로 돌아갔을지도 모른다는 생각도 들었다.

봉심은 집으로 돌아가 날이 저물길 기다렸다가 습명을 찾았다. 봉심을 본 습명은 반가움을 숨기지 않았다. 봉심은 습명의 태도에 가슴이 울렸다.

봉심은 습명이 이끄는 대로 방에 들어 저간의 사정을 간략히 설명하고 서길이 맡긴 용모단자를 꺼내 보였다. 용모단자에 그려진 갸름한 얼굴선에 눈과 입술이 얄팍하게 찢어진 청년의 얼굴은 흡사 뱀이 인간으로 환생한 듯했다.

"항상 신세만 지고… 혹시 이자를 아시는가 싶어서요."

습명의 눈이 커졌다. 용모단자의 임자를 알아보는 것 같았다.

"자네가 이자의 초상을 어찌……?"

"개경에 살생부 소문이 덮치기 전에 이미 살생부를 입에 올렸던 자라고 합니다. 아십니까?"

습명은 도끼로 얻어맞은 듯했다.

"자네, 이리 오게."

습명은 급히 봉심을 잡아끌고 집을 나섰다.

부식도 퇴궐해서 집에 있었다. 부식은 이자겸이 척준경에게 큰절을 올린 일을 생각하는지 사랑방에서 목침을 짚고 비스듬히 기대앉아 천정을 올려다보며 혼자서 혀를 차고 있었다. 습명을 따라 들어오는 봉심을 보자 부식은 정색하고 자세를 고쳐 앉았다.

"누구던가?"

그러고 보니 봉심과 부식의 맞대면은 처음이었다. 습명은 부식에게 황송했다.

"정지원의 국자감 동기 최봉심입니다."

"아, 자네가……."

봉심은 습명이 부식의 집으로 자기를 잡아끌 줄은 몰랐고, 부식의 앞자리가 불편하고 내키지 않았지만 일단 큰절을 올렸다.

"어찌 된 일인가?"

부식은 봉심의 인사를 받는 둥 마는 둥 하면서 습명에게 물었다. 습명은 봉심에게 받은 용모단자를 부식에게 바쳤다.

"이걸 들고 왔습니다. 김덕을 소환할 때 따라왔던 서경 관아의 판관이 이자가 지나가는 관료들을 붙잡고 살생부가 서경으로부터 올 것이라고 퍼뜨리는 걸 우연히 들었다고 합니다."

부식의 눈이 용모단자에 꽂혔다가 곧바로 크게 부릅떠졌다. 부식은 용모단자를 노려보며 부들부들 떨었다.

"그때는 처녀 귀신 소문이 돌아다닌 이후이자 도은희와 전길서의 죽음이 있기 이전 시점입니다."

부식이 퍼뜩 무슨 생각을 떠올린 듯하더니 습명을 다그쳤다.

"자네가 처녀 귀신 얘길 어디서 누구에게 들었다고 했던가?"

"시전 쌍화점 주인입니다만……."

부식이 벼락처럼 고함쳤다.

"그놈을 당장 잡아서 내 앞으로 끌고 오라!"

습명은 놀랐지만 쌍화점 주인이 금오위 대정인 막내동생에게서 처녀 귀신 얘길 들었다고 한 걸 상기했다.

"그자는 자기 아우에게 들었다고 했습니다."

"둘 다 잡아들여라!"

습명이 부식의 집 건장한 하인들을 데리고 달려나갔다.

부식은 두 눈을 감고 몸을 흔들었다. 노기를 억누르는 기색이었다. 봉심은 용모단자의 임자가 누구냐고 물어보고 싶었지만 말을 꺼내기 어려웠다. 눈앞에 앉은 봉심의 존재를 잊어버린 듯 한마디도 없는 부식을 의식하면서 봉심은 차라리 습명을 따라갈 걸 싶었다.

얼마나 지났을까. 마당에서 요란한 소리가 났다. 부식이 눈을 번쩍 뜨고는 일어나서 방문을 열어젖혔다.

부식의 하인들이 겁에 질려 벌벌 떠는 사내와 무관 복장의 청년을 잡아 누르고 있었다. 사내는 귀품인 만두를 만들어 파는 쌍화점 주인이었고, 청년은 금오위 대정인 그의 막내일 것이다.

습명이 허리를 숙였다.

"이자들입니다."

부식이 툇마루에 버티고 서서 추상처럼 명령했다.

"두 놈을 잡아 묶고 매우 쳐라!"

부식의 하인들이 분주히 내달렸다. 신이 난 것 같았다. 하인들은 잠시 만에 형틀을 떼매 짊어지고 곤장 막대를 한 아름씩 나눠 들고서 다시 마당에 모였다. 그리고 익숙하게 사내와 청년을 형틀에 단단히 잡아 묶었다.

"왜 이러십니까요, 나으리. 사정을 말씀해 주셔야 하지 않겠습니까?"

쌍화점 주인사내가 미리부터 울부짖었다. 부식은 사내와 청년을 쳐다보지도 않았다.

"숨이 넘어갈 때까지다."

"알겠습니다요."

하인들 넷이 곤장을 하나씩 들고 사내와 청년의 양쪽에 둘씩 나눠 섰다. 사내와 청년의 얼굴이 하얗게 질렸다. 하인들 중 누군가가 낮게 웃었다.

손바닥에 침 뱉는 소리가 시작을 알렸다. 구경하는 봉심이 항문을 움찔거릴 정도로 거침없는 곤장질이 떨어졌다. 사내와 청년의 입에서 비명과 울음이 뒤섞인 괴성이 터져 나왔다. 부식의 하인들은 이력이 난 듯 생사람을 놓고 떡메 치듯 했다. 습명은 다른 곳으로 눈길을 돌리고 있었다. 괴로워 보였다.

쌍화점 주인사내가 엉덩이가 피떡이 되어 먼저 입에 거품을 물고 실신했다. 청년은 공포와 고통 중에서도 사내의 실신을 보더니 부식을 향해 통곡처럼 부르짖었다.

"무슨 사정인지 말씀해 주십시오! 뭐든지 고하겠습니다!"

부식이 비로소 청년무관을 바라보았다.

"네가 지비산에서 처녀 귀신을 보았느냐?"

청년무관의 얼굴에 종류가 다른 공포가 스쳤다. 부식이 다시 물었다.

"네가 오늘 밤 네 언니와 필경 함께 죽기를 원하느냐?"

청년무관이 필사적으로 부르짖었다.

"보지 못했습니다! 다만 서경 역도들을 놓친 죄를 피하자면 봤다고 하라 했습니다! 저자에 나가서는 반드시 함구하라 했으나 명이 강하지 않았습니다! 그게 전부입니다!"

부식이 고개를 쳐들었다.

"그래… 거기서부터였구나. 처녀 귀신, 살생부… 그것이 모두 척준경을 불러들이기 위해 만들어낸 순서였어."

습명의 입에서 탄식이 터졌다.

"큰 물건을 얻기 위해선 손가락 몇 개쯤은 잘라도 상관없다는 것인가. 잘려진 손가락만 억울하게 되었으나 죽은 자들이 무엇을 할 수 있겠는가."

씁듯이 중얼거리던 부식은 갑자기 밤하늘을 우러러 미친 듯이 웃어댔다.

"훌륭하구나. 그토록 좋은 머리를 어찌하여 나랏일에 쓰지 못한단 말인가."

봉심은 부식의 웃음소리에 고막이 울리는 걸 느끼면서 조심스럽게 습명에게 다가가 귓속말로 물었다.

"누굽니까, 용모단자의 그자가?"

습명은 신음처럼 말했다.

"중서문하성의 좌습유 이지미. 곧 이자겸의 큰아들이라네."

봉심은 숨을 삼켰다.

웃음을 멈춘 부식은 가만히 담장 너머 어둠 어딘가를 주시하고 있었다. 심각한 것 같기도, 뭔가에 서글퍼진 것 같기도 했다. 문득 부식이 한숨처럼 중얼거렸다.

"권불십년이라 했으나 끝이 아니라 이제 시작되는 것인가. 십 년이 길겠구나."

부식은 습명에게 뒤처리를 지시하고는 방으로 들어가 버렸다.

습명은 하인들에게 쌍화점 주인사내와 청년무관을 풀게 했다. 쌍화점 주인사내는 밧줄을 푸는 동안 깨어났지만 정신이 오락가락하는 듯했고, 꼬리뼈가 부러졌는지 일어나서 걷지를 못했다. 청년무관은 그런 형의 모습에 망연해하더니 울음을 삼켰다. 억울함과 울분을 억누르는 기색이 역력했다.

"어쩌겠는가. 처녀 귀신 얘기를 들은 내 귀를 탓하게."

습명은 미안한 투로 달래고는 하인들에게 부축을 명했다. 청년무관은 하인들의 손길을 뿌리치고 쌍화점 주인사내를 부축하고는 절뚝절뚝 걸었다.

봉심은 그들보다 안절부절못하고 어쩔 줄 모르는 습명이 더 안쓰러워 나섰다.

"제가 돌아가는 길에 살피겠습니다."

"가려는가?"

"나리의 마음과 배려는 죽을 때까지 잊지 않겠습니다."

"이 사람은 무슨……."

봉심은 습명에게 인사하고 서둘러 부식의 집을 나왔다. 용모단자의 임자가 이자겸의 아들 이지미라는 것을 안 이상, 밤을 도와서라도 서경에 먼저 달려가야 하는 게 아닌가 하는 생각에 쫓겼다.

쌍화점 형제는 어둠 속을 가다가 몇 번이나 고꾸라졌다. 봉심이 부축하려 했으나 그때마다 동생이 거부했다. 급기야 동생은 울면서 형에게 더러워서 못해먹겠다고 했고, 금오위 대정 짓 때려치우고 형을 도와서 쌍화점에서 만두나 빚어 팔겠다고 했다. 그 자리 만들어주려고 넣은 돈이 얼만데 하면서 형도 따라 울었다. 만두 팔아 번 돈으로 막내의 무관 직을 얻은 모양이었다.

봉심은 길바닥에 퍼질고 앉아 서로 부둥켜안고 울어대는 형제를 보면서 씁쓸해졌다. 개경에서 매관매직이 횡행하는 줄은 어렴풋이 알고 있었지만, 여하튼 돈으로 산 무관 직이라면 빨리 내팽개치는 게 좋을 것이다. 봉심은 서경에서 공을 인정받아 관직을 얻은 게 다행이면서도 자랑이 될 수도 있다는 것을 알았다.

마음이 바뀌었다. 이자겸 쪽에서 척준경을 끌어들이기 위해 처녀 귀신을 만들어내고 수족을 잘라가면서까지 거짓 살생부를 퍼뜨렸다면 과연 척준경은 어떻게 나갈 것인가. 그 정도까진 할 말이 있어야 개경에 잘 다녀왔단 소릴 들을 수 있을 것 같았다.

봉심은 도둑처럼 집에 들어가 잠을 청하고 날이 밝자 몰래 나왔다.

날씨가 투명하고 맑았다. 외성의 성벽 너머로 보이는 송악의 자태가 아침 하늘 아래서 유독 선명했다.

봉심은 도성의 유일한 물줄기인 오천마을의 까막내를 따라 선 아침 장에서 국밥을 먹고 남문을 통해 내성에 들었다. 며칠 사이에 활기를 찾아가는 외성과 달리 내성은 조용하고 고요했다.

봉심은 국자감 강예재 동기인 이중부를 떠올렸다. 집안 좋고 훤칠한 키에 출중한 외모를 가진 이중부는 왕의 내시가 되는 게 꿈이자 목표였다. 왕의 숙위와 호위를 맡는 내시의 가장 기본적인 조건 두 개를 이미 갖추고 태어난 이중부의 꿈과 목표는 현실적인 것이었고, 강예재에서 무학을 공부함으로써 실현 가능성을 높였다. 동기들은 고려의 내시도 장차 송이나 거란의 환관처럼 불알을 까버리는 과정을 채택하면 어떡하느냐고 놀리면서 이중부의 꿈과 목표에 찬물을 끼얹었지만, 봉심은 그런 시시한 놀림엔 동참하지 않았다. 그러길 잘했다고 생각하면서 봉심은 이중부의 집을 찾았다. 대대로 품관 벼슬을 지내온 내력이 있어 이중부의 집은 내성에서도 번듯한 축에 끼었다.

개경 사정을 이것저것 마음 놓고 편히 물어볼 만한 상대로는 이중부 이상이 없을 것 같았다. 내시는 왕의 측근 중의 측근이니 아직 내시가 되지는 못했더라도 궐내 출입은 이미 하고 있으리라 기대되었다.

이중부는 집에 없었다. 이중부의 하인이 묻지 않은 말까지 다 말했다.

"우리 작은 도련님이 벌써 왕의 친위군인 용호군 정팔품 산원 아닙니까. 아마 그 나이에 가장 빠른 출세일걸요. 마침 오늘 구경거리가 있을 겁니다. 척준경 장군의 입성 축하 행렬이 있는데 우리 작은 도련님이 척준경을 호위할 젊은 무관들의 대표로 뽑히지 않았겠습니까. 워낙 잘나셨어야 말이죠. 볼 만할 겁니다."

하인의 말이 사실이라면 이중부는 이미 내시가 되기 위한 발판을 마련한 것이나 다름없었다. 과연 집안 좋고 용모 훤칠하고 꿈이 분명한 녀석으로선 어쩌면 당연하다 싶었다. 더욱 다행인 건 그런 이중부가 전혀 부럽지 않다는 것이었다.

봉심은 다녀간 것을 전해달라고 하인에게 부탁하고 발길을 돌렸다.

내성의 공기는 여전히 적막하고 고요했다. 큰길보다는 사잇길과 담장길을 따라 걷던 봉심은 적막 같은 고요를 밟아오는 발소리들을 들었다. 더러 두런거리는 목소리도 섞였다. 고요와 적막이 발소리와 목소리들에 조금씩 조금씩 자리를 내주고 있었다. 봉심은 큰길가로 나갔다.

처음엔 한둘인가 싶었는데 삼삼오오 몰려서 나타나는 사람들이 점차 늘어갔다. 외성의 백성들이 남녀노소를 가리지 않고 내성으로 들어오고 있었다. 늘어나는 기세로 보아 내성의 모든 문을 활짝 열어놓은 게 틀림없었다.

어디선가 끊어질 듯 말 듯 피리 소리가 들린 듯했다. 이어 땡땡거리는 경쇠 소리도 환청인 듯싶었는데 곧 쿵쿵 울리는 북소리가 들려왔다.

"행차가 나선 모양이다."

누군가가 말했고, 사람들의 발걸음이 한쪽을 향해 빨라졌다.

18 출세

　북과 종(鐘), 경(磬)이 박자를 때리고 소(簫), 적(笛), 생(笙)이 펼쳐지고 어울려 드는 음률이 점차 방향을 가늠할 정도로 또렷해졌다. 부는 악기와 때리는 악기가 함께 어울리는 취타악이었고, 사람들은 음률에 이끌리듯 서둘러 그쪽으로 몰려가고 있었다. 척준경의 무슨 행렬이 있을 거라더니 그것인 모양이었다. 봉심은 저절로 사람들과 함께 섞여서 걷는 모양이 되었다.
　황성의 광화문에서부터 이어져 나온 대로를 따라 사람들이 벌써 구름처럼 모여들고 있었다. 사람들의 얼굴은 일제히 취타음을 향했고, 음률의 고저장단에 따라 표정들이 넘실거렸다.
　"온다."
　성별을 분간할 수 없는 꼬마의 앳된 목소리가 한결 가까워진 취타악의 음률을 내질렀다.

　가장 먼저 두 줄의 기마행렬이 대로의 양편을 길게 줄지으며 나타났다. 말에 탄 자들은 젊고 훤칠한 청년무반들로 하나같이 눈처럼 흰 백의 단삼 무복에 꿩의 깃털을 꽂은 검은 복두를 썼고, 무릎까지 오는 갈색 가죽 장화를 신었으며, 허리엔 제각각 장식이 요란한 환도를 찼다. 과연 봉심은 왼편의 기마행렬 세 번째에서 이중부의 얼굴을 발견할 수 있었다. 녀석은 긴장으로 굳어 있었고, 한 지점밖에 볼 줄 모르는 눈을 가진 듯 꼿꼿하게 정면만 주시했다.

　봉심은 웃었다. 다른 청년무반들의 태도 또한 이중부와 크게 다르지 않았다.

　기마행렬 뒤에 세 개의 일산이 따라오고 있었다. 가운데 하나는 비색이었고 양쪽 두 개는 청색이었다. 일산은 각각 말이 끄는 수레에 얹혔는데, 비색 일산 아래에 태산 같은 거한이 버티고 앉아 있었다. 척준경이었다.

　척준경의 모습이 보이자 여기저기서 낮고 조심스러운 탄성이 터졌다.

　봉심은 저도 모르게 얼굴 근육이 딱딱해지는 것을 느꼈다. 한때 척준경이란 이름만 들어도 미칠 것 같은 질투와 부러움을 가졌던 시절이 있었다. 동경이나 꿈이 아닌 경쟁의 대상으로서 가슴을 뛰게 만드는 그런 종류였는데, 언제부터인지 그마저도 시들해졌고 잊어버렸다. 그런데 막상 가까운 거리에서 지켜보게 되자 스스로도 놀랄 정도로 가슴이 쿵쾅거렸다. 사람들의 고개가 행렬이 나아가는 속도에 맞춰 조금씩 돌아갔다. 대다수의 초점이 척준경에게 맞춰져 있었고, 척준경은 자기에게 집중되는 눈길들을 태연하게 받아내고 있었다.

봉심은 척준경의 강인하고 선 굵은 얼굴에서 눈을 떼지 못한 채 자리가 다르고 위치가 다르며, 걸어온 길과 걸어갈 길이 다르다는 것을 계시처럼 내려 받았다. 봉심은 이를 질끈 물고 스스로를 다독였다. 긴장이 풀리고 눈이 자유로워졌다.

척준경의 오른편 청색 일산 아래엔 나이 지긋한 노인이 앉아 있었다. 노인은 척준경과 달리 뭇 사람들의 시선이 부담스러운지 고개를 숙인 채 눈을 꽉 감고 있었다. 그렇게 해서 부담과 불편을 견디는 듯 보였다. 차려입은 옷이 남의 것인 듯 어울리지 않는 평범한 노인이었고, 오래된 습관인 듯 몸이 앞으로 구부정히 굽어 있었다.

왼편 청색 일산 수레에 앉은 자의 모습이 눈에 들어왔다. 그자는 접부채를 펼쳐 눈 아래쪽을 가리고 있었는데 부채 위 가느다란 눈매가 왠지 낯에 익었다. 동자를 이리저리 굴리며 사람들을 살피는 그 눈엔 비웃음과 경멸이 어려 있는 듯했다. 봉심은 당장 앞을 막아 부채를 걷어내고 싶은 충동을 억눌렀다.

한데 어우러지던 음률이 일순간에 멎더니 북과 한 대의 피리 소리만 남았다. 피리 소리는 점점 날아오르는 듯하더니 이내 하늘 끝까지 뻗쳐올랐다. 쿵쿵, 북소리가 아래를 받쳐 주지 않으면 위로 날아올라 사라져 버릴 것만 같았다. 곧 북소리마저 멈추고 피리 소리만 끊어질 듯 말 듯 길게 이어졌다. 그 소리가 봉심뿐만 아니라 사람들의 눈길을 모았다.

일산 행렬의 뒤에 악공들이 붙어서 따르고 있었다. 한 악공만이 얼굴이 시뻘게져서 피리를 한껏 쳐들고 있었다. 피리 소리나 그 악공이나 금방이라도 숨이 넘어갈 듯 꼴딱거렸다. 지켜보는 사람들마저 잔뜩 긴장해서 침을 삼켰다. 악공들을 주도하는 악관이 박을 쳐들었다. 딱, 하는 경쾌한 소리와 함께 비로소 다시 모든 음률이 쏟아지며 한데 섞였다. 환호와 박수가 여기저기서 터졌다. 악관과 악공들은 만족한 듯했고, 그것이 음률에 드러났다. 음률은 점차 느릿해지면서 여유있고 거만하게 늘어져 갔다.

악공들의 행렬 뒤엔 창검으로 무장한 무관과 군병들이 열을 지어 따르고 있었다. 제법 긴 행렬이었고, 그것이 척준경의 달라진 위상을 말해주는 듯했다.

봉심은 다시 척준경을 바라보았다. 그사이 척준경은 거의 봉심의 눈앞까지 이르렀다. 무슨 일이 있었는지 척준경은 봉심의 건너편 사람들 쪽 한 지점을 매섭게 노려보고 있었다. 행렬이 천천히 움직여 갔지만 척준경의 눈은 그 한 지점에 고정되었고, 여유와 느긋함을 보이던 태도 대신 먹이를 본 맹수 같은 팽팽한 분위기가 척준경을 감싸고 있었다.

봉심은 궁금한 마음으로 척준경의 눈길을 따라가다가 크게 놀랐다. 사람들 사이에 섞여서 척준경의 눈길을 맞받는 자가 있었다. 그의 눈은 수레에 탄 척준경의 눈보다 아래쪽에 있었으나 오히려 척준경을 내려다보듯 했고, 노려보는 맹수를 오히려 가엾고 측은한 존재로 여기는 듯 서글픈 느낌마저 감돌았다. 봉심이 못 알아볼 리가 없는 눈이고 얼굴이었다. 그는 지원이었다.

척준경의 몸이 떨리는 것을 봉심도 느꼈다. 왠지는 모르지만 지원의 눈길에 수치와 굴욕감을 느끼는 것 같았다. 접부채의 사내 또한 심상치 않음을 느꼈는지 부채 위에서 빠르게 눈알을 움직였다. 곧 그의 손이 악공들의 머리 위쪽으로 들려졌다.

모든 음률이 일시에 뚝 멎었다. 행렬도 멈췄다. 멈춘 자들은 물론 구경하던 사람들에게도 일제히 궁금함이 번져 갔다. 봉심은 자기도 모르게 허리춤의 칼자루부터 잡았다.

접부채의 사내가 척준경과 지원을 번갈아 쳐다보았다.

"무슨 일입니까?"

접부채의 사내가 척준경에게 물었다. 그때쯤엔 척준경은 지원에게서 눈길을 거두고 그저 정면만을 노려보고 있었다.

"아무것도 아니다. 그냥 가자."

접부채의 사내가 다시 부채 위 가느다란 눈매를 예리하게 빛내며 지원을 쳐다보았다.

"아무것도 아니라고 했다. 네깟 놈이 뭔데 함부로 나의 행렬을 세우느냐? 어서 가자니까."

척준경의 굵직한 음성에 신경질이 묻었다. 접부채사내의 가느다란 눈매가 웃음을 그렸다. 사내는 다시 손을 들어 악공들의 머리 위쪽에 원을 그렸다.

끊겼던 음률이 이어지고 행렬이 다시 움직였다. 접부채의 사내가 바로 앞의 젊은 무관을 손짓해 불렀다. 무관은 말에 탄 채 손짓하는 대로 접부채 사내의 입가로 허리를 숙여 귀를 가져갔다. 척준경이 거슬리는 듯 접부채

사내를 노려보더니 뭔 말인가를 하려다가 말았다. 그러면서 봉심의 앞을 지나쳐 갔다.

접부채사내에게서 귓속말을 들은 무관이 행렬과 반대로 말을 천천히 움직여 갔다. 그는 무장한 군병들의 앞쪽에서 말을 세워 우두머리인 듯한 중년의 무관에게 귓속말을 했다. 중년무관의 눈이 먹이를 노리는 매처럼 사람들 사이를 훑다가 한 지점에서 멈췄다. 그 지점에서 지원이 사람들과 반대 방향으로 돌아서고 있었다.

봉심은 급해져서 사람들 사이를 움직여 갔다. 행렬의 끝에서 무장한 군병 몇이 따로 떨어져 나가는 것이 보였다. 봉심은 발걸음을 빨리하며 거칠게 사람들을 밀칠 수밖에 없었다.

지원은 도성의 동편을 향해 혼자 걸어가고 있었다. 무장한 군병들 다섯이 말을 타고 지원을 향해 달려가고 있었다. 두 다리로 따라잡을 수 있는 거리가 아니었다.

봉심은 길게 휘파람을 불었다. 군병들이 돌아보았다. 봉심은 군병들에게 손짓했다. 군병들이 말을 세우고 주춤거렸다. 봉심은 허리춤의 칼자루를 한차례 손바닥으로 쳐 보인 후, 자세를 바로 펴고 천천히 여유를 유지하며 걸어갔다. 군병들은 어정쩡한 태도들로 봉심을 기다렸다.

"뭐냐?"

군병들 중 나이가 가장 들어 보이는 자가 봉심을 향해 눈을 부라렸다. 막상 봉심이 가까이 다가오자 나이도 어리고 만만하게 본 듯했다.

봉심은 눈을 치뜨면서 목소리를 깔았다.

"당신들, 척 장군의 명령으로 대열에서 이탈한 것인가?"

군병들이 주춤거렸다. 봉심은 틈을 주지 않았다.

"누구를 위한 행렬인가. 그런데 척 장군의 허락도 없이 대열에서 빠진 건 척 장군을 우습게 여기는 처사로 볼 수밖에 없지 않은가?"

"누, 누구요, 그대는……?"

기세가 통했는지 나이 많은 군병이 비로소 말끝을 높였다. 그래도 눈가의 의심과 의혹은 거두지 않았다.

봉심은 망설임없이 칼을 뽑아 허공을 사선으로 갈랐다. 나이 많은 군병의 말고삐가 한 점의 소리도 없이 깨끗이 잘려졌다. 말들이 뒷걸음질을 쳤고 군병들의 눈이 휘둥그레졌다.

봉심은 칼을 집어넣고 눈에 살기를 담았다.

"척 장군의 그림자는 어디든 펼쳐져 있다. 목을 베지 않는 걸 감사하게 여기고 돌아가서 원래의 행렬을 보존해라. 오늘은 척 장군의 날이다."

군병들은 두려움에 말문이 막힌 듯했다. 봉심은 쐐기를 박았다.

"누구 하나 먼저 피를 봐야 돌아가 제자리를 지킬 텐가?"

군병들이 주춤주춤 말 머리를 돌렸다. 봉심은 군병들을 하나하나 지그시 노려보았다. 결국 군병들은 어쩔 수 없다는 듯 멀어져 가는 행렬 쪽으로 돌아갔다. 사람들과 함께 행렬은 외성 쪽으로 멀어지고 있었다.

봉심은 얼굴을 알 수 없는 그녀를 떠올렸다. 스스로도 그토록 빨리 칼을 빼 휘두를 수 있을 줄은 몰랐고, 말과 사람을 다치지 않게 하면서 고삐만 깨끗이 잘라낼 줄도 몰랐다. 봉심은 아직 그녀의 의도를 정확하게 알 수 없었지만 어쨌든 그녀에게 감사했다.

봉심은 군병들이 다시 행렬의 끝에 끼어드는 것을 확인하고 눈으로 지원을 찾았다. 지원은 멀찍이서 봉심을 바라보며 기다리고 있었다.

"개경에 언제 왔던가?"

봉심이 다가오길 기다렸다가 지원이 물었다. 봉심은 아무 일 없었다는 듯이 말하는 지원에게 조금 놀랐다.

"자넬 잡으려고 따라오는 자들을 봤나?"

지원은 흐리게 웃었다.

"자네의 휘파람 소리였던가? 그때 돌아보고 알았지. 자네가 그들을 돌려보내는 것도 고맙게 지켜봤다네."

지원의 여유를 언뜻 이해하기 어려웠다.

"일단 조용한 곳으로 가는 게 어떻겠나? 다시 와서 귀찮게 할지도 모르니까."

"이미 다시 오고 있군."

지원이 봉심의 너머를 쳐다보며 태연하게 말했다. 돌아보니 과연 무장한 군병 몇이 다시 말을 달려오고 있었다.

"저것들이 정말 피를 봐야 할 모양인가."

"아니. 있어보게. 무엇을 하자는 건지 들어보고 싶네."

지원이 봉심을 말렸다. 지원은 오히려 그들이 와주길 기다린 듯했다.

군병들이 바로 달려와 지원과 봉심을 둘러섰다. 셋은 아까 봤던 얼굴이었고, 새로운 얼굴은 제법 예기와 기품을 갖춘 무관이었다.

"척 장군의 그림자를 말했던 자가 저자입니다."

군병들이 봉심을 가리키며 무관에게 일러바치듯 말했다. 무관은 잠시 봉심을 쳐다보다가 지원에게 눈길을 돌렸다.

"바쁘지 않으시다면 문하성의 좌습유께서 따로 뵙기를 청하니 함께 감이 어떻겠소?"

좌습유란 말에 봉심은 눈을 부릅떴다.

"이자겸의 아들 이지미? 접부채로 얼굴을 가린 그자를 말하는 거요?"

무관의 눈이 날카롭게 봉심의 행색과 허리춤의 칼을 훑었다.

"말을 가벼이 하지 말게."

무관의 목소리는 묵직하고 깊었다. 봉심은 울컥 치미는 게 있어 폭발의 전조와도 같은 성난 웃음을 흘려냈다. 지원이 봉심을 막았다.

"나는 그를 볼 일이 없는데 그는 왜 나를 보자는 것인지 알 수가 없습니다."

지원의 목소리는 차분했다. 지원을 바라보는 무관의 눈엔 적의가 없었다.

"한 번 보자고 했으면 끝까지 보자고 할 거요, 그는. 무슨 일인지는 나도 알 수 없으나 뒤로 미뤄 일을 크게 만드는 것보다 오늘 간단히 해결하는 게 더 좋을 것 같다는 게 내 생각이라오."

지원은 잠시 뭔가를 생각하는 듯하더니 의외로 쉽게 고개를 끄덕였다.

"무슨 말씀인지 잘 알겠습니다. 그럼 그렇게 하지요."

봉심은 지원이 왠지 낯설어 보였다. 서경의 지원과 개경의 지원은 달랐다. 그사이 무슨 일이 있어 그렇게 보이는 것일지도 몰랐으나 위험에 둔감한 것인지, 위험을 알고서도 대단치 않게 여기는 것인지 알 수 없었다. 이지미가 처녀 귀신과 살생부를 만들어내 척준경을 끌어들인 장본인이라는 것을 안다 해도 그럴 수 있을까 싶었다.

"척 장군을 모셔놓고 올 때까지 가까운 객사에서 대접하며 기다리게 하라 했소. 괜찮겠소?"

"상관없습니다."

"나도 함께 가겠소."

지원이 가겠다면 함께 가야 했다. 거부하면 봉심은 피를 볼 생각이었다. 무관이 힐끗 봉심을 쳐다봤다.

"그대가 척 장군의 그림자라는 건 무슨 뜻인가?"

봉심은 아까 쫓겨 갔던 세 군병을 한 번 쳐다봤다가 웃었다.

"파리 떼 쫓는 데에 얼마나 효과가 있나 그냥 한번 해본 소리요."

지원도 따라 웃었다.

지원과 봉심은 관에서 운영하는 객사로 안내되었다. 세 군병은 흡사 지원과 봉심을 도망치지 못하게 하려는 것처럼 객사의 입구를 지키고 섰고, 무관이 객사의 관원을 불러 간단한 음식상을 내오게 했다.

"오랜만에 친구를 만나 이야기를 나누고 싶으니 술도 내오게 하고 자리도 좀 비켜주시겠소?"

봉심이 시비조로 무관에게 말했다. 무관은 별 표정 없이 고개를 끄덕이고 밖으로 나갔다. 무관의 그런 태도가 무시하는 듯해서 오히려 봉심의 화를 돋웠지만 참는 수밖에 없었다.

객사에 딸린 넓은 객방에 지원과 둘이 있게 되자 봉심은 서길의 심부름을 온 사정과 이지미의 일부터 말했다. 지원은 마치 알고 있었던 것처럼 놀라는 표정 한 번 짓지 않고 고개를 끄덕여 가며 들었다.

놀란 건 오히려 봉심이었다.

"다 알고 있으면서 이지미의 요구를 받아들인 건가?"

"이자겸 쪽에서 그랬으리란 건 알고 있었지만 그의 아들이 꾸몄다는 건 지금 알게 된 거야."

지원은 여전히 차분하기만 했다. 봉심은 조바심마저 일었다.

"내가 너무 늦게 말한 건가? 그자들이 있을 때 말했어야 한 건가?"

"아니, 달라질 건 없어. 이자겸 쪽은 아직은 척준경을 붙잡기 위해서 노력 중인 것 같다. 척준경이 날 발견하고 흔들리는 것을 보고 나를 따로 만나고 싶어하는 건 나를 통해서 척준경을 더 알고 싶어서인 것 같으니까."

지원은 봉심을 보면서 알 수 없는 미소를 지었다.

"척준경은 생각보다 만만한 사람이 아닌 것 같다. 멍청하고 무식하기만 한 것도 아닌 것 같고……."

봉심은 넋 나간 듯 지원의 미소를 바라보았다.

"척준경과 자넨 이미 구면이었던가?"

지원은 잠시 봉심을 가만히 바라보더니 선선히 대답했다.

"어떤 여자 덕분에 먼저 만나볼 기회가 있었지."

어떤 여자. 봉심은 올 것이 너무나도 갑자기 온 것처럼 당황했다. 지원의 다음 목소리가 멀리서 속삭이듯 들렸다.

"먼저 그녀 얘길 들어보려나?"

바라보는 지원의 눈은 이미 봉심이 그것을 궁금해하고 있다는 것을 알고 있는 눈치였다. 봉심은 머릿속인지 가슴인지 아니면 둘 다인지 쿵쾅쿵쾅 뭔가가 마구 터지는 소릴 들었다.

봉심은 술 몇 잔에 크게 취했다. 들어도 알 수 없고 모를 얘기였다. 그녀 자체가 원래 알 수 없는 존재라는 것부터 이해하고 납득하기 힘들었고, 봐도 알 수 없고 만나도 알 수 없는 존재가 사람 얘기인지 귀신 얘기인지 분간이 어려웠다. 들을수록 그녀는 오히려 더 모호해졌고 갈증 같은 답답함만 더해졌다.

"자네도 마음대로 볼 수 없다는 얘긴가?"

지원은 씁쓸한 미소를 머금은 채 고개를 끄덕이는 것으로 그녀에 대한 이야기를 마쳤다. 차마 살아 있는 사람이 맞느냐고 대놓고 묻지는 못했다.

봉심은 결국 무슨 얘기를 들었는지 알 수가 없어져 버렸다. 지원은 눈에 보이는 세상과 눈에 보이지 않는 세상이 함께 구르고 돌아가는 거라고 말했지만, 보이고 보이지 않는 구분과 경계를 짐작할 수 없었다. 그녀가 주로 보이지 않는 세상을 돌아다닌다면 결국 죽은 사람이나 귀신과 다를 게 뭐 있겠나 싶기도 했다.

"세상은 보이지 않는 것이 움직여 가고 있다네. 보이는 것은 보이지 않는 것에 의해 움직여지는 현상일 뿐이지. 뭔가를 봤다면 반드시 보이지 않는 무엇의 작용에 따른 것이라는 이치네."

지원은 마지막 술잔을 비우고 그렇게 한마디를 덧붙였다. 봉심은 답답해서 별생각없이 물었다.

"우리는 그 무슨… 보이지 않는 세상에서 놀 수가 없는 것인가?"

지원은 웃었다.

"그걸 볼 수 있다면 어려울 것 있겠는가?"

봉심도 허허허, 웃고 말았다. 보이지 않는 것을 볼 수 있다면 그것은 이미 보이지 않는 것이 아닐 것이다. 그렇게 되면 그 뒤에 또 다른 보이지 않는 게 존재하는 것일까. 보이는 것은 보다 보면 뻔하지만 보이지 않는 것은 그 끝이 어디일까. 알 수 없었다. 더 생각도 하기 싫었다.

문이 열렸다. 무관이 지원과 봉심을 들여다보았다.

"좌습유께서 오셨소."

밖은 이미 어두워져 있었다.

19 살기

　어둠이 퍼런빛을 머금고 있었다. 시퍼렇게 날 선 살기가 검은 허공 속을 둥둥 떠다니고 있는 것 같았다. 왜 그렇게 느껴지는지는 알 수 없었다.
　객사의 밖을 지키고 선 무관과 군병들은 별생각이 없어 보였다. 이지미와 함께 왔는지 무관들과 군병들의 숫자는 몇십으로 늘어나 있었지만 봉심의 신경을 건드리는 자는 없었다. 간혹 봉심을 가늠해 보는 눈빛을 드러내는 자들이 있었지만 그 정도는 개의치 않았다.
　봉심은 뭔가 심상치 않은 어둠을 주시하면서 객사 안을 향해 귀를 열어 놓고 있었다. 이지미와 지원의 대화가 좀 길어진다는 생각이 들었다.
　소식은 엉뚱한 곳에서 먼저 왔다. 어둠을 몰고 한 무리가 객사를 향해 다가오고 있었다. 무관과 군병들이 동요했다.

나타난 무리 역시 무장한 군병들이었다. 그러나 분위기가 영판 달랐다. 객사 앞의 무관들과 군병들이 얼어붙었다. 나타난 군병들 사이로 누군가가 걸어나왔다. 척준경이었다. 봉심은 자기도 모르게 생침을 삼켰다.

척준경은 객사를 지그시 노려보더니 다가갔다. 아무도 막지 못했다. 봉심은 척준경에게서 풍겨오는 술 냄새를 맡았다. 척준경은 가죽 군화를 신은 채 객사의 객청 위를 밟고 올라갔다. 그리고 객방의 문을 거침없이 열어젖혔다.

봉심은 빠른 걸음으로 객사를 향해 다가갔다. 척준경과 함께 온 군병들이 봉심의 앞을 막았다.

"죽고 싶나?"

감정이 별로 실리지 않은 간단한 물음이었지만 봉심은 강하게 자극받았다. 척준경과 함께 개경에 들어온 척준경의 직속들이 분명해 보였다.

봉심은 목소리에 무게를 실었다.

"안에 내 친구가 있는데 그에게 무슨 일이 생기면 여기 있는 누구도 살아 돌아가지 못할 것이다."

척준경의 부하들이 신기한 물건 보듯 봉심을 바라보았다. 안에서 척준경의 호통이 들려왔다.

"네놈이 개경에 내 집을 마련해 주고 잔치를 벌이게 해놓고는 일을 핑계로 빠져나가더니 여기서 무엇을 하고 있는 것이냐?"

"작은아버님, 고정하십시오."

객방 문가에 나와 선 이지미의 목소리는 침착했다. 척준경의 호통이 높아졌다.

"아까도 나보고 작은아버지라 부르지 말라고 하지 않았더냐? 누가 네놈의 작은아버지냐?"

"이자를 보고 불편해하시기에 제가 불편함을 덜어드리려고 했던 것뿐입니다. 앞으로도 작은 일은 제게 맡겨주시면 됩니다."

지원이 이지미를 비켜서 객청으로 나왔다. 봉심은 일단 안심했다.

척준경의 부리부리한 눈이 지원의 뒤통수를 향했다.

"이놈과 무슨 얘기를 했느냐?"

"별 얘기를 한 건 아니고……."

이지미의 변명을 척준경의 호통이 막았다.

"네놈은 닥치고 있어라!"

이지미는 겁먹거나 위축되는 것 같진 않았지만 얌전히 입을 닫았다. 지원이 말했다.

"두 분 사이야말로 아직 편한 것 같지가 않으니 두 분 모두 저를 사이에 끼워 넣지 말길 바랍니다. 끼어들 만한 거리도 없고 그러고 싶지도 않다는 게 제가 할 말의 전부입니다."

이지미가 빠르게 덧붙였다.

"저자는 제게도 같은 말을 했을 뿐입니다. 기왕 이렇게 됐으니 저자에게 불편한 점이 있다면 지금 제게 말씀해 주십시오."

척준경이 험악하게 이지미를 흘겼다.

"그래서? 저 녀석을 죽이라고 하면 죽이겠느냐?"

이지미는 놀라지 않고 야릇한 웃음을 흘렸다.

"그 정도로 불편하십니까? 그렇다면 그렇게 하겠습니다."

"그러면 너도 죽을 거다."

봉심이 말했다. 모든 이의 눈이 봉심을 향했다. 순간적으로 밖의 봉심을 바라보는 이지미의 가느다란 눈매에서 새하얀 빛이 번득였다.

지원이 즉각 척준경을 걸고 들었다.

"여긴 당신이 있을 자리가 아닙니다. 원래의 자리로 돌아가십시오."

지원은 척준경을 지그시 노려보고 있었다. 척준경의 얼굴이 시뻘겋게 달아올랐다.

"네놈이 뭔데?"

척준경이 지원을 향해 버럭 고함쳤다.

"네놈이 뭘 믿고 내게 이래라저래라 하는지 오늘 그 까닭을 한번 볼까?"

봉심은 더 못 견디고 칼을 뽑았다. 칼을 뽑자마자 가장 가까운 척준경의 부하를 잡아채 목에 칼날을 들이댔다. 모두가 놀란 눈이 되어 다시 봉심을 향했다.

봉심은 칼날을 목줄에 밀착시키면서 척준경을 노려보았다.

"피를 보고 싶다면 말하시오. 이자의 목을 따는 것으로 시작을 알리겠소."

척준경은 어이없는 얼굴로 봉심을 쳐다봤다. 봉심은 척준경의 부하를 잡아끌고 걸음을 옮겼다. 척준경의 나머지 부하들이 봉심과 척준경을 번갈아 보며 주춤주춤 길을 비켰다. 봉심은 지원의 옆에서 멈춰 섰다.

지원이 객청에서 내려 신발을 신고 봉심의 옆에 서더니 칼날을 밀어 칼을 거두게 했다. 봉심이 어이없어하는 사이 척준경의 부하들이 재빨리 창검을 뽑아 봉심과 지원을 겨눴다. 어둠 어딘가가 흔들리는 것 같았다. 봉심은 어둠을 떠다니던 퍼런 살기가 객사 주위로 몰려들며 요동치는 것을 느꼈다.

척준경의 부하들이 명령을 기다리듯 척준경을 힐끗거렸다.

척준경은 어둠을 노려보고 있었다. 그 상태에서 생각에 잠긴 듯 미동이 없더니 무겁게 입을 열었다.

"보내줘라."

그때까지 가만히 지켜만 보던 이지미의 표정이 변했다. 척준경의 부하들 또한 수긍 못하는 얼굴들이었지만 주춤주춤 창검을 거두고 물러섰다.

지원이 걸었고, 봉심이 따랐다. 지원은 몇 발짝 걷다가 멈추더니 척준경을 돌아보았다. 봉심도 멈췄다.

"당신의 일은 그게 무엇이든 간에 전적으로 당신의 선택에 따른 결과일 뿐임을 잊지 마십시오. 그게 보이지 않는 세상의 법칙이니까요. 앞으로 더욱 분명해질 것입니다."

지원은 척준경의 반응을 기다리지 않고 바로 다시 걸었고, 봉심도 즉시 뒤를 따랐다.

노기를 억누른 듯한 척준경의 목소리가 들려왔다.

"차후에 또 네놈 멋대로 내 뒤를 두드리고 다니면 닭 모가지 비틀 듯 네놈 목을 비틀어 버릴 거다. 알겠느냐?"

이지미에게 하는 말인 것 같았다.

어둠은 온전했다. 지원은 말없이 한참을 걸었고, 봉심도 그저 따라 걸었다. 달빛만이 봉심과 지원의 그림자를 잡아 늘어뜨리며 추근추근 따라왔다. 지원이 문득 물었다.

"서경엔 언제 돌아갈 생각인가?"

지원은 돌아가지 않겠다는 투로 들려 봉심은 눈만 껌뻑거렸다.

"동산처사 곽 어른을 아는가?"

봉심에겐 낯선 이름이었으나 들어본 적은 있었다. 왕의 스승이자 국사지만 반드시 좋은 소문만 있는 건 아니었고, 봉심은 좋지 않은 소문에 더 강했다. 곽여가 평생을 혼자 살면서 사실은 거처에다 첩들을 몰래 박아놓고 늘그막에 별짓 다 한다는 소문도 있었다.

지원은 잠시 고개를 들어 어둠을 더듬고 있었다. 지원이 바라보는 쪽에 내성의 집채들 너머 어둠 속에 웅크린 약두산 봉우리가 있었다.

지원은 곽여에 대해서 간략하게 말했다. 지원과 곽여의 관계에서도 그녀의 그림자가 어른거리고 있었다. 봉심은 문득 어둠을 다시 느꼈다. 어둠은 온전하고 깊게 가라앉아 있었다. 곽여에 관한 좋지 않은 세간의 소문이 그녀와 관계된 것이 아닐까 싶기도 했다.

"나는 당분간 그분의 수발을 들면서 개경에 머물러야 할 것 같다."

어둠을 주시하여 중얼거리듯 말하는 지원에게 왠지 모를 서글픔이 내비치는 듯했다. 봉심은 지원이 입으로는 곽여를 말하고 있었지만 눈으로는 그녀를 보고 있다는 것을 느꼈다.

돌아가야 했다. 봉심은 이미 서경 관아의 녹을 먹는 서경인이고, 이제는 그 구실이 모든 일에 우선이라는 것을 상기했다.

"내일 아침 일찍 가려고 하네. 그럼 자넨 언제쯤 서경에 오려나?"

지원은 씁쓸한 미소만 머금었다. 당장 대답이 어려운 것 같았다. 봉심은 그녀와 지원의 사이에 무슨 일이 일어난 느낌을 받았다. 봉심은 대답하지 않아도 좋다는 시늉처럼 웃으면서 고개를 끄덕였다.

"그럼 나 먼저 가 있겠네."

지원이 정색했다.

"돌아가는 길에 이지미를 조심하게. 그는 자네가 한 말을 못 들은 척 넘겨 버릴 것 같지 않더군."

봉심은 뜨악해졌다.

"이지미에게 너도 죽을 것이라 했던 그 말 말인가?"

봉심은 물으면서 코웃음을 칠 뻔했다. 지원은 표정을 풀지 않았다.

"내게 척준경의 약점을 아는 바가 있느냐고, 그걸 알려주면 내 미래를 책임져 주겠다던 자가 척준경이 갑자기 들이닥쳐 위협을 가해도 눈 하나 깜빡이지 않더군. 사소한 것을 갖고도 무슨 짓이든 아무렇지도 않게 할 자야."

"그렇다면 나보다 자네가 더 위험하지 않겠나?"

묻고 보니 바보 같은 질문이었다. 곽여와 함께 있는 지원을 건드릴 자는 아무도 없을 것 같았다. 곽여가 아니더라도 이지미가 척준경의 눈을 피해 가며 또다시 지원에게 접근하기는 쉬울 것 같지 않았다. 그렇다면 봉심에게 이지미를 조심하라고 한 지원의 말은 일리가 있었다.

"오늘 밤 곽 어른의 거처에서 함께 묵고 내일 아침 일찍 약두산을 넘어 서경으로 돌아가는 것은 어떻겠나?"

지원의 생각에 봉심은 하마터면 크게 웃을 뻔했다. 이지미를 피하겠다고 그럴 수는 없었다.

"자네와 함께 서경으로 돌아가지 못할 바에야 그럴 것까지 있겠나. 이쯤에서 헤어지고 서경에서 다시 보세. 먼저 가서 그날을 기다리고 있겠네."

봉심은 의식적으로 환하게 웃었다. 지원은 웃지 않았다.

봉심은 손을 들어 보이고 돌아섰다. 걷다가 돌아보니 지원은 그 자리에 그대로 어둠과 함께 가만히 서 있었다. 문득 지원이 몹시 쓸쓸해 보였다.

봉심은 내심 걸리는 게 있었다.

지원은 그녀를 바라보는데 그녀는 지원이 볼 수 없는 곳에 있었다. 그녀를 만나고 싶은데 그녀는 다른 세상을 돌고 있었다. 지원이 그녀를 말하면서 이미 말했던 바인데, 봉심은 뒤늦게 지원의 쓸쓸함을 알아차렸다. 가슴이 저려왔다.

봉심은 지원에게 빨리 가라고 손짓했다. 지원이 걱정 말라는 듯 손을 들어 흔들어 보였다.

봉심은 다시 돌아서서 걸었다. 묵직한 무엇이 가슴 한가득 뻐근하게 들이차는 것 같아 호흡이 곤란했다.

20 재회

봉심은 이중부의 집 앞에 섰다. 대문은 굳게 닫혀 있었다. 너무 늦은 밤인 듯싶었다. 봉심은 담장을 타고 넘었다. 대가이다 보니 집칸들의 어디가 어딘지 분간이 어려웠다. 봉심은 국자감 시절에 이중부의 집을 놀러 왔던 기억을 더듬어 발소리를 죽이고 움직여 갔다. 이중부는 무에 수련을 수월히 하겠답시고 널찍한 뒤뜰에 따로 지은 별채의 쪽방을 자기 방으로 썼었다. 그사이 녀석이 혼인 같은 걸 해서 방을 옮겼으면 어쩌나 싶은 걱정이 들었다.

어둠 속에 웅크린 뒤뜰 별채엔 왠지 사람이 들어 있을 것 같지 않은 스산한 느낌이 있었다. 가까이 다가가기도 전에 별채에선 야릇하고 퀴퀴한 냄새부터 풍겨왔다.

"거기 누구요?"

불안과 의혹이 잔뜩 깃든 목소리가 봉심의 뒷덜미를 잡았다. 봉심은 오히려 잘됐다는 생각이 들었다. 아무라도 사람이 보였다면 진작 붙잡고 이중부의 거처를 물었을 것이다. 봉심은 낮췄던 몸을 바로 펴고 돌아보았.

어둠 속에서 봉심을 기웃거리던 자가 흔들렸다. 그는 빠르게 봉심을 향해 걸어왔다.

"자네, 봉심이 아닌가, 최봉심이. 아침녘에 왔다 갔단 얘긴 전해 들었네."

이중부였다. 술 냄새가 훅 끼쳐 왔다.

"모양이 좀 이상하게 됐군. 시간도 늦고 해서 자네만 몰래 보고 갈까 하다가……."

"뭐 어떤가. 자네가 못 올 데를 왔는가. 이렇게라도 보니 반갑잖은가."

이중부는 그사이 많이 점잖아진 듯했고 기품도 적당히 배인 듯했다. 장차 반드시 내시가 될 것이라고 말할 땐 집안과 용모에 비추어 그럴듯하다 곧 여겼어도 다소 모자라 보이는 구석이 내비치기도 했는데 어른이 다 된 것 같았다.

"잠시만, 잠시만 기다려 주게."

이중부는 봉심의 어깨를 잡았다가 놓고는 서둘러 별채로 들어갔다. 별채 안에서 옷자락 부딪치는 소리가 급하더니 잠시 후 이중부의 목소리가 흘러나왔다.

"안 마시던 술을 억지로 몇 잔 받아 마셨더니 잠도 못 이루고 뒷간을 몇 번이나 왔다 갔다 하는지 모르겠군. 그런데 술을 마시면 원래 이렇게 예고 없이 설사가 차고 나오는 건가?"

별채는 그사이 뒷간으로 바뀐 모양이었다.

"술이 그런 게 아니라 사람이 그런 것이겠지. 술은 같아도 사람에 따라 달라지는 게 아니겠나?"

"그럼 난 역시 술을 안 마시는 게 옳은 것인가?"

"자넨 이래저래 여자들이 좋아하겠군. 집안 좋지, 용모 뛰어나지, 술도 못 마시지……."

"아, 여자들은 원래 술을 못 마시는 남자를 좋아하는가?"

"혼인하지 않았던가?"

"자네도 알잖은가. 위로 형님이 셋이야. 난 급하지 않아. 형님들이 안 계셨으면 나도 글공부를 해야 했을 테고 혼인도 했겠지. 형님들이 잘하고 계신 덕분에 난 아직 자유로운 편이야."

"꿈과 목표가 분명하니 자네 부모님도 지켜보시기만 하는 거겠지. 그래, 내시의 꿈은 여전한가?"

"남자로서 그만큼 근사하고 멋진 일이 또 있겠는가? 왕을 호위하고 지키는 남자. 자네가 생각하기에도 최고 아닌가?"

"다른 건 몰라도 자네에게 가장 잘 어울릴 것 같긴 하네."

"고마우이. 역시 봉심이 자네야말로 진정한 내 친구야."

봉심은 잠시 옛 생각에 젖었다. 어둠이 포근해지는 듯했다. 끄응, 하고 이중부가 힘을 쓰는 소리가 포근한 어둠을 흐트러뜨렸다.

"변의는 강한데 나오는 건 별로 없어. 그런데도 항문 주위가 불에 데인 듯 화끈거리는 게 여간 괴로운 게 아냐. 이러다가 오늘 밤 내로 항문이 찢어지는 게 아닐까 걱정이 돼. 혹시 그런 사람이 또 있다는 얘기는 듣지 못했나?"

이중부도 옛날로 돌아간 듯했다. 봉심은 잠시 사이를 뒀다가 이중부를 찾아온 까닭을 말했다.

"아까 낮에 척준경의 행차에서 자네를 봤네. 보기에 좋더군."

"아, 자네, 그때 날 봤었나?"

"척준경이 개경에 완전히 자리를 잡기로 한 것인가?"

"몰랐나? 오늘 행렬은 척 장군이 국상을 통해 왕께서 하사하신 새집에 드는 걸 온 개경 백성들에게 자랑하고 알리는 뜻이었지. 곧 처녀 귀신과 살생부도 완전히 종결되었음을 알림과 동시에 차후 개경은 척 장군이 책임을 진다는 선언이나 진배없지. 위에선 그렇게들 말하더군."

"국상이면… 이자겸을 말하는 것인가?"

"말이라고. 그 대단한 국상께서도 척 장군에겐 껌뻑 죽더군. 국상이 가장 총애해 마지않는 큰아들을 시켜 척 장군을 보필케 하고 작은아버지라 부르게 한 것만 봐도 국상이 척 장군을 얼마나 생각하는지 알 수 있지."

"술은 척준경의 집에서 마신 것인가?"

"잔치가 크게 벌어졌고, 행렬에 참가한 우리 모두에게 척 장군의 부친께서 직접 술잔을 돌리셨다네. 노인네, 아들 잘 둔 덕에 오늘 기분이 무척 좋으신 것 같더군."

척준경 옆에 앉았던 그 구부정한 노인이 척준경의 부친이었던 모양이다. 여하튼 척준경의 개경 새집을 왕께서 하사한 모양을 갖췄고, 그 집에 부친까지 모셨다면 척준경이 개경을 다시 떠날 일은 없을 것 같았다.

봉심은 척준경이 제아무리 이지미에게 큰소리를 쳐도 결국 이자겸과 이지미의 손바닥 위에서 놀 수밖에 없음을 예감했다. 충분했다. 서길의 심부름 건은 마감되었다. 돌아갈 일만 남았다.

"아직 더 기다려야 하는가?"

"잠시만, 잠시만 더. 딱 한 번만 더 쏟아내면 될 것 같네."

다음에 이중부의 집을 또 찾기로 기약하고 담장을 넘어 나온 봉심은 달라진 공기부터 느꼈다. 밤이 더 깊어진 까닭만은 아니라는 분별은 어렵지 않았다.

외성의 모든 문은 닫혔을 것이고, 내성도 서소문만을 열어놓고 내, 외성 간 늦은 소통을 지키고 있을 것이다. 외성의 집으로 돌아가 밤을 보내고 아침 일찍 나서려던 생각을 바꿔야 할 것 같았다.

봉심은 자남산 쪽을 향했다. 자남산은 개경의 한복판에 자리했고, 내성의 성벽을 뛰어넘고 있었다. 자남산을 중심에 놓고 보면 마치 내성의 성벽이 자남산을 몸통으로 하는 거대한 새의 양 날개 같은 형상이었다. 어차피 자남산도 통제되었을 것이나 봉심은 일단 자남산을 넘어 외성으로 빠지기로 했다.

어둠이 봉심의 발걸음을 따라 움직여 오고 있었다. 봉심은 작은 벌레의 움직임 같은 조심스러운 발소리를 들었다.

서둘러 움직일 일은 없었다. 아무리 이지미라 해도 한밤중에 내성에서 소란을 일으키진 못할 것이다. 봉심은 잠시 멈춰 섰다가 고요한 밤하늘을 올려다보기도 하면서 천천히 걸었다. 달은 어디에 숨었는지 보이지 않았고, 별이 유독 많은 밤이었다.

자남산이 가까워지면서 봉심을 따라오는 발소리들이 좀 더 분명해졌다. 자남산 기슭 어둠 속에서 어둠보다 더 검은 그림자들이 움직이고 있었다. 앞에선 기다리는 자들, 뒤에선 몰아오는 자들, 봉심은 들개들에게 포위된 한 마리 짐승이 된 듯한 기분이 들었다.

차라리 서소문을 치고 나갈 걸 그랬나 싶은 생각도 들었다. 외성으로 나가기만 하면 지비산을 타고 개경을 빠져나가는 건 일도 아니었다. 봉심은 걸음을 멈추지 않았다.

기슭의 어둠이 봉심을 향해 다가왔다. 봉심을 따라오던 어둠도 길게 날개를 펼치며 봉심의 뒤를 에워싸듯 다가왔다. 봉심은 자남산으로부터 앞을 봉쇄하며 다가오는 그림자들 속에서 지원과 자신을 객사에 안내했던 무관의 얼굴을 발견했다. 그는 진작 봉심을 똑바로 쳐다보며 다가오고 있었다.

"왜 공연한 말을 해서 우릴 피곤하게 하는가. 피차 한밤중에 이게 무슨 짓인가?"

무관이 봉심의 정면에 섰다.

"얌전히 함께 가서 좌습유께 말의 가벼움을 사과하고 새로운 인연을 만드는 게 어떻겠나?"

과연 지원의 말대로 지원을 건드리기 힘들게 되었으니 봉심이라도 잡아서 척준경과 지원이 연관된 무엇이라도 캐낼 심산인 모양이었다. 그다음엔 너도 죽을 것이라고 한 말 값을 받으려 하겠지. 봉심은 이지미란 자가 진절머리 났다.

봉심은 무관들과 군병들을 둘러보았다. 참 많이도 보냈다. 봉심은 그 점만큼은 고맙게 생각했다. 그만큼 자기를 높게 봐준다는 뜻 같아서였다. 그렇다면 그 뜻을 배반하지 말아야 예의일 것이다.

봉심은 지그시 오금을 당겼다 풀면서 발끝과 무릎을 튕겼다. 에워쌌던 무관과 군병들이 크게 흐트러졌다. 봉심이 쏜 화살처럼 내달리는 쪽이 급급히 열리면서 길을 텄다. 이미 칼은 뽑아 들었고 막아서는 자는 가차없이 베어버릴 심산이었지만 다행인지 뭔지 그런 자는 없었다.

봉심은 기슭의 숲을 향해 내달렸다. 발소리들이 우왕좌왕하는 것 같더니 곧 분주하게 쫓아왔다.

퍼드드득, 하는 소리와 함께 한꺼번에 수십 마리의 새가 날갯짓하듯 숲이 봉심을 향해 움직여 왔다. 전혀 예상치 못했으므로 봉심은 크게 놀랐다. 숲이 크게 요동치면서 봉심을 향해 흰 사람 그림자를 토해냈다. 그것은 정말 숲이 토해내는 것처럼 보였다. 그러나 사람 그림자는 흰 날개 같은 것을 펄럭이며 능동적으로 봉심을 덮쳐 왔다. 쫓아오던 무관과 군병들이 봉심을 대신하듯 놀란 신음을 터뜨렸다.

펄럭이며 덮쳐 오는 흰 그림자를 수직으로 가르며 일직선의 빛살이 번쩍였다. 봉심은 순간적으로 눈앞이 확 트이는 아찔한 느낌에 떨었다.

봉심은 빛살을 막는 것보다 피하는 쪽을 선택했다. 봉심은 스스로도 기대하지 못했던 각도로 빛살을 비껴 나가 흰 그림자의 뒤를 잡아갔다. 그러나 거긴 이미 흰 그림자의 앞이었고, 벌써 유성우 같은 빛살이 봉심을 향해 떨어져 내리고 있었다. 봉심은 한 개의 검으로 어떻게 저런 공격을 펼칠 수 있는가 아득해졌다. 감당할 수 없었다. 봉심은 땅을 굴렀다.

"귀, 귀신… 처녀 귀신은 사실이었는가?"

"보, 보면서도 믿을 수 없습니다. 저것은 분명 사람은 아닙니다."

봉심은 공포에 질린 무관과 군병들의 비명 같은 탄성을 들으면서 필사적으로 숲을 향해 몸을 던졌다. 몸의 몇 군데가 예리한 고통을 전했지만 돌볼 틈이 없었다. 봉심은 네발짐승이 쫓기듯이 숲 속을 기다가 가까스로 일어나서 두 발로 내달렸다. 와르르르 흔들리면서 숲이 쫓아오고 나무들이 쫓아왔다.

봉심은 문득 이를 부서져라 악물고 뒤돌아서서 나무들을 쳐갔다. 일사불란하게 흔들려 오던 나무들이 흐트러졌다. 봉심은 그녀가 대동강변의 안개 속에서 남겨주었던 동선을 그렸다. 그 동선대로 숲을 움직여 가며 닥치는 대로 나무들을 베어 넘겼다.

그림자가 숨을 곳이 없도록 나무들을 모조리 베어버릴 생각이었다. 가능하다면 어둠도 토막토막 잘라내서 없애 버릴 심산이었다. 와중에서 봉심은 왼쪽 귀 옆으로 희끗한 뭔가가 일정하게 따라붙는 느낌을 느꼈다. 봉심은 움직임을 멈췄다. 그러자 그 희끗한 무엇이 살포시 봉심의 목에 닿아와 섬뜩하고 차가운 느낌을 전했다. 칼날이었다.

봉심은 떨었다. 두려움과 공포 때문이 아니었다.

"마, 만나고 싶었소."

그녀는 봉심의 바로 뒤에 서 있는 듯했다. 기억에 새겨진 그녀의 몸 냄새가 자신의 땀 냄새를 물리치고 코끝을 간질이는 것을 봉심은 아찔하게 느꼈다. 그녀의 칼날은 여전히 목에 닿아 있었지만 그녀는 아무 말이 없었다.

만나고 싶었다고 했지만 막상 봉심 또한 더 할 말이 없었다. 그러다가 반드시 꼭 해주고 싶은 게 틀림없는 말이 뇌리를 쳤다.

"지원에게 잘해주시오. 그는 당신과 함께 지내지 못하는 것을 슬퍼하고 있소."

칼날이 사라졌다. 사라졌다 싶은 순간 봉심은 등판에 엄청난 충격을 느끼고 앞을 날아 맞은편 나무들의 발치에 사납게 곤두박질쳤다. 모든 것이 빙글빙글 도는 듯했다. 봉심은 고통으로 몸을 뒤틀다가 어렵게 나무에 등을 의지하고 돌아앉아 헐떡였다.

"제, 젠장! 말을 하시오, 말을."

봉심은 자기의 말이 덧없이 흩어지는 것을 느꼈다. 그녀는 또다시 사라져 버리고 없었다. 혹시 바로 눈앞에 있는 보이지 않는 공간에 들어가서 숨을 쉬고 있는 게 아닐까. 봉심은 허공을 올려다보며 소리 내어 웃었다.

웃는 중에 뭔가가 보였다. 숲 사이로 올려다 보이는 밤하늘에 투명하게 그려지듯 보이는 그것은 그녀의 움직임이었다. 봉심은 웃음을 멈추고 그것을 멀거니 올려다보았다. 그러자 선이 사라지고 밤하늘과 별만 보였다. 그것은 봉심의 뇌리에 그려진 것이었다.

봉심은 지원의 어쩔 수 없음을 이해했다. 어쩔 수 없는 것을 받아들일 수밖에 없는 마음을 이해했다. 그녀는 향기로운 몸 냄새를 가진 여자였고 사람이었다. 그러나 그녀는 같은 세상을 사는 사람이 아니었고 이미 다른 세계에 들어가 버린 여자였다.

봉심은 도로 숲을 걸어나왔다. 무관과 군병들은 단 하나도 남지 않고 사라지고 없었다. 처녀 귀신 운운하며 공포에 질렸던 그들이 다시 쫓아올 것 같진 않았다.

봉심은 다시 숲으로 들어섰다. 이대로 자남산을 넘어 외성을 가로지른 후 지비산을 넘어 서경으로 돌아갈 생각이었다.

자남산 중턱쯤에 올랐을 때 봉심은 문득 그녀의 마음을 느꼈다. 봉심이 지원의 친구가 아니었다면 그녀가 봉심에게 나타날 일은 없었을 것이다. 그녀는 봉심을 통해 지원을 향한 어떤 마음을 표현하려는 것 같았다. 그게 정확히 무엇인지는 알 수 없었지만 봉심은 그녀의 마음 또한 그녀의 몸 냄새처럼 향기롭고 감미로울지 모른다는 예감을 했다.

봉심은 서경으로 돌아가는 발걸음이 한결 가벼워지는 것을 느꼈다.

21 사이

　근 이 년 만에 지원에게 개경의 중앙 관직이 떨어졌다. 지원은 실로 오랜 만에 개경에서 돌아와 그 사실을 알렸고, 서경에서 대대적인 환송이 벌어졌다.
　서경은 척준경을 앞세운 이자겸의 발호를 우려하고 근심했으나 그런 일은 일어나지 않았다. 유수 이위가 없는 거나 다름없는 상태에서 부유수 이존형 아래서 그런대로 평안을 유지했다. 지원 덕분에 서경은 모처럼 만에 활기를 띠었고, 남포는 아예 마을 전체가 잔치 분위기였다.
　부유수 이존형이 몸소 관선을 이끌고 남포나루까지 배웅을 나왔을 땐 잔치 분위기가 최고조에 이르렀다. 일종의 파격이었고, 묘청의 건의에 의한 것이라는 뒷얘기가 따랐다. 대동강에 놀잇배들이 떴고, 관선 위에서 마지막 같은 잔치가 흥건하고 거나했다.

지원이 집에서 노모와 서경의 마지막 밤을 보내기로 한 날 저물녘에 백수한이 친구들과 함께 와서 조용히 지원에게 축하 인사를 전하고 돌아갔다.

봉심은 직속상관인 서길의 배려로 내내 지원의 옆에 붙어 있었다. 백수한이 돌아가고 나서야 둘이 지원의 집 앞마당 평상에서 간단한 술상을 놓고 마주 앉을 짬이 생겼다.

봉심은 어찌 그리 돌아오는 시간이 길어졌는가 묻지 않았고, 그동안 어떻게 개경 생활을 했느냐고도 굳이 묻지 않았다. 그사이 연락을 하지 않은 것은 피차 마찬가지였으므로 섭섭함을 따질 것도 없었다.

봉심은 시전 장 노인의 손녀딸 향이와 혼인해서 장 노인의 손녀사위가 된 것을 말할까 하다가 그것도 말았다. 그사이 그녀가 이쪽 세상으로 건너와서 지원과 그렇고 그런 남녀들처럼 보기 좋게 지내고 있으리라곤 지원의 어디를 봐도 상상이 되질 않았다.

"곽 어른이 개명을 선물하시더군. 앞으로 개경에서 내 이름은 지상이 될 것 같네."

지원은 개명 사실부터 알렸다.

"근원을 알려는 이름을 평범한 일상으로 눈을 돌리게 하는 이름으로 바꿔주신 건 그 어른의 처음이자 마지막인 가르침 같아 그저 감사히 받았다네."

"지상… 정지상……. 그래, 이제부턴 그게 내 친구의 이름이군."

봉심은 이름에 관해서는 특별히 붙일 말이 없어 별생각없이 중얼거렸다. 봉심은 결국 참을 수 없어져서 물었다.

"그녀는 어떤가? 잘 계신가?"

지원은 아무 대답 없이 봉심을 가만히 쳐다보기만 했다.

봉심은 한쪽에 끌러놓았던 칼을 집어 들고 평상에서 내려 마당에 섰다. 봉심은 천천히 칼을 뽑아 허공을 겨눠 쥐었다.

"이 칼은 적어도 눈에 보이는 세상에선 무엇이든 막을 수 있고, 무엇이든 벨 수 있다."

봉심은 내밀어진 왼발을 굴렀다. 봉심의 몸이 앞으로 나아가면서 칼날이 전후좌우 사방에서 번득였다. 지원의 눈에 감탄이 스쳤다. 칼날을 비껴 봉심의 몸에 이를 수 있는 것은 없을 것 같았다.

이윽고 봉심의 두 발이 묘하게 엇갈리고 교차하면서 돌고 뒤틀렸다. 두 발의 움직임을 몸이 유연하게 따랐고, 칼은 미친 춤사위처럼 자유자재로 날을 뒤집고 번득이며 예측할 수 없는 곳에서 이빨을 드러냈다. 칼날은 곧 빈틈없이 허공을 저며갔다. 칼날이 공기를 가르는 소리만이 마당을 가득 채웠고, 달빛이 칼날과 소리에 맞아 마당에 마구 부서져 떨어졌.

지원은 술잔을 든 채 마실 생각도 잊은 듯 봉심의 칼춤을 지켜보았다. 봉심은 크게 원을 그리면서 칼을 칼집 속으로 갈무리하면서 동작을 마쳤다.

"멋지군."

지원이 웃음 띤 찬사를 보냈다.

"그녀가 나를 이렇게 만들었다면 믿겠나? 내가 자네의 친구가 아니었다면 그녀가 내게 이렇게 했겠는가? 그녀가 나를 이렇게 만든 까닭이 무엇이 겠는가?"

봉심의 쏟아지는 물음에 지원은 웃음을 거뒀다. 봉심은 이를 드러내고 웃었다.

"나도 개경에 갈 거야. 내 처조부는 개경에 내 자릴 마련해 줄 능력이 있고, 서 낭장께선 내가 자네를 따라가겠다면 언제든지 보내주실 분이지. 나는 자네 곁을 지켜야 해. 그게 그녀의 뜻 아니겠는가."

지원의 눈이 동그래졌다.

"자네, 결혼했는가?"

봉심은 그제야 혼인 사실을 말했다. 이상하게 얼굴이 붉어지는 것을 어쩔 수 없었다. 지원이 소리 내어 웃었다. 봉심은 지원이 크게 웃는 것을 처음 보는 것 같아 놀랐지만 이내 따라 웃었다. 그 바람에 나름 그녀의 마음을 대신 전하자고 했던 봉심의 의도는 지원의 반응을 보지 못하고 그냥 넘어가 버렸다.

다음날 아침, 서경의 역원에서 대기하던 개경의 예부 소속 이속들이 지원을 모시러 왔고, 지원은 그들과 함께 개경으로 떠났다. 미리 얘기가 있었는지 지원의 노모는 서경에 남았다. 지원의 이웃들이 곧 죽어도 아들에게 폐를 주지 않을 사람이니 누가 말리겠느냐면서 지원에게 아무 걱정 말라 했고, 지원은 봉심 앞에서만 잠시 눈물을 내비쳤다.

봉심은 개경까지 함께 갔으면 했지만 예부의 이속들이 불편해하는 것 같아 서경의 남문 어귀에서 지원과 작별했다. 돌아서는데 어쩐 일인지 눈물이 핑 돌았다.

"정 진사가 개경에서 자리를 잡고 난 다음을 보는 것이 어떻겠나?"
처조부 장 노인도 그렇게 말했고 낭장 서길도 그런 식으로 말했다.
장 노인이야 아직 새신부나 다름없는 손녀를 딸려 보내기도 그렇고 따로 남겨두기도 뭣할 것이니 미루고 싶을 것이다. 봉심은 서길까지 다음을 보자고 할 줄은 미처 몰랐다.
쉽게 개경으로 돌아가기 힘들 것 같았다. 서경의 관직에 처가까지 생겼으니 이미 봉심은 마음 내키는 대로 무엇을 할 수 있는 입장에선 영 멀어져 있었다.
손녀사위의 얼굴이 눈에 띄게 어두워져 가서인지 장 노인이 사람을 개경에 보내 지원의 소식을 가져오게 했다. 봉심은 알고 있었지만 모른 척하다가 아침나절부터 장 노인이 신방을 기웃거리는 걸 보고 안으로 모셨다.
"개경에 살붙이 하나 없고 서경에도 노모 한 분뿐이니 혈혈단신이나 다름없지. 관직과 승운이란 게 어디 개인의 능력에 따르는 세상인가. 내가 개경에 있었더라도 품관은 언감생심에 평생 이속으로 늙어가고 있었을 거야. 그래도 정팔품 중에서도 상계인 급사랑으로 첫 관직을 열었다니 과시 장원인 덕분이 크고, 그게 어디인가. 충분히 고맙고 감사한 일이지. 이때쯤 자네가 가는 것이 도움인가 방해인가 잘 가늠해 봐야 할 걸세."
마지막 말이 걸렸다. 장 노인이 무릎에 놓인 봉심의 손등을 늙은 손으로 조심스럽게 덮었다. 손은 따뜻했으나 입으로는 아예 찬물을 끼얹었다.

"이자겸의 아들 이지미가 추밀원으로 자리를 옮긴 모양이더군. 벌써 왕명과 직접 통하고 군기를 관장하는 추밀원의 내직이 되었다니 그야말로 권력을 마음껏 누리고 있는 게 아닌가. 이미 그자와 좋지 않은 일이 있었다는 건 자네가 한 말이 아니었던가? 자네가 가면 자네도 어렵고 신동도 어려워져."

봉심은 울컥했으나 장 노인의 걱정이 틀리지 않다는 것을 알았다.

"맞습니다. 그러나 한 가지 분명하게 말씀드릴 게 있습니다."

봉심은 감정을 억눌렀다.

"지원이, 아니, 지상이 오라 하면 저는 만사 제쳐 놓고 갈 것입니다. 그렇게 알고 계십시오."

장 노인은 마치 그런 일은 결코 일어나지 않을 것이라고 확신하는 것처럼 자애로운 미소를 머금으며 고개를 끄덕였다.

"그땐 내가 앞장서서 자넬 개경에 보내줌세."

가면 가는 것이다. 정 못 견딜 것 같으면 그냥 훌쩍 개경으로 넘어가 버린 뒤 나중에 지상이 불렀다고 하면 그만일 것이다. 지상이 부른 적 없다고, 다시 서경으로 돌아가라고 하지는 않을 것이라고 믿어졌다. 봉심은 그 정도로 스스로를 달랬다.

22 두 사람

    척준경이 개경에 상주함으로써 윤관의 죽음이 남긴 그림자가 흐려지고, 이자겸 일파의 득세가 욱일승천의 기세를 타게 된 것은 묘한 역설이었다. 세간에선 이미 척준경은 윤관의 양아들이 아닌, 이자겸의 의형제이자 이지미의 작은아버지가 되어 있었다. 척준경이 그 사실을 아는지 모르는지, 안다면 어떻게 생각하고 있는지는 확인되지 않았다. 다만 궐 안팎으로 눈치를 보지 않는 자가 없고, 모두가 두려워한다는 건 척준경 자신이 누구보다도 잘 알고 그것을 즐기기까지 하는 것 같았다.

    "개를 키우다가 개에 물릴 일은 없을까?"

    부식은 척준경을 자주 개에 비유했다. 개 주인은 당연히 이자겸 부자일 것이다.

"개가 주인을 무는 경우는 개가 미쳤을 때뿐이라고 합니다."

습명은 부식의 답답함을 누구보다 잘 알기에 당연한 말일지언정 굳이 대꾸를 달았다.

"개는 어떤 경우에 미치게 되는가?"

"개는 본디 천성이 주인을 복종하고 섬기게끔 되어 있는, 사람과 가장 가까운 영물입니다. 그 영혼에 상처를 입게 되면 아마도 미치는 게 아닌가 싶습니다."

"영혼의 상처라……. 그럴듯하구나."

부식은 중얼거리면서 술 주전자를 잡았다. 습명은 황급히 술 주전자를 되받았다.

"제가 먼저 한잔 올리겠습니다."

"아니, 아니. 술은 좀 있다가 하도록 하지."

부식은 술 주전자를 다시 내려놓고는 정색했다.

"그가 분명 알았다고 했더냐?"

"그랬습니다. 이미 관직을 얻어 궐을 출입하고 있는 형편에선 어른의 청을 더 피할 수 없을 것입니다."

"기방으로 부른 것이 모양이 좋지 않은 것 같으냐?"

"불필요한 격의를 줄이고 어렵지 않게 말길을 틀 수 있다는 데에서는 기방만 한 곳이 또 있을까 싶습니다."

"기다림이 편치 않다. 그가 이런 곳을 혹여 혐오하고 있는 게 아닌가? 자리를 알려줄 때 내색은 없었는가?"

그때 밖에서 기척이 났다. 머리 기녀의 차분하고 얌전한 목소리가 뒤따랐다.

"사람이 오셨습니다."

"이제야 왔나 보군."

부식이 헛기침을 했다.

"들이시게."

문이 열리고 구부정한 자세로 엉거주춤 선 초로의 사내가 나타났다. 순간적으로 부식의 눈가에 당황과 노기가 스쳤다.

초로의 사내는 문지방을 넘지 않고 허리를 낮췄다.

"급사랑께선 갑자기 일이 바빠져 소인이 대신 왔습니다. 내일이 마침 쉬는 날이니 아침나절에 불일사에서 뵙는 게 어떤지 여쭈라 했습니다."

"불일사?"

부식은 황망한 얼굴로 초로의 사내 대신 습명에게 물었다. 습명이 짧게 대답했다.

"도성 밖 보봉산 어귀에 있는 사찰입니다."

부식은 난감해져서 탄식했다. 습명도 어찌해야 하나 싶어 눈치만 보았다. 부식은 곧 기색을 누그러뜨렸다.

"갑자기 바쁜 일이 생겼다는데 어쩌겠나. 알았다고 이르게."

초로의 사내가 돌아가자 부식은 바로 일어섰다.

미리 자리를 잡고 준비한 만남은 일방적인 통보로 이루어지지 않았다. 일방적으로 만남을 알렸으니 역시 일방적으로 변경을 요구해 온 게 지나친 일은 아닐지도 몰랐다. 취소가 아니었고 만남이 멀지 않은 게 다행이라면 다행이었다. 그렇다 해도 습명은 부식이 생각보다 쉽게 받아들이는 것엔 아무래도 낯설었다.

다음날은 아침부터 비가 추적추적 내렸다. 부식은 툇마루에 서서 날씨를 노려보고 있었다. 지우산을 받쳐 들고 부지런히 부식의 거처 앞마당을 들어서던 습명은 주춤했다.

떨어지는 빗방울 사이로 올려다 보이는 잿빛 하늘에 틈이 보였다. 집을 나서서 부식의 거처까지 오는 동안 구름이 많이 갈라져 있었다.

"오래 내릴 비는 아닌 듯합니다."

습명이 인사를 올렸다. 부식은 날씨 대신 습명을 노려보았다.

"비가 그치지 않더라도 가야 하지 않겠는가?"

"어제는 우리가 기다렸으니 오늘은 그를 기다리게 해도 큰 탓이 아닐 것입니다."

"시끄럽구나. 바로 가자."

부식의 하인들이 말 두 필을 끌고 왔다. 부식과 습명이 차례대로 말에 올랐다. 하인들이 시키지 않아도 말고삐를 잡고 앞장섰다.

"너희들은 있어라."

부식은 하인들을 물리고 직접 말고삐를 잡았다. 한 손엔 우산이고 다른 손엔 말고삐니 왠지 불안해 보였다.

"몇을 앞세우는 게 낫지 않겠습니까?"

"시끄럽다고 하지 않는가."

부식이 먼저 앞을 잡았다. 습명은 곧장 왼편 뒤를 따랐다. 말을 타는 게 얼마 만인지 몰랐다.

빗방울은 줄지 않았다. 말발굽 소리에 찰박찰박 맑은 소리가 입혀졌다. 내성을 벗어나 외성의 중간쯤에 이르렀을 때 부식이 말고삐를 잡아 말을 세웠다. 부식은 눈을 치뜨고 주위를 훑었다. 습명은 궁금했으나 부식의 태도가 워낙 삼엄해서 말을 꺼내지 못했다. 지우산과 길바닥에 떨어져 부딪치는 빗소리만 남았다. 그 뒤편에 머물던 고요와 침묵이 성큼 다가왔다.

"나와라."

부식이 말했다. 빗소리 외엔 모든 게 잠잠했다. 부식이 목소리를 높였다.

"내가 도성과 궐을 뒤집어엎지 못할 것 같으냐?"

골목과 사잇길 어귀에서 방립을 쓰고 도롱이를 걸친 무관들 몇이 비실비실 걸어나왔다. 부식이 호통 쳤다.

"누가 네놈들에게 내 뒤를 밟으라 했느냐?"

무관들이 표정을 숨기려는 듯 고개를 숙였다. 부식의 호통이 쩌렁쩌렁 외성을 울렸다.

"말하지 않으면 모를 줄 아는가? 가서 일러라! 또다시 근처에 네놈들 그림자라도 얼씬거린다면 내 모든 걸 걸고 그 잘난 감투를 날려 버리겠노라 했다고 말이다!"

여기저기서 놀라서 내다보는 사람들이 적지 않았다. 무관들은 고개를 숙여 보이고는 도망치듯 사라졌다.

부식은 한동안 무관들이 사라져 간 쪽을 노려보며 호흡을 고르다가 말고

뼈를 당겼다. 습명은 부식의 주의력에 새삼 탄복하지 않을 수 없었다. 몰래 뒤를 따르는 자들이 있는 줄은 아예 짐작조차 못한 습명이었다.

"그가 왜 시간을 바꿔가며 도성 밖에서 만나자고 했는지 알 것도 같다."

부식이 비 내리는 하늘을 살피며 중얼거렸다.

"그건 마음에 드는구나."

습명은 부식의 중얼거림이 왠지 오지랖만 넓고 주의력이라곤 없는 자신을 탓하는 것 같아 고개를 떨어뜨렸다.

외성을 벗어날 때쯤 빗방울이 가늘어지더니 거짓말처럼 날이 개었다. 습명은 부식의 지우산을 받아 자기 것과 함께 말안장 뒤에 묶어 매달았다.

하늘은 빠르게 구름을 물리고 청명한 몸을 드러냈다. 곧 햇살이 빗방울을 머금은 길가의 잡풀 위에 떨어졌다. 누구의 것인지 드넓은 밭을 가득 메운 콩잎이 유독 짙었고, 그 너머 펼쳐져 도성의 성벽으로 이어지는 산자락의 녹음이 멀면서도 한결 가깝게 다가서는 듯했다.

도성 밖엔 민가를 허락하지 않아서 밭과 풀밭, 언덕과 구릉뿐이었다. 습명은 모처럼 한가롭고 평화로운 기운에 빠졌다. 성 밖을 조금만 벗어나도 영판 다른 세상이었던가 싶기도 했다. 부식은 어떨까 싶어 고개를 돌리던 습명은 오싹해졌다. 마침 부식이 희게 눈을 뜨고 습명을 흘겨보고 있었다.

"소풍 나왔는가?"

보봉산은 멀지 않았다. 부식이 재촉하는 바람에 걷던 말이 달려야 했고, 습명이 몇 번이나 말에서 떨어질 것 같은 위기감을 느끼는 사이 보봉산 자락에 닿았다.

불일사는 기슭 가에 있었으므로 숲 사이로 바로 사찰의 처마가 내보였다. 습명은 불일사로 오르는 돌계단 앞에서 말을 세우자마자 바로 내렸다. 두 발이 땅을 딛고 서니 비로소 살 것 같았다. 그런 습명을 보며 부식은 혀를 끌끌 찼다. 습명은 부식이 말에서 내리길 기다렸다가 말없이 가까운 나무에 말고삐를 잡아맸다.

부식은 벌써 돌계단을 올라가고 있었다. 습명은 황급히 뒤따랐다.

"자네와는 구면이겠군."

부식은 습명을 나무란 게 마음에 걸렸는지 한결 부드러워진 말투로 너무도 당연한 소릴 했다. 만남을 약속받느라 얼굴을 본 게 불과 어제였다.

습명은 어제 일은 건너뛰었다.

"그러고 보니 서경의 을밀대에서 본 게 벌써 햇수로 삼 년 전입니다."

돌계단 끝 일주문에 누군가가 나와 섰다. 부식이 계단을 걸어 오르던 걸음을 멈췄다. 당황한 듯했다. 일주문에 나와 허리를 굽히고 선 것은 어제 기방을 찾아와 만남의 변경을 알렸던 그 오십대 사내였다. 습명도 당황할 수밖에 없었다.

"왜 또 저자인가?"

망연하게 탄식하는 것이 부식은 다시 걸을 마음이 사라져 버린 듯했다. 습명이 부식을 앞질러 걸어 올랐다.

"어떻게 된 거요?"

습명이 일주문에 이르러 묻자 사내는 한쪽으로 비켜서며 허리를 더욱 낮췄다.

두사람 249

"말발굽 소리가 들리기에 나와본 것입니다. 급사랑은 안에 있습니다."

습명은 안도했다. 부식이 올라왔다.

"그와 어떻게 되는 사인가?"

부식의 물음에 사내는 허리를 더더욱 낮췄다.

"급사랑을 돕는 서리입니다. 새 급사랑이 궐내의 일에 여러 가지로 익숙하지 못한 점이 많다며 오래된 소인을 청했기로 소인이 곁에 붙어 다니고 있습니다."

급사랑에 딸린 이속이란 얘기였다. 대개의 이속들이 실무에 가까운 잡무를 도맡기 때문에 간혹 품관들보다 관인의 풍모를 노골적으로 풍기는 경우가 많은데, 어제와 마찬가지로 평복을 걸친 사내는 흡사 시골의 촌로 같았다. 궐내에서 관복을 걸친다 해도 태도나 분위기가 바뀔 것 같진 않았다.

"이쪽으로 오십시오."

급사랑 서리가 앞장을 서며 부식과 습명을 안내했다. 서리는 어디를 가는 것인지 곧장 경내를 가로질러 지나고 있었다.

"급사랑은 저 안쪽 삼신각에 있습니다. 조금만 더 산을 오르시면 됩니다."

부식이 주춤 걸음을 멈췄다. 서리가 의아한 얼굴로 돌아보았다.

부식은 못마땅한 얼굴로 불일사 너머 숲을 노려보더니 다시 걸었다.

"자네들은 여기 있게. 혼자 가서 보겠네."

습명은 부식의 못마땅함을 이해했다.

유학자의 입장에서 불가적인 것도 마땅치 않아하는 부식에게 삼신각은 말할 필요도 없었다. 삼신각은 불가와도 아무 연관이 없는, 진작에 청산되고 척결되었어야 할 미개하고 낡은 유산이었다. 신령스럽다거나 영험하다거나 하는 것들은 결국 헛것과 다르지 않으며, 헛것을 모셔두고 섬기면서 틈나는 대로 손바닥을 비벼대는 행위는 참으로 보기에도 민망하다 하지 않을 수 없었다. 삼신각은 그런 낯부끄러운 유산의 정화라 해도 무방했다. 부식은 그런 삼신각을 가장 깊은 곳에 모신 불가도 결국은 헛된 것을 좇고 구하기 때문이라고 단정하는 쪽이었다. 거기까진 습명은 조심스러운 편이었지만 삼신각이든 불가든 부식의 견해에 저항감을 가져본 적은 없었다.

 대웅전을 돌아 뒤편의 숲으로 사라져 가는 부식을 보면서 습명은 문득 걸리는 게 있었다. 아무래도 만남의 순서와 앞뒤가 바뀐 것 같았다. 부식이 정지원을 만나는 일에 예상조차 못한 성의를 들이는 느낌이었다. 어제는 기방을 빌리더니 오늘 아침엔 비가 와도 바로 가자 했고, 이제는 삼신각마저 서슴없이 찾아가고 있는 부식이 지금까지 알아오던 그 부식이 맞는가 싶었다. 습명은 내심 당황스러워져 눈과 얼굴을 먼 데로 돌려 옆의 급사랑 서리가 눈치 채지 못하게 했다.

 삼신각의 탱화를 구경하던 지상은 인기척에 고개를 돌렸다. 서른 뒷줄에서 마흔 앞줄로 보이는 설마흔의 중년 유생이 숲가에서 지상을 쳐다보며 서 있었다. 눈매에 힘이 서리고 눈썹이 굵직한 것이 성깔깨나 있어 보였. 지상은 그가 김부식이란 걸 알아보았다.

 아무래도 나이와 관직의 앞뒤를 따져 지상이 먼저 예의를 갖추려는데 부식이 입을 열었다.

"자네가 정지원인가?"

지상은 고개와 허리를 약간 숙여 예의를 표했다.

"이제는 지상입니다. 만남에 불편을 드린 것 같아 송구스럽습니다."

고개를 드니 부식의 눈이 빠르게 움직이다가 멈췄다. 고개를 숙이는 사이 머리끝부터 발끝까지 살펴본 듯했다.

"내가 왜 보자고 했는지 짐작하는 바가 있는가?"

"이전에도 봉심을 통해 뜻을 전해 받았고 을밀대에서 한차례 더 청을 받았으나 이제야 뵙게 되었어도 거기까진 미처 생각해 보지 못했습니다."

"이전 얘긴 할 것 없고 이번만 놓고 얘기하세."

"……."

"모두가 불편해하는 준경이 자넬 불편해한다는 얘길 들었네. 혹시 준경이 개경을 떠나게 할 방도가 있는가?"

지상은 부식이 척준경이 아닌 이자겸을 불편해한다는 걸 진작 알았다. 정확히는 이자겸의 비대할 대로 비대해진 권력일 것이다. 지상은 바로 대답했다.

"있습니다."

부식의 눈에 놀람의 빛이 빠르게 스쳤다가 사라졌다.

"과연 내가 제대로 짚은 것인가? 들어볼 수 있겠는가?"

"북방의 정세에 변화가 있습니다. 형 오아속의 뒤를 이은 그 아우 아골타가 형의 기세를 넘어서고 있습니다. 개경에서 놀고먹는 것이나 다름없는 척준경을 북방으로 되돌려 보낼 충분한 사유로 삼을 수 있을 것입니다."

부식의 눈에 다시 놀람이 떠올랐다. 부식은 놀람을 감추지 않았다.

"간단하구나. 왜 진작 그 생각을 못했을까."

그것은 당신들이 북방의 일엔 관심이 없기 때문입니다, 라는 대꾸가 저절로 떠올랐으나 지상은 입 밖으로 꺼내진 않았다. 지상은 다른 말로 부식을 건드렸다.

"북방에서 여진의 심상치 않음을 보고하는 장계가 왕께 이르게 할 방도가 있으신지요?"

부식은 생각해 보는 듯 눈살을 찌푸렸다.

"왕께서 먼저 북방의 사정을 알게 하시고 다음으로 척준경을 거론한다면 왕명을 얻기가 어렵지 않을 것이고, 그것은 나라와 백성의 평안을 우선해야 하는 관료로서 시급하고 당연한 처사일 것입니다."

지상이 세세한 방법까지 말하자 부식은 압박을 받는 듯했다. 이윽고 부식이 체념한 듯 입을 열었다.

"군기와 군사를 이자겸 쪽에서 모두 쥐고 있으니 내가 북방에 통하는 장수가 없구나. 자네에겐 북방에서 장계를 올리게 할 방도가 있는가?"

"제 방도를 허락하신다면 서경을 통하도록 하겠습니다. 이는 척준경을 개경에서 내보내는 문제가 아니라 나라의 방비에 관한 문제입니다. 차제에 북방의 사정을 개경까지 이르지 못하게 막고 있는 게 분명한 이자겸 일파의 전횡도 왕께 아뢰져야 할 것입니다."

부식이 한 대 얻어맞은 듯한 얼굴이 되었다. 지상이 더 말을 않고 침묵을 지키자 부식의 얼굴이 부끄러움이라도 느낀 듯 조금씩 붉어졌다.

"금번에 정녕 훌륭한 일꾼이 조정에 들어왔구나. 자네의 충정이 나마저 부끄럽게 하니 진작 만나지 못함이 후회될 지경이 아닌가."

부식은 이내 지어낸 듯한 너털웃음을 웃더니 다가와 지상의 손을 덥석 잡았다.

"자네의 머리와 충정이 나와 함께할 수 있겠는가? 아니, 이참에 나와 서로를 돕기로 함이 어떻겠는가?"

지상은 손을 빼고 싶었지만 남의 손인 듯 내버려 두었다.

"나라님과 백성을 위한 명분이라면 무엇인들 못하겠습니까? 기왕 학사께 말씀드렸으니 시급히 진행해야 할 일이 아닌가 합니다."

"물론. 물론이고말고. 자넬 만났고 만나자마자 가뭄에 단비나 다름없는 방도를 얻었으니 이제부터 자네와 난 뜻을 함께하는 동지일세."

나라와 백성을 위하는 명분이 분명할 경우에 한해서일 뿐입니다, 라고 지상은 속으로만 대꾸했다. 지상이 겉으로는 대꾸를 하지 않았으므로 부식은 긍정으로 받아들였는지 진심으로 기뻐하는 듯했다.

"술이 없는 게 한이로구나. 이럴 때 한잔 술을 서로 나눌 수 있다면 그만큼 가치있는 술이 또 있을까."

부식은 번쩍 뭔가를 생각해 낸 듯했다.

"옳지. 이 절에도 곡차가 있겠구나. 곡차 없는 절이 어디 있겠는가. 주지에게 잘 말해 아예 여기서 한잔 나눔이 어떻겠는가?"

지상은 부식의 뜨거운 태도에 마음이 조금 열리는 것을 느꼈다. 부식은 뭔가 할 말이 더 있고 아직 풀어놓지 않은 거기에 지상과 가까워지고자 하는 본뜻이 숨어 있을 것이다. 그렇다 해도 신라 김춘추 계열의 후손과 고구려 떠돌이 유민의 자손, 그 사이의 벽과 괴리는 채워질 것 같지 않았다. 그것은 이미 척준경과 이자겸을 보는 시각의 차이에서 분명하게 드러난 연후였다. 부식은 그들을 견제해야 할 권력자로 보았지만, 지상은 가깝게는 나라와 백성의 해악으로 보았고, 멀게는 역사를 퇴보시키는 역사의 죄인으로 여겼다.

"지금 바로 서경에 사람을 보내 북방의 사정을 알릴 만한 장수를 찾아보겠습니다. 학사께선 북방의 장계가 왕께 닿을 방도를 미리 마련해 주십시오. 원래대로 추밀원을 통하게 내버려 둔다면 이지미의 손에 걸려 도중에서 막혀 버릴 가능성이 높지 않겠습니까?"

부식이 금방 식었다. 부식은 잠시 노려보는 듯하더니 눈을 풀고는 무겁게 고개를 끄덕였다.

"자네 말이 옳군, 옳아. 진작 자네의 문장에 낯설 정도로 신선한 새로움을 가졌던 적이 있고, 자네와 술과 문장을 이야기하면서 만남을 축하해 볼까 했는데 그런 흥취는 뒤로 미룸이 낫겠군."

지상은 고개를 약간 숙여 보였다.

"먼저 가보겠습니다. 이 일에 변화가 따르거나 반드시 알려야 할 경우가 생기면 가장 먼저 전갈을 드리겠습니다. 그럼."

"앞으로 서로 자주 연락하고 얼굴도 보도록 하세."

말은 그렇게 했지만 부식은 떨떠름해했다. 지상은 돌아섰다.

습명은 지상이 혼자서만 대웅전을 돌아 경내에 내려서는 것을 보고 궁금해져서 다가갔다.

"학사 어른께선……?"

"제가 먼저 가보겠다 했습니다."

습명은 부지런히 지상이 내려온 길을 걸어 올랐다.

"이야기 잘 됐는지요?"

문하성 소속의 주사 오인집이 다가와 물었다. 지상은 오 주사를 보자 비로소 미소를 지을 수 있었다.

"둘이 있을 땐 편하게 하라 했지 않습니까. 아버지뻘이십니다."

"품관 아래가 어찌 품관께 말을 쉽게 하겠습니까. 그런 법은 없습니다."

"앞으로 더 바빠질 것 같습니다. 성실하고 발 빠른 통인을 물색해 주십시오."

"역시 한림원 학사께서도 북방의 사정엔 깜깜인 모양입니다."

"이번에 분명히 알았습니다. 나라 살림을 꿰고 굴리는 분들은 실로 오 주사 같은 서리와 이속 분들입니다. 앞으로도 계속 잘 부탁드립니다."

"아이고, 무슨 말씀을. 저야말로 정 급사랑님 같은 분과 한 짝처럼 움직이는 것이 얼마나 고맙고 감사한지 모릅니다. 이 늙어가는 것이 요즘에서야 일을 일답게 새로이 배우는 느낌입니다. 덕분에 요즘엔 나이를 거꾸로 먹는 기분 아닙니까."

지상은 웃었다.

"그렇습니다. 오 주사와 저는 한 짝입니다."

심상치 않은 북방 사정도 오 주사가 물어온 것이었다.

지상이 궁금함을 내색하자 오 주사는 즉각 저자에 나가 떠돌이 행상들을 통해 북방의 사정을 알아왔다. 오랜 실무와 잡무로 쌓은 경험과 노련함이 어떤 것인지를 오 주사는 잘 보여주었다.

무엇보다도 아골타의 기세가 오아속 때와 또 다른데도 그 사실이 군기를 통해 개경까지 전해지지 않는다는 것은 놀라운 일이었다. 지상은 거기를 두들길 참이었다. 마음이 잘 맞는 경험 많고 노련한 이속이 곁에 있는 것도 든든했지만, 부식의 도움도 절대적으로 필요하다는 것을 지상은 부정할 수 없었다. 때맞춘 듯 부식이 만남을 청해온 것을 더 거절하지 못한 것도 그런 까닭이었다. 그런데 부식이 먼저 제안을 꺼냈고, 방향이 맞았으니 일단은 더 바랄 게 없었다.

지상은 부식은 부식대로 원하고 노리는 바가 있다는 것을 모르지 않았지만 거기까진 생각하지 않기로 했다.

부식은 삼신각 벽면의 탱화를 노려보고 있었다. 습명은 조심스럽게 부식의 뒤로 다가갔다. 부식이 돌아보지도 않고 습명이 온 줄 알았는지 바로 물었다.

"뭐냐, 이것은?"

부식의 눈은 탱화 속에서 미소를 짓고 있는 흰옷의 노인을 노려보고 있었다. 습명은 왠지 노인의 그림에서 동산처사 곽여를 떠올렸다.

"산신령이란 것입니다. 여기는 보봉산이니 보봉산의 산신령을 그린 것이겠지요."

"그러니까 그 산신령이라는 게 뭔데 여기 그려져 있느냔 말이다."

부식이 뭔가에 화가 나 있나보다고 습명은 생각했다.

'정지원이는… 아니, 이젠 지상이라고 했던가. 아무튼 그가 왜 굳이 이런 곳에서 날 보자고 한 것일까? 그는 혹시 나를 같잖게 여기거나 우습게보고 있는 것은 아닌가?'

"무슨 말씀인지 잘 알아듣질 못하겠습니다."

"내가 어떤 가치를 우선으로 하고 있는지 모르지는 않을 것이다. 너는 이런 곳이 나하고 어울린다고 생각하느냐?"

직접 물어보지 않은 모양이었다.

"아마 그는 어른을 만나는 무게에 눌려 자기의 입장만을 따진 게 아닌가 합니다. 그는 이런 곳이 편한 모양입니다."

부식은 의외로 선선히 수긍했다.

"그래, 그렇게 이해해 주는 게 옳겠지? 그 정도야 내가 받아줘야겠지?"

부식은 바로 돌아서서 숲 밖을 향했다. 습명은 뒤를 따르면서 부식이 지상과의 만남에서 끌려간 듯 보일까 봐 변명하는 태도를 느꼈다. 속으로 웃음이 나왔다.

그사이 지상과 지상을 따르는 서리는 보이지 않았다. 부식은 절간 쪽은 쳐다보지도 않고 곧장 경내를 가로질러 일주문을 향했다.

"헛된 망령에 의지하고 기복하는 것은 사람의 도리가 아니다. 가장 경계

해야 할 심마지. 그게 이 땅의 백성들을 나약하고 어리석게 해온 가장 큰 까닭임을 어찌 모른단 말인가. 그런데도 여전히 방방곡곡에 망령을 모셔놓고 위에서부터 아래까지 경쟁하듯 우러르고 있으니 마땅히 철폐하지 않는다면 당장은 고사하고 그 대물림의 폐해를 장차 어찌할 건가."

일주문을 나서 돌계단 앞에 선 부식은 잠시 경멸하듯 뒤를 돌아보았다.

"다시는 이런 곳에서 만남을 가질 일이 아니다. 한바탕 요사한 무엇에 홀린 기분이구나."

부식은 털어내듯 헛기침을 하고는 돌계단을 내려갔다.

첫 만남이 마땅치 않았던 모양이다. 부식의 뒷모습에서 뭔지 모를 아쉬움과 미련의 그림자가 어른거리는 듯도 싶었다. 습명은 여러 가지로 궁금했으나 묻지 못하고 부식의 뒤만 따랐다.

23 겹경사

하루에 세 번을 연이어 이자겸의 집에 칙서가 날아들었다. 첫 번째 칙서엔 이자겸을 익성공신수태위(翼聖功臣守太尉)에 책봉한다는 내용이, 두 번째 칙서엔 이자겸의 모친 김씨를 통의국대부인(通義國大夫人)으로 모신다는 내용이, 세 번째 칙서엔 이자겸의 부인 최씨를 조선국대부인(朝鮮國大夫人)에 올린다는 내용이 들었다. 그 사실은 칙서가 날아듦과 거의 동시에 개경 전역에 알려졌다. 한 가문을 향한 하루 세 통의 칙서는 유래가 없는 일이기도 했지만, 이자겸 본인이 그런 일을 스스로 만들어냈다면 폭발적으로 알려지지 않는 게 오히려 이상할 것이다.

이자겸의 시대가 활짝 열렸음을 아무도 부정하지 못했다. 이자겸 말고 누가 또 그런 경사를 만들어낼 수 있겠느냐는 물음엔 답이 '아무도 없지'

하나뿐이었다. 이자겸의 집을 중심으로 잔치판이 벌어졌고, 이자겸의 이름으로 개경 전체에 빠짐없이 떡이 돌았다.

모두가 떡 접시를 받아 들고 이자겸 집안의 겹경사에 넋이 나가 있던 그날, 어스름녘에 서경의 무관 김신과 최봉심이 조용히 개경에 들어왔다.

"서경 관아의 별장 김신이란 자가 동북 익곡현 현령의 이름으로 내려온 장계를 이어받아 막 개경에 들었다고 합니다."

습명의 알림에 부식은 적잖이 놀랐다. 지상을 만난 지 보름이 채 안 되었는데 벌써 북방의 장계를 개경에 이르게 할 줄은 몰랐다. 그동안 은근히 속이 타고 있었고, 오늘은 이자겸의 하인이 들고 온 떡 접시를 보는 앞에서 마당에 내던져 박살 내버렸던 참이다.

"익곡이 어디던가?"

"동북의 끄트머리로 보시면 됩니다."

"지상이 보통이 아니구나. 그것이 서경의 힘인가?"

"김신이 내일 사시 삼점쯤에 추밀원 승선부에 들게 할 것이라 합니다. 그다음의 일을 잊지 않으셨는지 확인해 달라 했습니다."

그간 습명을 통해 지상 쪽과는 몇 번 전갈이 오갔다. 부식은 장계가 도착하면 정해진 대로 추밀원을 통하게 하되 시간을 알려달라 했고, 그때에 맞춰 추밀원을 덮칠 것이라 했다.

"그것을 잊겠는가? 내일 추밀원뿐 아니라 궐을 발칵 뒤집어놓을 것이라 해라."

습명은 가슴이 뛰었다. 부식이 소리 내어 웃었다.

"이자겸이 칙서를 세 개나 받았다고 잔치를 열흘 밤낮으로 벌일 기세던데 오늘로 끝이겠구나."

웃음과 함께 토해지는 부식의 숨결도 뜨거웠다.

부식의 집을 나온 습명은 외성 오 주사의 집으로 부지런히 걸음을 놓았다. 지상은 아직 자기 집을 갖추지 못하고 오 주사의 집에서 방을 하나 얻어 숙식하고 있었다. 습명이 도착했을 때 지상의 방에 지상을 비롯한 오 주사와 김신, 봉심이 간단한 술상을 놓고 마주 앉아 있었다.

"앉았다가 가시지요."

방주인인 지상이 청하므로 습명은 신을 벗고 들어섰다.

"어른께서도 잔뜩 기다리셨던 터라 내일 틀림없을 테니 걱정 말라 하셨소."

습명이 자리에 앉으며 알리자 모두의 얼굴에 홍분이 드리웠다.

"형님의 기세가 가장 우선이겠습니다."

봉심은 김신을 형님이라고 부르며 부러움을 드러냈다. 김신은 서경 상주 무관의 서열상 낭장 서길의 바로 아래였다.

"기세랄 것 있나. 시간을 잘 맞춰야겠지."

김신은 봉심의 부러움을 적당히 뭉개 버렸다. 습명은 김신의 묵직한 저음성과 산 같은 체구에 듬직함을 느꼈다.

지상이 술 주전자를 들고 습명에게 술을 권했다.

"정 직원께서 수고가 많으십니다."

습명은 겸손하게 앉아 있는 오 주사를 한 번 봤다가 지상에게 말했다.
"정 급사랑처럼 믿을 만한 이속이 없는 탓이지요."
습명은 지상이 부러웠다. 믿을 만한 사람을 두려면 먼저 믿음을 줘야 할 것이다. 그 이전에 서로 통하고 끌리는 무엇도 따라야 할 것이다. 습명에겐 어려운 일이었다. 작은 일이라도 직접 하는 게 속 편하다고 스스로 믿게 된 것도 그 때문일지 몰랐다.
부식과 지상이 힘을 합쳐 일을 꾸미게 될 줄은 몰랐다. 갑작스럽고 느닷없다 할 정도였다. 부식이야 그렇다 쳐도 지상에게 큰 물줄기를 뒤바꾸려 할 힘이 있을 줄은 미처 몰랐다. 습명은 내심 지상에게 놀라고 감탄하면서 그가 따라주는 술을 두 손으로 정중하게 받았다.
술 주전자가 금방 비었다. 봉심이 술을 급하게 마시고 있었다. 봉심은 자꾸 무슨 말인가를 하려다가 꾹꾹 억누르곤 하는 기색이었고, 술이 무겁게 취해가는 듯했다. 주전자가 빌 때마다 오 주사가 나가서 채워왔다.
눈을 뜬 습명은 깜짝 놀라 벌떡 일어났다. 지상의 방이었고, 옆에서 봉심이 널브러져 있었다. 지상과 김신, 오 주사는 보이지 않았고 술상도 치워지고 없었다.
주는 대로 받아 마신 기억이 났다. 아마도 그만 일어서려는 걸 봉심이 자꾸 붙잡은 듯했다. 결국 봉심과 반강제로 자꾸 술잔을 돌리게 됐고, 빈 주전자와 채운 주전자를 들고 들락날락하던 오 주사가 꽤 바빴던 듯했다.
"친구는 개경에서 단칸방살이를 하면서 이러고 있는데 나는……."
술잔 잘 돌리던 봉심이 갑자기 그런 말을 하면서 끅끅거리더니 급기야 대성통곡을 하던 모습이 기억났다. 습명은 한밤중처럼 곯아떨어진 봉심을 잠시 넋 나간 듯 쳐다보았다. 그러고 보니 밖이 훤했다.

습명은 의관을 대충 매만지고 황급히 지상의 방을 나섰다. 오 주사의 집 앞마당에 쏟아지고 있는 아침 햇살에 현기증이 일었다. 술로 인해 밤과 아침을 통째로 잃어버린 건 난생처음이었다.

앞채 부엌 쪽에서 기척이 들렸다. 습명은 마음이 황망했지만 잠시 기다렸다. 사람이 부엌에서 나왔다. 단정하고 말쑥해 보이는 처녀였다.

습명은 지상과 오 주사 등을 물어보려다가 처녀와 눈이 마주치는 순간 놀라서 말을 잃었다. 한 쌍의 눈에 그만 확 빨려드는 듯한 충격을 받았기 때문이다. 그만큼 처녀의 눈은 맑고 깨끗했고 깊어 보였으며 현숙함과 지혜로 빛나는 듯했다. 습명은 넋이 나갔고, 넋이 나갔다는 것조차 인지하지 못했다.

처녀가 바로 눈을 내리깔고 고개를 숙인 채 안채를 향했다. 그때서야 습명은 퍼뜩 정신을 차렸고, 다급해져서 더듬거렸다.

"다, 다들 어디 가신 건지……."

"이미 궐에 드셨습니다."

그걸로 됐는데 습명은 저도 모르게 한 가지를 더 물었다.

"처자는……?"

"이 집의 여식이옵니다."

오 주사의 딸인 모양이었다. 목소리도 맑고 깨끗하고 감미로웠다.

처녀는 마루 끝으로 해서 안채에 오르더니 작은 방으로 들어가 버렸다.

그때까지 처녀의 뒷모습을 쫓으며 멀거니 서 있던 습명은 이내 화들짝 놀랐다.

"내가 오늘 아침 여러 가지로 미쳤구나……."

습명은 쫓기듯이 오 주사의 집을 나서 설사 만난 사람처럼 체면불구하고 궐을 향해 잰걸음을 놓았다.

입궐하여 한림원에 이르니 부식은 자리에 없었다. 동료에게 물으니 한림원에 딸린 이속들을 모두 데리고 이미 추밀원으로 간 뒤였다.

"자네가 오면 제자리를 지키라 하셨네. 우리도 마찬가지고."

일이 손에 잡힐 리가 없었다. 습명은 알았다고 답하고 한림원을 나왔다. 멀찍이서라도 추밀원을 살펴보고 싶어서였다. 뒤에서 오지랖 정습명이라고 말하는 동료들의 목소리가 들린 듯도 했다.

추밀원 근처에 이르기도 전에 습명은 이미 일이 터졌음을 알았다. 행각 사이사이로 군관과 군병들이 우르르 달려가고 있었다. 추밀원 방향이었다. 행각의 여기저기에 놀란 얼굴들을 한 신료들과 이속들이 나와 있었다.

"무슨 일이더냐?"

누군가가 소리 높여 물었지만 대답하는 군관이나 군병은 아무도 없었다. 궁금증을 못 견디고 따라나서는 신료들도 제법 있었다. 습명은 가슴이 쿵쾅거리고 두 다리가 후들후들 떨려왔다.

달려간 군관들과 군병들이 추밀원 앞에 속속들이 모여 도열하고 있었다. 재신인 병부상서 김준이 맨 앞에서 추밀원 대전을 노려보고 있었고, 추밀원 안에서 고함이 터져 나오는 중이었다.

"화급을 다투어야 할 일에 한가하게 조사 타령이 될 말이오? 여기서 동북이 거리가 얼만데 언제 어느 세월에 조사하겠단 말이오?"

부식의 목소리였다.

"진정하시게. 그렇다고 일개 현령이 보낸 장계를 가벼이 왕께 올려 심기를 어지럽혀 드릴 수는 없는 일 아닌가. 급할수록 돌아가라는 말이 있듯 내용이 가볍지 않으니 오히려……."

점잖게 타이르는 투는 추밀원지주사 조중장의 목소리인 듯했는데 말끝이 흐려졌다. 부식의 고함이 다시 터졌다.

"누가 문을 닫느냐? 열어라! 모두가 듣게 하라!"

누가 문을 닫은 모양이었다. 부식의 목소리가 다시 크게 들렸다.

"자고로 군왕의 눈과 귀를 가리는 간신배가 역신을 부른다 하여 간신이 역신의 아비라 했소. 나라의 위급을 다투는 일마저 통하지 않는다면 여길 어찌 간신배의 소굴이라 하지 않을 수 있겠소!"

곧바로 노기가 뻗친 조중장의 호통이 터졌다.

"왕명을 다듬고 빛내야 할 옥당 시독학사의 입이 참으로 험하구나! 그대는 무슨 권한으로 남의 집에 와서 감 놔라 배 놔라 하는가? 추밀원의 일이 한림원의 책상머리 문자 놀음과 같은 줄 아는가?"

모욕을 가졌을 법도 한데 부식의 목소리가 위축은커녕 더욱 높아졌다.

"말꼬리로 말머리를 돌리려 하지 마시오! 왕명에 가장 먼저 죽고 살아야 할 자들이 조사니 뭐니 왕명이 내리지도 않은 일을 앞세워 왕의 앞을 가리고 선 꼴이 가당키나 한 거요? 언제부터 추밀원이 스스로 명을 만들어내게 된 것이오?"

"누가 명을 스스로 만들어냈다는 건가? 북방의 사정이 그토록 시급하다면 병마사나 병마부사에 하다못해 병마판관이 수두룩한데 일개 현령이 알려왔다는 것부터가 이상하지 않은가."

"나라의 일에 위아래가 어디 있소? 일개 현령이라 한들 공연한 호들갑이면 목을 치면 될 일이고 마땅한 충정이면 상을 내리면 될 일이나 그도 차후에 왕명으로 받들어야 할 일이오! 북방의 순서를 말하면서 어찌 이쪽의 순서는 모르는 거요?"

"고약하다! 한림원은 제 일이나 똑바로 하고 있으면서 이러는 것인가?"

"우연히 보았으나 지나치지 못하고 끼어든 건 내 오지랖 탓이지 한림원과는 무관하오! 잘못을 꾸짖으려거든 나를 꾸짖을 것이나 내 말에 틀린 바가 있소?"

"한림원의 시독학사가 이토록 잘난 인물인지 진작에 몰랐구나. 내 잘못이다, 내 잘못이야."

"내 말이 틀리지 않다는 걸 받아들이겠단 말씀이시오? 그렇다면 서둘러 장계를 왕께 받잡아 올리실 일이오!"

조중장이 논점을 흐리려 애쓰는 느낌이었지만 부식은 말려들지 않고 있었다. 조중장은 부식을 더 어찌해야 할지 갈피를 잃어버린 듯 허허허, 탄식만 해댔다.

굵직한 저음이 들려왔다.

"소관은 소임을 다한 듯하니 이만 물러가겠습니다."

체구 좋은 사내가 추밀원 대전을 나오고 있었다. 서경 관아의 별장 김신이었다. 미리 맞춰놓았던 대로 김신과 부식이 거의 비슷한 시간에 추밀원에 들었던 모양이다. 그러나 나오는 것은 따로 나와야 맞을 것이다. 바로 앞에서 부식과 조중장 간의 설전을 지켜보았을 텐데도 김신은 뒷간을 다녀오는 사람처럼 느릿느릿 여유로웠다. 습명은 혀를 내둘렀다.

김신은 추밀원 앞에 모인 군사들과 신료들을 별 표정 없이 둘러보더니 내전 왼편을 따라 걸었다.

"어디에서 왔는가?"

병부상서 김준이 김신을 잡아 세웠다. 뭔가 시비를 걸려는 태도 같았다. 김신은 허리를 숙여 예의를 보였다.

"서경에서 왔습니다."

김준은 김신이 늦게라도 형식적이나마 예의를 차리자 막상 할 말이 없어진 듯했다.

"서경은 안녕한가?"

김준이 묻자 김신은 묵직하게 목소리를 깔았다.

"덕분에요. 그럼 갈 길이 멀어 이만 가보겠습니다."

김신은 돌아서서 걸어갔다. 김신을 힐끗거리는 군사들이 있었고, 군열에 약간의 동요가 일어났다. 김준의 얼굴은 복잡했다. 잡아 세워 위엄을 보이자니 구실이 별로 없고 그냥 보내자니 무시받는 기분인 것 같았다. 그러는 사이 김신은 서궐 쪽으로 멀어져 갔다.

"그럼 전해 올리는 걸로 알고 이 사람은 옥당에 돌아가 왕명을 기다리도록 하겠소이다. 그런 시급한 장계에 왕께서 교지가 없겠소이까? 교지가 내려오면 잘 다듬어 즉시 보내드리겠소."

부식이 쐐기를 박고 추밀원 대전을 걸어나왔다. 습명은 자기도 모르게 다른 대신들의 뒤로 몸을 숨겼다.

부식은 모여든 사람들을 보고는 혼자 중얼거렸다.

"생각보단 얼마 안 모였군."

부식은 휘적휘적 걸었고, 군사들과 대신들이 주춤주춤 길을 텄다. 김준이 부식의 뒤통수를 잡아먹을 듯이 노려보았다.

부식이 함께 데리고 갔다는 한림원의 이속들이 보이지 않는 것과 부식의 태도로 미루어 추밀원 앞에 모인 자들이 어떻게 모였는지 짐작이 갔다. 습명은 뒤가 궁금해 부식이 못 보게 적당히 사람들을 방패 삼아 돌다가 계속 남았다.

"무슨 일 났다고 우르르 몰려왔는가?"

질책하는 목소리가 대전에서부터 밖으로 걸어나왔다. 육십이 다 되었음에도 풍채가 살아 있고 눈빛이 형형한 대신이었는데 바로 추밀원지주사 조중장이었다. 조중장이 나오자 병부상서 김준 이하 군사들과 신료들이 일제히 허리를 숙였다.

과연 추밀원이 군사들과 대신들을 불러 모은 것이 아니었다. 부식의 명을 받은 한림원의 이속들이 궐의 이곳저곳을 돌며 추밀원에서 일 났다고 알리는 모습이 눈에 선했다. 병부상서와 병부 소속의 군사들까지 몰려온 것은 추밀원이 병부의 상급 기관이나 마찬가지라 당연했지만, 이성육부 휘하의 신료들과 이속들이 고루고루 불구경이라도 난 듯 몰려온 것은 부식의 의도일 것이다. 습명은 오늘 궐을 발칵 뒤집어놓겠다고 했던 부식의 호언을 떠올렸다. 왠지 모르게 뿌듯하고 통쾌했다.

"일없으니 당장 제자리로 돌아가지들 못할까!"

아직 붉으락푸르락하는 기운이 남았던 조중장의 얼굴이 다시 시뻘게졌다. 새삼 노기가 되뻗치는 모양이었다.

김준이 서둘러 군사들을 물렸다. 신료들과 이속들도 발길을 하나둘씩 돌려 이쪽저쪽으로 흩어져 갔다. 습명은 함께 섞이면서도 일부러 천천히 걸었다.

조중장의 뒤로 추밀원을 나서는 자들이 보였다. 추밀원의 승선들과 그 아래 품관들이었다. 봉심은 그 속에서 유독 새하얀 얼굴이 돋보이는 이지미를 봤다. 마침 이지미가 가느다란 눈매를 찢으면서 날카롭게 훑어봐 왔으므로 습명은 재빨리 고개를 돌려 아래로 숙이고 걸음을 빨리했다.

다시 보니 조중장이 추밀원의 관리들을 이끌고 북궁을 향하고 있었다. 그것만으론 왕을 알현하러 가는 것인지 이자겸을 보러 가는 것인지 알 수 없었다.

퇴궐 시간이 될 때까지도 궁성에선 아무 전갈이 내려오지 않았다. 부름도 없었다.

"이것들 봐라?"

부식은 몇 번이나 그렇게 중얼거리면서 노기를 억누르더니 갑자기 퇴궐을 서둘렀다. 땅거미가 궐 안으로 야금야금 기어들고 있었다.

"급사랑 쪽에서는 아무 전갈이 없었느냐?"

부지런히 궐내를 가로지르며 부식이 물었다. 부식은 습명이 오늘을 어떻게 보냈는지는 미처 챙길 정신이 없었던 것 같았다. 습명은 그게 다행인지 뭔지 분간이 어려웠다.

"아직은 없습니다만……."

"하루에 결과를 보려는 내가 성급한 걸지도 모르지. 하지만 조바심을 어쩔 수 없구나."

"옳으십니다. 내일까지는 기다려 보심이 어떨지……."

"거기는 어떤지 가봐라. 호랑이 등에 함께 올라탄 거나 마찬가지니 이 일이 마무리될 때까지는 어떻든 함께 살고 함께 죽는 동지나 다름없지 않느냐."

습명은 동지란 말에 가슴이 뜨거워지는 것을 느꼈다. 궐을 나서자 부식은 집이 아닌 반대 방향을 향했다.

"보거든 일이 있든 없든 늦게라도 내게 들르도록 하라. 나는 이 길로 승지 어르신을 뵙고 난 연후에 집에 가 있겠다."

학사승지 김황원의 문간채를 찾을 모양이었다. 습명은 부식에게 인사하고 잠시 시간을 보다가 오 주사의 집으로 향했다. 조금 빨리 퇴궐한 느낌이었으므로 아직 지상과 오 주사가 집에 없을지도 모른다는 생각이 들었지만 발이 저절로 오 주사의 집으로 향했다.

오 주사의 집 앞에 이른 습명은 그러나 쉽게 안으로 들어가지 못했다. 문이 닫혀 있어서는 아니었다. 습명은 공연히 오 주사의 집 대문간 앞에서 안절부절못하며 서성였다.

"나는 그 처자를 보러 온 게 아니지 않은가. 그런데 왜 이러고 있는가."

습명은 오 주사의 집 앞에 이르러서야 아침에 보았던 오 주사의 여식을 떠올리고 스스로 당황해 버린 것이었다.

"이걸 놓고 간 게 언제쯤이었습니까?"

오 주사의 집 담장은 외성의 대개의 민가들이 그러하듯 높지 않았다. 담장 너머로 들려온 소리에 습명은 필요 이상으로 놀랐다. 지상의 목소리였다. 그러나 그다음 목소리에 습명은 더 크게 놀랐다.

"함께 나가셨던 그 체구 큰 무관께서 궐에서 돌아온 연후였어요. 급사랑님의 친구 분은 그때까지 방에서 꼼짝도 안 하고 계셨는데, 두 분이 뭔가를 의논하는 것 같더니 바로 돌아가겠다 하고 떠났지요. 편지를 놓고 간 것은 저도 몰랐네요."

오 주사 여식의 목소리가 틀림없었다. 다시 들어도 그 두 눈과 자태를 닮아 불필요한 격식이나 군더더기가 없이 깨끗하고 맑았으며 단아한 목소리였다.

"서운하신가 봐요."

"앞날이 많은데 오고 가는 일일이 대단할 게 있겠습니까만, 막상 남기고 간 편지를 보니 마음이 좋지는 않습니다."

"술 한잔 올릴까요?"

"아니, 괜찮습니다."

습명은 또다시 지상이 부러웠다. 어떻게 저런 처자와 격의없이 대화를 나눌 수 있단 말인가. 더구나 방은 달라도 한 지붕 아래서 함께 사는 것은 또 어인 홍복이란 말인가. 진심으로 부러웠다.

습명은 스스로 생각을 엿보고 화들짝 놀랐다. 얼굴이 화끈거려 어디든 숨고 싶었다.

"왜 거기 그러고 계십니까?"

습명은 바짝 굳어버렸다. 오 주사가 어둑해진 어둠을 등지고 걸어오고 있었다.

"어, 어떻게 이제 오십니까?"

습명이 묻자 오 주사가 이상한 얼굴로 습명을 살폈다. 습명은 아차 싶었다. 습명은 처음부터 오 주사에게 하대를 해왔던 것이다. 그런데 뜬금없이 존대라니, 참으로 고약한 일이었다.

"얼핏 학사 어른 댁인 줄 알았는데 다시 보니 자네 집이 맞군 그래. 실은 나도 이제 막 오는 길인데 마침 주인이 나타나니 그거야말로 미리 안 들어가길 잘했지 뭔가."

습명은 횡설수설했다. 오 주사는 겸손하게 웃었다.

"그러셨군요. 기왕 오셨으면 드시지요."

"급사랑은 어디 계신가?"

습명은 공연히 크게 두리번거렸다. 지상이 오 주사와 함께 있을 리가 없었다.

"먼저 와 계실 겁니다. 친구 분을 놓고 가신 게 걸렸는지 조금 일찍 퇴궐

하셨는데 소인은 볼일을 마저 처리하느라 조금 늦게 나왔습니다."

그랬구나 싶었다. 습명은 문을 열고 들어서는 오 주사를 보면서 호흡을 가다듬었다. '망령된 놈이다, 너는' 하고 속으로 크게 꾸짖자 비로소 맑은 정신이 조금 돌아오는 듯했다.

"오셨어요, 아버님."

부엌에서 오 주사의 여식이 내다보고 인사하다가 습명을 보고 다시 말없이 인사를 한 번 더 했다. 습명은 마주 목례를 해주고는 곧장 지상의 방으로 향했다.

"급사랑 계시오?"

지상이 방문을 열었다. 한 손에 종이가 들려 있었다. 봉심이 남겨놓고 간 편지를 또 보고 있었던 모양이다.

"오셨군요. 들어오십시오."

지상이 일어나 방문을 더 열어젖히고 안에 들길 청했다. 습명은 부엌 쪽으로 쏠리는 의식을 애써 끊으며 지상의 방에 들어섰다.

"밥은 좀 있다가 먹자꾸나."

오 주사가 부엌에 대고 말하고는 습명을 따라 들어섰다.

"친구 분은 가신 겁니까?"

오 주사의 물음에 지상은 쓸쓸한 웃음을 머금었다.

"김 별장 하고 바로 서경으로 떠난 것 같습니다. 김 별장을 먼저 보내고 며칠 더 머물게 하려 했는데 쓸데없이 내 사는 꼴이 보기에 부담스러웠던 모양입니다."

"그랬군요. 이번에 반드시 최 대정이 함께 오길 원한 급사랑님의 뜻을 잘 아셨을 텐데……."

"그 친구는 무턱대고 개경으로 돌아오겠다고 했다는데 막상 저를 보고 그걸 배부른 투정으로 여기게 된 것 같습니다. 저도 그 친구와 함께하고 싶은 마음 때때로 간절하지만 처가 있고 관직이 있는 친구에게 그 마음을 앞세울 수야 없지요."

오 주사가 다소 우울해진 듯 고개를 주억거렸다.

"어제도 봤지만 최 대정의 마음 이해합니다. 급사랑님도 어서 번듯한 집 칸 마련해서 바르게 정착하셔야지요."

습명은 왠지 솔깃해졌다.

"급사랑이 따로 집을 알아보겠다면 적극 도울 수 있소이다만……."

지상이 웃었다.

"아닙니다. 저는 여기가 편하고 좋습니다. 번듯한 집칸 같은 건 저하고 맞지도 않고 생각해 본 적도 없습니다."

습명은 알 수 없는 실망감을 느꼈으나 오 주사는 반대로 얼굴이 확 밝아지는 듯했다. 지상이 습명을 보면서 정색했다.

"오늘 추밀원에서 벌인 시독학사님의 일은 잘 전해 들었습니다. 뒤탈은 없으신지요?"

습명은 정신을 붙들어 맸다.

"어른께선 오히려 급사랑 쪽을 걱정하셔서 나를 보내신 거라오."

"전해주십시오, 준비는 충분하니 그대로 될 것이며 걱정 마시라고."

지상은 습명을 보며 눈빛을 가라앉히고 목소리를 낮췄다. 습명은 지상의 태도가 문득 낯설고 예사롭지 않아 저도 모르게 긴장했다.

"다만 내일부터는 당분간 만남과 연락을 중단하는 게 나을 것입니다."

습명은 무슨 뜻인지 잘 알아듣질 못했다. 밤늦게 부식을 찾아 그대로 전하니 부식 또한 마찬가지인 듯했다.

"준비가 충분한 건 제 머리에서 먼저 나온 방도이니 그렇다 쳐도, 굳이 만남과 연락을 당분간 중단하자는 건 무슨 뜻인지 모르겠구나."

지상의 말은 다음날 바로 이해되었다.

북방에서 이은 듯이 달려온 세 장의 장계가 차례대로 추밀원을 강타했다. 한 장은 안변도호부에 속한 원흥진 진장의 이름이었고, 또 한 장은 명주 평마판관, 나머지 한 장은 함주대도독부 산하 진동군 군장의 이름이었다. 내용은 하나같이 북방의 사정이 심상치 않으니 시급히 조치를 바란다는 것이었다.

그 소식엔 부식마저도 어안이 벙벙해진 듯했다.

"북방에도 이자겸의 수족들뿐인 줄 알았는데 과연 북방을 움직여 온 서경의 저력이 남아 있었구나. 어제의 장계와는 격을 비교할 수 없는 게 하루 세 번씩이나……."

부식은 이내 너털웃음을 터뜨렸다.

"이건 이자겸의 겹경사와 너무나도 대비가 선명하지 않은가. 절묘하구나, 절묘해."

부식은 웃었지만 습명은 지상이 두려워졌다. 지상이 글은 취미이고 실제는 병법과 육도삼략에 달통한 책사가 아닐까 의심될 지경이었다.

한참을 웃을 것 같던 부식이 웃음을 뚝 잘랐다.

"무시무시하구나. 서경에서 온 급사랑이……."

부식이 신음처럼 중얼거렸다.

부식도 습명과 같은 기분을 느끼는 모양이었다. 그래도 부식은 떠는 것 같진 않았다. 일은 이미 돌이킬 수 없게 커져 버렸다. 습명은 떨리는 자기의 손을 넋 나간 듯 쳐다보기만 했다.

24 반격

　며칠 사이에 무수한 간언이 직접, 혹은 상소와 차자를 통해 왕의 면전에 쏟아졌다. 왕은 눈과 귀는 열어놓은 듯했으나 입은 열지 않았다. 대부분은 간언들이 왕의 발치에 속절없이 떨어져 스러지는 모양새였다. 왕은 어떤 간언에도 윤음을 보태 힘을 실어주지 않았다.
　왕의 입을 열려고 애쓰는 간언들엔 점차 선명한 줄기가 있었다.
　"오아속이 사신 요불을 보내 강화를 애쓸 때 부모 자식 간의 도리와 군신의 예를 다짐했으니 오늘 다시 그의 맹세를 되살려야 할 것입니다. 아골타는 오아속의 친아우니 제아무리 기세를 높인다 해도 친형의 뜻을 넘어서서는 안 된다는 걸 더 늦기 전에 부모 된 도리로서 설득하고 깨우침이 합당할 것입니다."

일단 줄기가 잡힌 간언들은 가지를 치며 왕의 눈과 귀를 향해 뻗어갔다. 결국 왕의 입이 열렸다.

"더 늦기 전에라……. 그래, 누가 가볼 텐가?"

기다렸다는 듯이 이자겸이 나서며 왕 앞에 부복하고 머리를 바닥에 빻았다.

"신 자겸이 왕께 심려를 드려 근래 밤잠을 이루지 못하나이다. 청컨대 신을 사용하시어 아골타에게 인륜과 군신의 도리를 가르칠 수 있도록 윤허하여 주옵소서."

겹쳐지고 중복되는 간언의 홍수에 피로를 느낀 왕은 이자겸의 청을 받아들였고, 한림원에 교지를 내려 아골타에게 보낼 문서를 짓게 했다.

부식은 진작 학사승지 김황원에게 매일매일 입궐하여 항시 왕의 곁에 붙어있어 주십사 청했기에 편전의 일을 소상히 전해 들을 수 있었다.

결국 북방의 장계들을 들이면서 일으킨 파문이 다시 이자겸의 손아귀에 고스란히 갇히는 꼴이 된 거나 다름없었다. 이대로라면 아무 일도 일어나지 않을 것이다.

이자겸이 북방의 소식을 차단하는 동안 아골타는 착실히 힘을 키우고 있었다. 이자겸과 아골타 간에 은밀한 거래가 이루어지고 있을 혐의는 충분했다. 오아속의 사신 요불에게 극진한 환대를 했던 일도 이자겸의 뜻이었음을 알 만한 사람은 다 알고 있었다. 오아속은 강화와 동북구성 반환을 얻었고, 이자겸은 윤관과 한안인 일파를 직접 손대는 일도 없이 일거에 쓸어버림으로써 그 이후부터 권력의 폭주를 해왔다. 이자겸이 오아속 때부터 이미 은밀한 거래선을 만들어 가동해 왔을 가능성은 시간이 알려주고 말해주는 진실일지도 몰랐다.

이자겸이 사신으로 아골타에게 직접 가겠다고 나선 것은 용기도 아니었고 충정도 아닐 것이다. 먼 데 있는 협력자와 동지를 만나러 가는 것과 같을 것이고, 그들이 서로 좋은 일 외엔 아무 일도 생기지 않을 게 뻔했다.

그것들은 쉽게 확인할 수 없는 일이긴 해도 이번 일이 이자겸으로 귀결된다면 아무 일도 일어나지 않을 것만은 분명했다. 지금에서 아무 일도 없는 것, 이대로 가는 것이야말로 곧 이자겸의 승리일 것이다.

"급사랑은 무엇을 하고 있는가? 일이 이자겸을 만나 원점으로 돌아가고 있는 것을 알고 있는 것인가?"

부식은 애꿎은 습명만 닦달해 댔다.

습명도 괴로웠지만 지상을 찾을 수는 없었다. 당분간 만나지 말자는 지상의 말은 옳았다.

추밀원에서 왕께 올려졌다가 되돌아온 것까지를 포함한 모든 상소와 차자들을 분류하고 있다는 소식이 들려오고 있었다. 승리를 확인하고 뒤를 캐려는 수작이 분명했다. 유독 권력에 민감한 그들이 이어진 북방의 장계들에 배후를 의심하는 것은 어쩌면 당연했다. 그 의심은 칼날이 되어 가장 먼저 추밀원을 뒤엎었던 부식을 향할 수도 있었다. 그것은 최악의 경우일 터였으나 상대는 이자겸이었다. 이미 준비되고 실행되는 중일지도 모를 일이었다.

부식은 왕명이 내렸음에도 붓을 들지 못했고, 이자겸이 아골타에게 들고 갈 문서를 짓지 못했다. 퇴궐 시간이 가까워졌을 때 내시 홍이서가 한림원을 찾아왔다.

"기다리고 계십니다."

부식은 빈손으로 궁성 건덕전에 들어 편전의 왕 앞에 부복하고 이마를 찧으며 눈물을 쏟았다.

"신의 무능을 가차없이 벌해주옵소서. 아골타가 새로운 위협이 될 동안 나라의 장수들과 신을 포함한 조정의 대신들은 무엇을 하고 있었던가 자괴가 치밀어 머리가 어지럽고 정신이 아득해져서 붓을 들 수가 없나이다."

"그대의 마음이 나와 다르지 않다. 달리 다른 방도가 있는가?"

왕의 옥음이 지나치게 허허로워 부식은 정말로 눈물을 쏟았다.

"자고로 참은 진중하고 거짓은 날뛰는 법이라 언제나 거짓이 참을 가린다고 하였습니다. 추밀원을 쉬이 보는 건 아니나 참과 거짓을 가림에 오래된 그들에게만 의지하는 것이 자칫 눈과 귀를 좁게 할까 두렵사옵니다. 황공하오나 중차대한 국사가 막연할 땐 사심없고 충정 산뜻한 신진들의 간언을 중히 여길 필요도 클 것이옵니다."

"그대의 말은 추부에서 신진과 하급 품관들의 상소와 차자를 걸러내고 있다는 뜻인가?"

부식은 필사적으로 머리를 찧었다.

"신진들이다 보니 문장이 졸렬하고 거친 것들이 많을 것이기에 차마 올리지 못할 것들이 왜 없겠습니까? 다만 거기에 치우쳐 자칫 추부의 그들마저도 모르는 사이에 지나쳐 버린 참이 있을까를 우려하는 것이옵니다. 통촉하시옵소서."

"그것들을 남김없이 그대에게 가져다주면 도움이 되겠는가?"

전혀 뜻밖이라 부식은 눈을 크게 떴다가 세차게 바닥을 찧었다.

"황공하옵니다, 폐하. 신이 밤을 새워서라도 두 눈을 부릅뜨고 참을 찾아보겠나이다."

부식이 한림원으로 돌아온 지 얼마 되지 않아 홍이서를 비롯한 신진 내시들이 추밀원에서부터 한 뭉치씩 상소문과 차자들을 안아 들고 와서 부식 앞에 내려놓고 돌아갔다. 습명은 눈이 휘둥그레졌다.

부식은 왕이 있는 복궁 쪽을 향해 큰절을 올리고 그 상태로 한동안 움직임없이 울먹이기만 했다. 한참 만에 일어난 부식의 눈은 벌게져 있었다. 퇴궐 시간은 이미 한참 지난 뒤였다.

"오늘은 밤을 새우자."

습명과 부식은 상소문과 차자들을 크게 두 가지로 먼저 나눴다. 추밀원 판원사의 직인이 찍힌 것과 아닌 것 두 가지였다. 판원사의 직인이 날인된 것은 이미 왕께 올라갔다가 내려온 것들이었고 아닌 것은 추밀원에서 미리 걸러졌거나 검토가 안 된 것들이었다. 다행인지 어떤 건지 후자가 훨씬 많았다.

"저것들은 한쪽으로 치워 버려라. 이미 쓸모없다고 저희들 스스로 인정해 버린 것들이다."

부식은 판원사 직인이 날인된 상소와 차자들을 치우게 했다.

"반씩 나누자."

부식과 습명은 버림받은 상소와 차자들을 절반씩 나눠 앞에 끼고 앉아 하나씩 읽어 나갔다. 대부분이 퇴궐했을 사위는 적막했고, 부식과 습명에게도 고요가 깃들었다.

대체적으로 걸러낼 만한 것들은 걸러낸 듯했다. 부식은 이따금씩 혀를 찼다.

"수준들이 이것밖에 안 되나……."

부식의 손과 눈은 빨랐고, 습명은 꼼꼼하게 살피는 모양이라 남은 양의 차이가 점점 커졌다.

"어르신, 이것 보십시오."

습명이 간단한 차자 한 장을 부식에게 보였다. 거기엔 서명도 생략된 정말 간단한 한 줄이 적혀 있었다.

이 자 겸 일 파 를 처 단 하 십 시 오.

"무식하고 화끈한 자가 있었구나."

"봤다면 이건 그 자리에서 찢어버렸을 듯도 한데 끼어 있는 걸 보니 여기서부턴 아예 검토도 하지 않은 것 같습니다."

"왕께 이자겸의 뜻이 받아들여진 후엔 굳이 검토할 필요가 없었을 테지."

부식은 시큰둥하게 대꾸하고 다시 하나하나 살펴 나갔다. 찾는 것은 척

반격 283

준경을 북방에 배치하자는 내용이 든 것이었다. 누구의 것이든 그것만 있으면 된다고 생각했다. 하지만 척준경을 거론하는 내용은 하나도 없었다.
"어, 어르신……."
습명이 다시 부식을 불렀다. 목소리가 왠지 떨리고 있었다. 습명이 손까지 떨어가며 한 장의 상소문을 부식에게 건넸다. 무심코 받아보던 부식도 눈을 크게 떴다.

여진은 약하면 낮추고 강성하면 튀기를 자유자재로 하니 낯거죽의 두껍기가 그들이 키우는 소와 양과 말의 가죽 두께 못지 않다 할 것이나, 그것은 오랜 유랑과 유목 습성에서 비롯된 천성일지니 그들만을 탓할 일은 아닐 것이옵니다. 이제 그들이 한데 모여들어 정착하고 도성을 지어 올려 나라의 모양을 갖춰가는 것 또한 그들의 오래된 염원이 특출 난 지도자를 만나 비로소 깨어나는 것으로 이해함이 옳을 것이옵니다. 하오나 그들의 천성과 염원이 한데 어울려 또다시 이 땅을 기웃거리고 넘보는 행태로 나타나지 않으리란 보장이 없고, 내버려둔다면 반드시 그렇게 할 자들이오니 이는 말과 글로써 설득하고 깨우칠 일이 아닌 줄 아옵니다. 신 또한 말과 글을 다루는 자로서 심히 낯부끄러움을 면할 수 없사오나 말과 글을 내세우기엔 때가 늦었음을 눈물로 고하옵니다. 북방의 소식을 시정의 저자에서 먼저 들었으니 조정의 숱한 문무백관 중 누구의 말과 글에 저 야만스런 자들을 설득하고 눌러앉힐 힘이 있겠사옵니까.

준경은 사해를 둘러봐도 여전히 그 적수를 찾기 힘든 용맹지장이옵니다. 그와 같은 나라의 보물을 어찌 든든하기가 이미 반석과 같은 도성 안에 두고 썩히고 계시옵니까. 준경을 마땅히 북방으로 되돌려 저들에게 왕의 뜻과 위엄을 보이는 것이 더없는 설득과 가르침인 줄 아옵니다.

아울러 북방의 사정이 늦게 닿은 연유는 신도 모르오나 서경이 제 역할을 하지 못하고 있음을 보고 있사옵니다. 부디 서경을 다시 중시하시어 북방과 개경을 원활히 잇는 혈맥으로 삼으시길 통촉하나이다.

소속과 서명을 남기지 못하는 것이 하늘을 올려보지 않으려 하는 무례임을 알기에 눈물로써 고두사죄하나이다.

"지상의 것이구나."

부식의 목소리도 떨려 나왔다. 아까의 무식하고 화끈한 한 줄의 차자처럼 서명이 없었으나 그렇다고 몰라볼 습명과 부식이 아니었다. 때를 보다가 이자겸이 여진에 사신으로 가는 것으로 일이 종결지어지는 모양이자 뒤늦게 넣은 것이 분명했다.

그런데 어떻게 왕께 전달되게 하려 했을까. 부식이 왕께 아리고 왕께서 내시들을 통해 몽땅 거두어 가져다주지 않으셨다면 추밀원에서 그냥 묻히고 말았을 것이다. 그 뒤는 운에 맡긴 것일까. 알 수 없는 일이었으나 어쨌든 부식은 제 손에 쥐었으니 그걸로 일단 됐다고 생각했다.

"됐다. 나머진 볼 것 없다. 내일 아침 일찍 이걸 들고 편전에 들면 되는 것이다."

그때 밖에서 인기척이 났다. 부식은 재빨리 지상의 상소문을 접어 품 안에 갈무리했다.

"늦은 시각까지 수고가 많으시구려."

안으로 들어서는 건 추밀원의 우부승선 문공미였다.

왕명이 내릴 때마다 접촉이 잦을 수밖에 없는 한림원과 추밀원은 원래 서로 간 긴밀해야 했다. 그렇지 못한 건 아무래도 쏠림이 지나친 까닭이고, 특히 추밀원은 이자겸 일파의 핵심이자 소굴이라고 봐도 무방했다. 그런 추밀원에서 문공미는 그나마 부식이 거의 유일하게 제 눈 뜨고 봐주는 학자풍의 신료였다. 문공미는 이자겸의 사람이라기보다 왕의 총애에 더 가깝게 있었고, 어느 쪽이든 처세에 가림과 격의를 두지 않는 건 거의 타고난 성품인 듯했다.

"추부의 우부승선께서 어인 일이시오?"

때가 때인지라 부식은 아무래도 뜨악해했다. 문공미가 밖을 쳐다봤다.

"뭐 하는가? 들어오게."

하나가 더 들어섰다. 부식의 눈에 살기 비슷한 것이 번득였고, 습명도 크게 놀랐다. 문공미의 뒤에 나름 조심스런 몸가짐으로 들어서는 건 이자겸의 아들 이지미였다.

부식은 밥 먹다가 벌레를 절반만 잘라 씹은 얼굴이 되었다. 부식이 그러거나 말거나 이지미는 눈을 아래로 깔아 부식의 눈길을 받지 않고 앞에 서더니 단정히 두 무릎을 꿇고 절을 올렸다.

부식의 황망한 얼굴이 문공미를 향했다. 문공미는 이지미를 봐달라는 듯 턱짓을 하면서 눈치를 줬다. 부식은 다시 이지미를 보면서 헛기침을 했다.

"자네가 왜 내게 그래야 하는지 알 수가 없구먼."

이지미는 고개를 들지 않고 그대로 엎드린 채 말했다.

"아버님을 도와주십시오."

"그게 무슨 말인가? 누가 누구를 어떻게 도울 수 있다는 것인가?"

이지미가 고개를 들었다. 원래 간절한 부탁 같은 건 할 수 없게 생겨먹은 얼굴이었지만 나름대로 간절한 빛을 드러내려 애쓰는 듯 보였다.

"아버님은 예측치 못한 국사에는 항상 부족함을 느끼고 계십니다. 이번과 같은 중차대한 일엔 밤잠을 설치기 일쑤니 자식 된 도리로 곁을 지키기가 민망할 지경입니다. 이때에 어르신 같은 분이 부족함을 메워주신다면 이는 아버님과 어르신은 물론 나라와 만백성에게도 크나큰 복이 될 것입니다. 부디 헤아려 주시길 바라옵니다."

부식은 때때로 쏘아보고 때때로 탄식하면서 난감해했다.

"나는 새도 떨어뜨릴 그대의 부친께 부족함이 있다니 이는 금시초문이네. 있다 한들 책상머리나 파다가 왕명이 떨어지면 황송해 어쩔 줄 모르는 내가 어찌 그것을 메울 수 있겠는가. 그대의 마음 씀은 잘 알겠으나 공연한 걸음을 한 듯하네."

이지미가 즉시 이마를 바닥에 빻았다.

"도와주십시오. 지금 아버님의 부족을 메워주실 분은 기필코 학사 어르신뿐인 줄 압니다."

"그 부족이 뭔지조차 모르는데 어찌 그것을 메울 수……."

"도와주십시오."

절규하듯 내지르는 이지미의 말에 부식의 말이 잘렸다. 부식의 얼굴이 딱딱하게 굳었다. 습명도 당황했고, 문공미는 탄식하면서 혀를 찼다. 이지미는 고개를 처박고 아무도 보지 않고 있었다. 이쯤 되면 정말로 도움을 구하러 온 건지 겁박을 하러 온 건지 분간이 어려웠다. 이자겸의 칼이 부식에게 닿는 느낌이었다.

부식의 눈에 노기가 들이찼다. 부식은 그 눈을 문공미에게 돌렸다.

"승선께서 달고 오셨으니 다시 달고 돌아가시오."

"금번에 수태위께서 황망함을 겪으시는 건 사실인 듯하오. 자세한 내막은 모르겠으나 아마도 지미는 수태위의 부탁을 대신 전하는 듯하오."

이번에 이자겸이 익성공신수태위란 만들어낸 듯한 직함을 받았으니 수태위란 곧 이자겸을 말하는 것이었다. 문공미의 말은 결국 부식을 달래려는 것이었다. 부식은 듣지 않았을 뿐만 아니라 벌떡 자리를 차고 일어났다.

"내가 먼저 일어나야겠구려. 늦었으니 이만 가봐야겠소."

습명도 엉거주춤 따라 일어섰다.

이지미가 고개를 쳐들었다.

"도와주십시오!"

목소리가 부르짖듯 하고 눈물까지 글썽이는 것이 정말 도움을 바라는 것처럼 보였다. 부식은 이지미 쪽은 쳐다보지도 않았다.

"왕께 아골타에게 보낼 문서를 짓는 일에 고통을 호소하였더니 백관들의 상소가 도움이 될까를 물으시고는 다 걷어 보내주신 듯합니다만, 이는 추부에게도 미안한 일이라 대략대략 빨리빨리 넘겨보니 과연 올릴 만한 것과 그러지 못할 것을 고르고 나눔에 틀림이 없었소이다. 하지만 백관들의 상소를 알고 큰 도움이 되었으니 덕분에 내일이면 수태위께서 품고 갈 문서를 지을 수 있을 듯하오."

문공미가 반색을 떠올렸다.

"반가운 소식이구려. 그렇지 않아도 궁금하던 차였소이다."

부식이 이지미를 힐끗거렸다.

"내가 수태위를 돕는다면 그 문서를 수태위의 격에 맞추는 것일진대, 그분의 뜻이 워낙 높고 크니 돌아가서도 밤새도록 머리를 쥐어짜야 할 듯하오. 하지만 최선을 다하려 하니 그것을 도움으로 삼겠소."

부식은 그 말을 끝으로 휑하니 밖을 향했고, 습명이 뒤따랐다. 밖을 나서던 부식이 멈칫 멈췄다.

짙은 어둠이 내린 한림원 앞마당에 시꺼먼 그림자들이 진을 치고 있었다. 군사들이었다.

부식이 돌아보았다. 부식의 눈은 노기로 파르르 경련을 일으켰고, 눈빛은 화살촉이 된 듯 이지미에 꽂혔다가 문공미를 향했다. 이지미는 무릎을 꿇고 앉은 채 조용히 정면을 노려볼 뿐 부식의 눈길을 받지 않았다.

"승선께 오늘 대실망했소."

부식은 문공미의 대답도 듣지 않고 다시 앞을 노려보더니 벼락같이 호통쳤다.

"옥당은 곧 왕의 입이나 다름없으니 너희들이 지금 용안의 앞을 막아선 꼴임을 아느냐, 모르느냐? 내일 모조리 목이 떨어지고 싶지 않다면 길을 열어라!"

군사들이 주춤주춤 좌우로 갈라졌다. 부식은 휘적휘적 걸었다. 습명은 황급히 부식의 뒤를 따랐다.

"아닌 밤중에 홍두깨도 유분수지, 실성한 것들이 아니냐, 이것들이!"

부식이 잰걸음을 놓으면서 연신 좌우로 눈을 부라려 대자 군사들은 조금씩 더 뒤로 물러서면서 한림원 쪽을 눈치 봤다. 이지미의 명령이 떨어지면 태도가 돌변해서 창검을 뽑을지도 모를 불길함이 그들의 눈치 뒤에서 서성이고 있었다. 습명은 감히 뒤를 돌아보지 못했다. 뒤에서 무슨 소리가 들려오고 무슨 일이 일어날지 알 수 없었다. 난생처음 느껴보는 생생한 공포였다.

부식은 집으로 돌아와서도 노기를 다스리지 못했다.

"장차 이지미 그놈을 잡아 죽이지 않는다면 아무것도 못할 것이다. 빌어먹을 놈."

습명은 집으로 돌아가지 못했다. 습명을 잘 아는 부식은 곁방에 이부자리를 깔게 해 습명을 재웠다.

부식은 다음날 아침 일찍 편전에 들었다. 뜬눈으로 밤을 샜는지 눈주위가 시뻘겠다.

부식은 지상의 상소를 왕께 올리고 사정을 말했다. 지상의 상소를 읽어 내린 왕은 탄복했다.

"그대가 말한 참이 여기 있었구나. 이것이야말로 짐의 마음과 같도다."

부식은 머리를 찧으며 간했다.

"신 또한 지난밤 그것을 발견하고 가뭄에 단비를 만난 듯하였사옵니다. 사신을 보내는 일은 전시에도 가능하나 준경을 보내는 일은 때가 늦으면 피차 어려워질 것입니다. 통촉하시옵소서."

"서명이 없으니 안타깝구나. 그대는 혹시 이 글을 올린 자가 누군지 알겠는가?"

"비록 신의 눈이 밝지 못하나 문장과 그 내용에 미루어 임진년에 과시 장원하여 올해 문하성의 급사랑 품관을 받은 서경 출신 정지상이 아닌가 하옵니다."

"옳거니, 짐도 그를 기억하는도다. 서경의 중함을 아울러 간하는 것을 보니 맞아떨어지는도다."

"황공하옵니다."

드디어 이번 싸움의 끝이 보이는 듯했다.

"그대의 공이 컸다. 특별히 스승의 언질도 있고 해서 그러지 않아도 추부의 상소와 차자들을 모조리 들이게 해 밤을 새워서라도 빠짐없이 읽어볼 참이었는데 그대가 알아서 짐의 수고를 대신해 준 것이나 다름없다. 이는 그대의 뜻과 생각 또한 짐과 다르지 않음이니 진정 기쁘다."

"화, 황공무지로소이다."

부식은 그제야 뒤늦게 상소를 넣은 지상의 뜻을 알았다. 지상에겐 곽여라는 마지막 같은 통로가 있었던 것이다. 추밀원의 상소와 차자들을 몽땅 끌어다가 뒤지는 건 원래 부식이 기대한 바도 아니었고 기대한다 해도 이룰 수 있는 것도 아니었다. 어쩐지 뜻밖에 왕께서 그래 주시겠노라 했던 게 사연이 있었던 것이다.

다만 지상과 곽여가 그 정도로 긴밀할 줄은 미처 몰랐기 때문에 부식은 마냥 기뻐할 수만은 없었다. 무엇보다 서경을 중시하는 것 또한 부식이 바라는 바는 아니었다. 결국 원하는 바를 가장 크게 얻은 건 지상인 듯했다. 부식 자신마저도 그에 이용당한 느낌이었다.

부식은 한편으론 홀가분하면서도 한편으론 무거운 마음을 안고 편전을 물러나왔다. 홀가분한 맘은 지난 일에 있었고 무거운 마음은 앞으로 다가올 일에 있었다. 부식은 지상이 껄끄럽고 괘씸한 존재로 새롭게 다가서는 느낌에 가만히 앞을 노려보았다.

이자겸을 여진에 사신으로 보내기로 했던 결정이 전격적으로 취소되고 곧바로 척준경이 서북병마부사로 격상되어 북방으로 떠났다. 개경에서 한껏 자신의 무위와 공에 게으른 만족을 일삼던 척준경에게도 마른하늘에 날벼락 같았을 것이겠으나, 이자겸 쪽의 당황과 충격은 안 봐도 뻔했고, 거의 공황상태일 것이다.

척준경을 동북이 아닌 서북으로 보낸 것은 여진과 직접적으로 대치하는 것보단 견제를 삼는 의미로 오히려 그럴듯했다. 부식은 왠지 거기서도 지상의 입김을 느꼈으나 왕께서 지상을 따로 불러들였다는 소식은 듣지 못했다. 어쩐지 지상이 철저하게 가려지고 보호되는 느낌이었다. 그 느낌의 뒤엔 곽여의 그림자가 어른거리는 듯했다.

한림원에도 작지 않은 경사가 떨어졌다. 한림원의 직급은 그대로 유지하되 품관을 한 계단씩 올리라는 교지가 내린 것이었다. 부식의 정오품 시독학사 직이 느닷없이 정사품으로 격상된 것은 틀림없는 경사이자 성은이었다.

그리고 왕이 곧 서경에 거둥하실 것이란 소문이 궐내에 돌았다. 그것은 곧 사실이 되었다.

왕을 모신 거대한 행렬이 서경을 향해 궐문을 벗어날 때쯤 이자겸 쪽은 말할 것도 없었겠지만, 부식 또한 패배감 비슷한 감정에 빠졌다. 부식은 척준경을 개경에서 몰아내는 것을 목표로 삼았으나 지상은 애초부터 서경의 위상을 되살리는 것까지를 염두에 둔 게 틀림없었다.

"정녕 무서운 놈이로구나, 그놈이."

부식은 왕이 떠나고 없는 조정에 머물면서, 아무래도 지상과 관계를 유지하는 데에 정신을 바짝 차리지 않으면 큰일 나겠다고 수십, 수백 번을 되뇌어야만 했다.

25 질투

    실로 오랜만에 왕을 맞은 서경의 기쁨과 감격은 개경에도 잘 전해졌다. 오 주사의 집 앞마당에 쏟아지는 햇살이 유독 찬란한 것 같았다.

    "주사님의 공이 참으로 큽니다. 곁에서 도와주지 않으셨다면 이렇게까지 해냈을까 싶습니다."

    "급사랑께선 별말씀을 다 하십니다. 제가 심부름 말고 더 한 게 뭐가 있다고……."

    "한 번이 아닌 연이은 장계의 타격을 먼저 꺼낸 것도 주사님이고 상소를 넣는 때를 보게 한 것도 주사님 아닙니까? 이번에 놀라기도 하고 배운 점도 많습니다."

    "아이고, 경아. 우리 급사랑님이 아무래도 이 아비가 낯 뜨거워 죽는 꼴을 보고 싶어하시는 것 같다. 죽어도 한잔하고 죽어야겠으니 어서 술 좀 내오너라."

햇살을 타고 웃음이 퍼졌다.

오 주사의 여식 오명경이 술상을 내왔고, 지상과 오 주사는 안채 마루에 술상을 놓고 마주 앉았다. 모처럼 한가했다.

"너도 곁에 앉아 포를 먹기 좋게 찢거라."

오 주사가 붙잡으니 명경도 옆에 앉았다. 안주로 올린 명태황포는 이미 부엌에서 씹기 좋게 잘게 찢어왔는데도 포를 찢으라며 딸을 잡아 앉히는 오 주사의 뜻이 질박했다. 지상과 명경과는 때때로 겸상도 나누는 터라 피차 부담될 일은 아니기도 했다.

"그럴 것 없이 누이도 한잔함이 어떻겠소?"

지상이 술을 권하자 명경은 사양했다.

"마시고 싶으면 직접 따라 마실게요."

굳이 부끄러움은 아니었다. 다만 사내가 따라주는 술을 쉽게 받지 않으려는 태도 정도였다. 지상은 겸손함 밑에서 샘물처럼 솟는 오 주사의 지혜와 경험만큼이나 넘치지도 모자라지도 않는 딱 중간 지점을 짚을 줄 아는 명경의 처신에 이미 감탄하고 있는 터였다. 마치 나무꾼이 선녀를 낳은 듯, 먼저 알려주지 않는다면 누가 봐도 명경을 오 주사의 딸로 보지 않을 것이나 지혜로움이 이미 판에 박은 듯했다.

"실은 이번에 경이의 도움이 작지 않았습니다. 급사랑께서 고민하실 때 제가 그 고민을 덜어 경이와 나누지 않았겠습니까. 한 번 해서 안 통하면 두 번이고 세 번이고 하는 것은 저자의 아이들이 그러하니 노회하고 음흉한 자들에겐 오히려 아이들의 방법이 통하지 않겠느냐고 한 게 이 녀석입니다. 들어보니 옳다 싶어 급사랑님께 전하게 됐던 것이지요."

명경은 그저 미소만 머금은 채 마룻바닥을 가만히 내려다보고 있었다. 오 주사의 말도 듣기 좋았고 명경의 자태도 보기 좋았다. 지상은 문득 낯선 행복감을 느꼈다.

오 주사는 지상의 표정을 살피더니 그쯤에서 일단 말을 끊고 술잔을 비웠다.

"안 마실 거냐? 한잔하지 그러느냐?"

오 주사가 공연히 명경을 재촉했지만 명경은 듣지 않고 지상을 바라보았다. 그녀의 눈은 호기심과 지혜로 그윽하게 반짝이고 있었다.

"급사랑님은 서경을 많이 사랑하시죠?"

지상은 미처 대답을 못했다. 서경의 공기와 대동강의 강물로 자랐다고 해도 지나침이 아닌 지상에겐 어쩌면 전부이자 모든 것일지도 모를 질문이나 마찬가지였다.

"역시 그러시군요."

명경은 눈이 감기도록 얼굴 전체로 웃었다. 웃을 땐 더없이 순한 얼굴이었다. 지상은 가슴이 훈훈해짐을 느끼며 따라 웃었다. 오 주사는 또 서로 마주 보며 웃는 명경과 지상을 보며 마냥 흐뭇한 미소를 머금었다.

낯선 사내가 담장을 기웃거리는 모습이 보였다. 오 주사의 집 담장은 높진 않았지만 어지간한 남정네의 키 높이보단 높았다. 지상의 표정을 본 오 주사가 담장 쪽을 돌아보았다.

"뭐냐?"

기웃거리던 사내의 얼굴이 놀라더니 더듬거렸다.

"이 집에 문하성 급사랑님이 계십니까요?"

오 주사가 일어나 마당을 가로질러 대문을 열었다. 사내의 얼굴이 담장 아래로 사라지더니 둘이 되어 대문간에서 오 주사에게 굽신거렸다. 하나는 엎드려 등을 빌려주고 또 하나가 등을 밟고 올라서서 안을 기웃거린 모양이었다.

"쇤네들은 한림원 시독학사 어른 댁의 아랫것들인뎁쇼."

"어르신께서 급사랑님께 전하라는 물건을 심부름 왔습니다요."

부식의 하인들이었다. 한 하인이 손에 붉은 비단 보자기를 들고 있었다. 오 주사가 지상을 쳐다보자 지상이 마루에서 내려 다가왔다.

"급사랑님이십니까? 받으십시오."

지상은 부식의 하인들 너머 길 저편에서 머뭇거리고 있는 습명을 보았다. 왜 함께 오지 않고 멀찍이 떨어져 있는지 알 수 없었다. 습명과 눈이 마주치려는 순간 지상은 못 본 척 눈을 돌려 하인들과 보자기를 번갈아 보았다.

"무엇인가?"

"쇤네들은 모르죠, 뭔지."

"받으십시오. 바로 들여주고 오라 하셨으니 저흰 빨리 가야 합니다요."

지상은 일단 보자기를 건네받았다. 부피에 비해 가벼우면서도 왠지 모르게 묵직한 무게감도 있었다.
"그럼 틀림없이 전했으니 쉰네들은 이만 물러갑니다요."
부식의 하인들은 꾸벅 인사하고 부리나케 돌아갔다. 습명은 그새 자리를 옮겼는지 보이지 않았다.
"한림원의 직원께서도 함께 오신 듯한데 어찌 먼 데서 떨어져 있다가 가시는지 모르겠습니다."
마루로 오면서 오 주사가 물었다. 오 주사도 습명을 봤으면서 뭔가 불편해하는 사정을 생각해 못 본 척한 모양이었다. 지상이라고 그 까닭을 알 리가 없었다.
"그랬습니까?"
지상은 본 것마저도 못 본 듯해 버리고 마루에 보자기를 내려놓고 풀었다.
"시독학사께서 특별히 보내신 듯한데 방에 들어가서 풀어보심이……."
이미 푼 뒤였다. 보자기 안에 든 것은 비단 필이었다. 그 위에 편지 한 통이 잘 접어져 놓여 있었다. 지상은 편지를 집어 들어 펼쳤다.
"이건 비단 중에서도 최상급 명주인데요?"
어쩔 수 없는 여자인 듯 명경이 감탄사를 발했다. 지상은 편지를 접어 넣고 명경을 보며 웃었다.
"명주는 누이가 쓰면 되겠소."
"제가요?"
"나야말로 그게 무슨 소용이 있겠소?"

"저걸 받는다면 삼 년 치 방값을 받지 않아야 맞을 것 같은데요?"

"일 년치를 치르지 않겠소. 이번에 함께 힘과 머리를 합쳤으니 일 년은 오 주사 몫이고 일 년은 누이 몫이오. 그렇다면 이제 명주는 누이 것이 맞소."

오 주사가 놓치지 않고 끼어들었다.

"급사랑님도 심하십니다. 제 일 년치 몫을 어찌 급사랑님 마음대로 경이에게 쓰십니까?"

마지막 오 주사의 말은 분명한 농담이었다. 그러나 지상과 명경 둘 다 받아주지 않았다. 지상은 부식의 편지 내용을 헤아렸고, 명경은 부식이 보낸 명주를 챙겼다. 오 주사는 뒷머리를 긁적였다.

다음날 지상은 궐에 들면서 오 주사에게 말했다.

"오늘은 먼저 가셔야 할 것 같습니다. 부식이 술자리를 청했습니다."

"아, 어제 비단과 함께 보낸 그 편지가……."

"처음 보자던 그때 그 기방이랍니다. 기필코 제 속을 들여다보고 싶은 모양입니다."

"경이에게 명주를 넘길 때 이미 가기로 마음먹은 것이었군요."

"짧은 글월이었지만 이해하기 힘들 정도로 간절한 무엇이 있었습니다. 결국은 함께할 수 없겠지만 모른 척하기도 힘든 사람인 것 같습니다."

오 주사는 알아들은 것처럼 고개를 끄덕였다.

오 주사는 하루 종일 한마디도 하지 않았다. 간혹 지상을 쳐다보는 것이 지난번처럼 약속 장소를 바꾸길 바라는 눈치 같기도 했다. 지상은 퇴궐 시간이 되어 먼저 궐을 나갔다.

부식은 기각의 가장 깊은 기방에 혼자 앉아 있었다. 그림자처럼 달고 다니던 정습명까지 물린 것으로 보아 뭔가 단단한 각오를 품은 것 같기도 했다.
"아직 혼자던가?"
부식은 지상을 맞아들이면서 그것부터 물었다. 기방에서 굳이 혼인 여부를 묻는 게 왠지 부담스러웠다.
"그렇습니다만……."
아직 댕기머리를 풀지 않은 동기 둘이 양쪽에서 받쳐 든 술상이 들어왔다.
"여긴 교방에서 직영하는 기방이니 관기가 많기로는 고려 으뜸일 걸세. 미색이야 예로부터 서경의 기생들이 이름 높다지만 고르다 보면 그만한 아이가 없겠는가. 자네가 마침 서경 출신이니 이미 신경을 써 미리 일러두긴 했네만 혹시라도 마음에 들지 않는다면 하시라도 바꿔 치우도록 하게."
처음부터 부식이 아주 노골적으로 나온다 싶었다. 어린 동기들이 얼굴이 빨개져서 웃음을 참는 듯 입을 가리고 물러갔다.
부식이 태연하게 박수를 쳤다. 옆문이 열리면서 금과 슬, 그리고 비파 등을 안아 든 기생들이 다소곳이 들어섰다. 기생들은 방의 한쪽에 얌전히 자리를 잡고 앉았다. 앞문이 열리면서 누군가가 들어서고 있었다. 부식에겐 정면이었으나 지상에겐 뒤여서 누군지 알 수 없었다.

앞문을 열고 들어선 자는 조신한 기척을 끌고 지상의 옆에 다소곳이 앉았다.

"자난실이옵니다."

차분한 음성에 지분 냄새가 은은한 기생이었다. 기생이라기보다 흡사 여염집의 처녀가 옆에 앉은 듯했다.

"미색으로 치자면 설지가 앞길이고, 육덕으론 만월랑이 엄지요, 감창으론 교교적이 제일이며, 명기로는 옥춘풍이 으뜸이나, 풍부한 식견과 사람을 끄는 매력으로 치면 실로 그 아이만 한 이가 또 없을 것이네. 참조하시게."

그렇게 말하는 부식의 옆은 비어 있었다. 기생은 더 들어오지 않았다.

"학사의 옆은 어찌 사람이 없습니까?"

지상의 물음에 부식은 빙그레 뜻 모를 웃음을 짓더니 이상하게 얼굴이 점점 어두워지며 웃음을 거두었다.

"십여 년 전에 한 여자를 보았네. 그 여자를 본 뒤 다른 여자는 결코 눈에도 마음에도 담을 수 없게 되었다네. 엄연히 처자식이 있고 나름 풍류도 안다고 자부했으나 그 이후론 여색엔 고자와 같은 신세라네."

다소 어두운 기색이긴 해도 말투와 말길이 다소 강하고 거침이 없었다. 지상이 묵묵히 있자 부식은 잠시 뭔가에 골똘한 듯싶다가 다시 웃음을 머금으며 입을 열었다.

"뜻하지 않은 바이긴 하지만 저절로 금욕을 얻은 것이나 마찬가지인데 그 점은 좋더군. 처음은 제법 혼란스럽고 이따금씩 말 못할 고통이 따랐으나, 이전에 비해 부쩍 기가 신장되고 정이 보전되며 신이 맑아지는 듯하여 이것이 과연 금욕의 미덕인가 싶다네."

말을 마친 부식이 자난실이란 기생에게 눈짓했다.

"한잔 올리겠사옵니다."

자난실이 술 주전자를 받쳐 들어 지상의 술잔으로 가져왔다. 지상은 자난실에게 부식을 손짓했다.

"학사께 먼저 올리시게."

"오늘 밤만큼은 그 아이가 자네의 내자나 다름없는데 어찌 외간남자에게 술을 치라 하는가? 나는 늘 그래 왔듯 내가 따라 마시겠네."

내용은 농담이었으나 투는 농담이 아니었다. 지상은 부식에게서 뭔가 작정한 느낌을 읽었으나 별 표정을 만들지 않고 말했다.

"이 자리의 모든 것이 내가 원한 바가 아니니 학사의 말씀은 억지십니다. 술을 마시자는 건지, 계집을 품자는 건지, 음률을 듣자는 건지 알 수 없었으나, 술을 마시자는 게 분명해졌으므로 어디서 술이 오든 사양할 일이 아닐 것입니다."

부식의 눈매가 가늘어졌다. 그때까지 허공에서 방향을 잃고 멈췄던 술 주전자가 부식을 향했다. 부식은 마지못한 듯 술잔을 들더니 자난실에게 고개를 끄덕였다.

"그래, 술을 따르는 건 네 멋대로 결정하거라."

자난실은 얼굴이 붉어졌으나 태도를 흐트러뜨리지 않고 부식의 술잔에 알맞게 술을 채웠다. 자난실은 지상의 술잔에도 술을 채웠다. 부식이 술잔을 들어 보이자 지상도 마주 들었다.

살금살금 음률이 일어났다. 귀를 어지럽히지 않으려는 듯 현을 뜯고 퉁기고 때리는 손짓이 자못 조심스러웠고, 음률은 자근자근 밟듯이 서로 어울러 갔다.

술잔이 한 순배 돌 때까지 부식은 말이 더 없었고 지상도 굳이 말을 꺼내지 않았다. 자난실은 다소곳이 앉아 안주를 먹기 좋게 움직이다가 술잔이 비면 때를 놓치지 않고 바로바로 채웠다. 음률은 처음보다 조금 높이 떠다녔으나 여전히 귀를 거스르진 않았다.

곧 한 주전자의 술이 다 비었을 때 부식이 입을 열었다.

"이렇게 마시는 술맛도 나쁘지 않구나. 술을 차 마시듯 할 수 있다는 것도 오늘 처음 알았군."

부식의 말을 자난실이 받았다.

"원래 신선들이 마시기론 차보다 술이 먼저가 아니었겠습니까?"

부식이 먹이를 발견한 얼굴이 되었다.

"신선? 네가 신선을 아느냐?"

"예로부터 저 멀리선 이 땅을 신선의 나라라고 하지 않았습니까. 신은 하늘이고 선은 저자가 아닌 골짜기에 사는 사람을 말함이니, 곧 산이 유독 많은 이 땅에서 하늘을 알고 살아가는 모든 백성들이 곧 신선이 아니겠습니까?"

지상은 놀랐다. 기생의 입에서 하늘을 알고 살아가는 모든 백성이 곧 신선이란 과감한 발상을 전해 듣는 건 진정 뜻밖이었다. 더욱 놀라운 것은 그 이치에 틀린 점이 없다는 것이었다.

부식도 놀란 듯했으나 지상의 놀람과는 분위기가 다른 것 같았다. 그사이 동기들이 새 술 주전자를 받쳐 들고 들어와 공손히 내려놓고 갔다.

부식이 자난실을 물고 늘어졌다.

"그렇다면 어려운 건 선이 아니라 신이로구나. 네가 신이라 한 하늘은 무엇이냐?"

"만물을 바르게 돌리는 이치일 것입니다. 계절과 절기의 바뀜이나 밤낮의 순환이 만물의 생장을 주도하고 있으니 곧 만물을 살리는 하늘의 작용일 것이고, 그에 따라 농사를 짓는 농군들이야말로 하늘을 가장 잘 아는 분들이라 하겠습니다. 원래부터 하늘을 우러러 왔던 이 땅에서 달리 농자 천하지대본이라 하지 않았을 것입니다."

부식은 어안이 벙벙해진 듯했다.

"네 말이 어려운 듯하면서도 쉽고 쉬운 듯하면서도 어렵구나. 그런데 네가 어찌 오늘 유독 난 체를 하는 것이냐?"

자난실이 고개를 숙였다.

"반딧불이 같은 천녀가 해 같은 분들을 앞에 두고 망발을 했사옵니다."

지상이 새 술 주전자를 들고 술잔을 자난실 앞으로 밀었다.

"한잔하려나?"

자난실이 눈을 크게 하고 빠르게 지상을 봤다가 술잔을 들며 눈을 내리깔았다. 속눈썹이 몹시 길었고 양 볼이 붉었다. 지상은 술을 따라주며 감탄을 전했다.

"본디 하늘은 위에 뜬 게 아니라 이미 옆에 내려와 있는 것이니, 앞뒷집, 양 옆집의 백성을 통해 하늘을 보는 자네가 참으로 옳고도 가상하네."

부식은 술을 따라주고 받는 지상과 자난실을 지그시 쳐다보며 할 말을 잃은 듯했다.

다시 말이 끊기고 음률만이 이어지는 가운데 술이 비어갔다. 새 술이 또 들어오고 빈 주전자가 나갔다. 그리고 새 술이 또 비어 나가고 다른 술이 들어왔다.

부식이 문득 술상을 한동안 쳐다보았다. 갖은 안주를 담은 접시와 목반이 눈에 띄게 이동되어 있었고, 뒤늦게 그것을 발견한 모양이었다. 기름지고 귀한 안주들이 지상에게 가까워져 있었고, 흔한 푸성귀와 나물 종류는 부식에게 가까워져 있는 것이 명백했다. 안주 접시를 움직인 것은 지상도 아니었고 부식도 아니었다. 부식은 이내 허허허, 웃었다. 어차피 안주를 집어먹기 편하게 앞 접시에 옮겨놓는 걸 자단실이 하고 있었으므로 지상은 크게 신경 쓰지 않았다.

"내게도 좋은 것 좀 다오."

부식은 웃음의 마지막을 웃음으로 마무리했다.

다시 새 술이 들어왔다. 시간을 알 수 없었다. 부식은 술이 오르는 것 같았고, 자세가 조금씩 흐트러졌다.

지상은 기다렸다. 부식은 아직 오늘의 자리를 만든 까닭을 말하지 않았고, 대취해 정신을 잃기 전엔 까닭을 드러낼 것이라고 생각했다. 또다시 빈 주전자가 나가고 새 술이 들어왔다. 부식은 이따금씩 혼자서 히죽히죽 웃었다. 그러다가 알 수 없는 탄식을 내뱉기도 했다.

어느 순간 부식이 끄응 소리와 함께 고개를 떨어뜨리더니 팔을 쳐들어 손을 내저었다. 음률이 끊겼다. 부식이 몇 번 더 손짓했고, 악기를 다루던 기녀들이 조용히 물러났다. 지상이 눈짓하고 가볍게 고개를 숙여 보이자 자난실도 뜻을 알았는지 다소곳이 일어나 물러갔다.

부식은 끄응 소리를 한 번 더 내더니 고개를 떨어뜨린 채 주억거리며 몸을 좌우로 흔들어댔다. 보기보다 많이 취한 듯했고, 정신을 붙잡으려 노력하는 것 같았다.

"술은 이쯤이면 된 것 같습니다."

지상이 일부러 목소리를 냈다. 부식이 몸 흔들기를 멈추더니 퍼뜩 고개를 들었다.

"자네는……."

부식은 말을 꺼내다가 지상의 옆자리를 보더니 바로 멈췄다. 부식은 한동안 자난실의 빈자리를 눈을 가늘게 뜨고 노려봤다. 그 눈이 다시 지상을 향했다.

"기령은 어디 있는가?"

지상은 은근하고 깊게 심신을 덮어오던 취기가 싸악 사라지는 것을 느꼈다. 지상을 노려보는 부식의 눈이 번들거렸다.

"자넨 알지? 알고 있지? 기령은 지금 어디에 있고 어떻게 하면 내가 볼 수 있는가?"

지상의 뇌리에 부식의 말이 맴돌았다.

"십여 년 전에 한 여자를 보았네. 그 여자를 본 뒤 다른 여자는 결코 눈에도 마음에도 담을 수 없게 되었다네."

"사실은 자네에게 가장 먼저 물어보고 싶은 건 그거였어. 자, 이제 내가 우습게 보이는가?"

부식의 목소리는 풀어졌고 취기가 잔뜩 묻어 흘렀지만 지상은 부식이 간절히 원하는 무엇의 정체를 알 수 있었다.

"곽 어른의 동산재에 갔다가 기령을 보게 되었어. 거기서 자네를 본 건 그 뒤로도 한참 후야. 착각하지 마. 난 자네를 보려고 동산재에 간 적은 단 한 번도 없었어."

지상 또한 부식이 그랬으리라 생각해 본 적은 없었다.

"처음엔 젊은 호기에 곽 어른과 학문을 논하려고 찾아갔었지만 그다음부턴 까놓고 말해서 기령을 더 보고 싶어 찾아갔었어. 그런데 어땠는지 아는가? 그 뒤로는 한 번도 못 봤어. 쓸데없는 자네만 봤다고. 알아? 아느냐고?"

취기가 부식의 목소리를 위로 끌어올리고 몸을 흐느적거리게 만들고 있었다.

"곽 어른께 들었다. 동산재에 자넬 데리고 온 게 기령이라더군. 그것은 즉, 둘이 보통 사이가 아니란 거겠지. 자네 역시 기령 때문에 여즉 혼인을 안 한 것이고 자난실 같은 아이를 보고도 공맹이라도 되는 양 눈 하나 깜빡

안 한 것일 테지."

 지상은 그녀를 본 사람이 곽여와 자기뿐일 것이라는 생각을 해본 적은 없었지만 부식에게서 술의 힘을 빌어 그녀의 이름이 들먹여지는 건 놀라웠고, 조금도 듣기에 좋지 않았다. 술기는 완전히 사라지고 없었다.

 "학사께서 보셨다는 여자 분과 제가 아는 그녀가 같은 사람인지 모르겠습니다. 저는 그녀를 다른 여자들과 비교해 본 적이 없습니다."

 부식의 눈이 지상의 눈에서 멎었다. 지상은 부식의 눈을 피하지 않았다. 부식의 코를 들락거리는 거친 호흡 소리가 부각되었다. 지상을 노려보는 부식의 눈이 물기에 젖는 듯하면서 험악한 빛을 드러냈다.

 "오늘 이후 다시는 자네에게 기령의 일을 묻지 않겠네. 마지막일세. 어떻게 하면 기령을 볼 수 있는가?"

 지상은 마음을 다잡았다.

 "저도 마음대로 볼 수 없고 마음대로 만날 수 없는 어떤 여자를 알고 있습니다. 학사께서 말씀하시는 여자와 제가 말하는 여자가 다르지 않다면 제 처지 역시 학사와 조금도 다르지 않습니다."

 "거짓말……."

 "그녀를 놓고 학사께 거짓말을 할 까닭이 없습니다."

 "자네도 마음대로 볼 수 없으니 나 같은 것에게도 결코 보여줄 수 없다 이건가?"

 "말 그대로 들어주셨으면 합니다만……."

 부식은 지상의 눈에서 눈을 떼지 않았다. 그러고도 한동안을 더 노려보더니 갑자기 벌떡 일어섰다.

"먼저 가겠네. 술 잘 마셨네."

부식은 휑하니 지상을 지나쳐 문을 열다가 잠시 휘청거렸다. 문짝도 떨어지지 않았고 부식도 넘어지지 않았다. 기생 몇이 달려와서 부식을 부축했다.

"저리 떨어져라!"

부식은 기생들을 소리쳐 떨어뜨려 놓고 휘청휘청 걸어 사라졌다. 지상은 부식의 기척이 완전히 멀어지기를 기다렸다가 일어섰다. 기생들이 염려스러운 눈으로 지상을 봤다가 멀쩡한 듯하자 놀라는 것 같았다. 지상은 고개를 약간 숙이면서 기방을 빠져나왔다.

기각의 앞마당을 걸어나가는데 누가 따라오는 것 같았다. 자난실이었다.

"문까지 배웅해 드리겠사옵니다."

"어디서 왔던가?"

지상의 물음에 자난실이 약간 당황하는 듯하더니 눈을 내리깔았다.

"부모가 백제에 뿌리를 둔 무자리들이옵니다. 근본이 천한 것이니 크게 마음 두지 마십시오."

"쉽게 하지 못할 얘기를 쉽게 하는구나."

"아무에게도 말하지 않은 것이옵니다."

"사람을 위아래로 나누고 스스로 위에 있다고 믿는 자들이 근본이 천한 것이다. 실성한 자가 제 실성함을 모르는 법이지 낮출 줄 아는 자는 결코 천하지 않다. 하늘은 가장 낮은 곳에 있다."

"나리의 말씀이 금이자 옥이옵니다."

"늦었구나. 이만 가보마. 들어가거라."

지상은 기각을 나왔다. 어둠이 깊을 대로 깊었으나 달빛은 밝았다. 지상은 달을 보면서 깊이 묻어뒀던 그녀를 되살렸고, 부식과 함께 그녀를 바라보게 된 것이 무슨 뜻인가 내내 헤아렸다.

종루 쪽에서 삼경을 알리는 종소리가 들려왔다. 지상은 퍼뜩 정신을 차려 걸음을 재촉했다.

오 주사의 집 대문이 조금 열려 있었다. 지상은 소리 나지 않게 문을 열었다. 마루에서 검은 그림자가 움직여 재빨리 안채 곁방으로 들어갔다. 지상은 그 그림자가 누구의 것인지 쉽게 알아보았다. 오 주사면 안방으로 들어갔을 것이다.

지상은 바로 방에 들지 않고 오 주사의 집 마당에 서서 또 한동안 달만 올려다보았다.

26 불효자

생여진 완안부의 족장 아골타가 드디어 여진이 하나의 나라가 되었음을 선포하면서 이름을 대금이라 하고 스스로 황제가 되었다. 아골타는 고려로 남하하기보다는 서로 거란의 요를 치면서 기세를 넓혀갔다. 척준경의 북방 재배치와 왕의 서경 거둥이 참으로 적절했음이 드러났다.

서경에서 환궁한 왕은 가장 먼저 바닥을 모르고 가라앉았던 한안인을 동지추밀원사로 끌어올렸다. 한림원이 왕의 입이자 의사소통의 통로와 같다면 추밀원은 왕의 뜻을 직접 행사하는 수족과 같은 위치인데, 이자겸의 손바닥에 올려져 있던 것이나 다름없었던 추밀원이 일거에 한안인의 수중에 떨어진 것이나 마찬가지가 되었다. 한안인이야말로 이자겸에겐 가장 눈엣가시 같은 존재였으니 그야말로 날벼락 같은 조치였다. 그런데 왕은 다음으로 뜻밖에도 중서시랑 평장사이자 익성공신수태위인 이자겸에게 서경유수사를 겸직하게 했다.

왕의 뜻을 알지 못하는 권신과 신료들의 의견이 분분하고 어지러웠다.

부식은 왕께서 드디어 통치의 묘미를 깨우치신 것이라고 기뻐했다. 선왕 때부터 신임받는 관료였던 한안인을 되살려 권력이 비대할 대로 비대해진 이자겸을 견제케 하는 것이야말로 간단하면서도 절묘한 통치술의 백미로 기록될 것이라 했다. 서경에 대한 것은 언급하지 않았다.

과연 가문과 문벌을 앞세운 권신들과 학문과 능력을 중시하는 관료들 간의 경계가 차츰 분명해졌다. 권신들의 맨 앞에 이자겸이 있었고 관료들의 맨 앞에 한안인이 있었다. 흡사 왕의 초기 시절로 되돌아간 듯한 구도였으나 관료들과 권신들은 그때 그들이었으되 왕은 그때 그 왕이 아니었다. 왕은 어느 때는 권신들의 손을 들어주는가 하면 어느 때는 관료들의 손을 들어주면서 어느 편에도 쏠리거나 휘둘리지 않았으니 결국 양편을 다 손에 쥐고 자유자재로 주무르는 것과 같았다.

"비로소 왕께서 역대의 성왕과 군왕들에 못지않은 면모와 품위를 갖추셨으니 이제 걱정할 것이 없다. 나라가 평안하고 백성들의 삶에 기름기가 돌 것이다."

부식의 말대로 큰일이 없는 평화롭고 평안한 나날이 이어졌다.

유일한 문제라면 북방이었다. 금이 강성해지는 만큼 요는 급격하게 쇠락하고 있었다. 금이 요를 잡아먹는다면 그 기세가 어디까지 뻗칠지 알 수 없는 일이었다.

요에서 청병 요구가 날아왔다. 거란과는 그들의 세 차례 침돌이 있고 난 후 이백여 년이 넘게 화친과 동맹을 맺어왔으므로 왕은 쉽게 결정하지 못하고 편전에 각료와 대신들을 불러 모아 의논했다.

반대가 많았다. 여진의 기세가 만만찮으니 다른 이를 도울 여력마저도 앞날을 위한 방비에 써야 한다는 게 중론이었다. 중서문하성에선 아예 요는 이미 기울었으니 모든 공, 사문서에 함께 사용하던 요의 연호를 삭제하고 갑자만을 쓰자는 상소를 올렸다. 왕은 그에 따랐다. 요를 버린 셈이었다.

무너지기 시작하는 요나라의 백성들이 유민이 되어 이주를 청해오는 일이 잦아졌다. 그들은 받아들였다. 와중에 요의 통군 야율녕이 도피를 청해온 건 큰 문제였다. 거물을 받아들이는 건 시비의 소재가 될 만했다. 게다가 야율녕은 무엇을 노리는지 한사코 왕의 허락을 얻어야 고려를 넘겠다고 했다.

왕은 금에 사신을 보내 의사를 타진했다. 야율녕이 다스리던 요의 내원성과 포주성 중 포주성은 원래 고려의 것이었으니 우리에게 돌려줌이 어떠하느냐고 물었다. 사신은 아골타의 대답을 얻어 돌아왔다. 아골타의 대답은 간단했다.

너희가 와서 스스로 빼앗으라.

도발이었다. 요와 금 양쪽에서 노림을 담고 고려의 개입을 원하고 있었다.

백관들의 의견이 분분했다. 직접 개입은 하지 말되 요와 금이 맞붙고 있는 틈을 타 주워 먹기로 들어가 실리를 챙기자는 의견이 있었고, 모른 척하기로 한 김에 아예 모른 척하자는 보신제일주의 의견도 있었다. 아예 금을 도와 요를 빨리 무너뜨린 다음에 나눠 먹기를 하자는 의견도 있었으나 소수였고, 도리가 아니라는 중론에 밀려 취급받지 못했다.

그러던 중에 야율녕이 일백사십여 척의 배에 물자와 사람들을 나눠 싣고 의주 영덕성 앞바다까지 와서 요의 내원성과 포주성을 고려에 돌려준다는 통첩을 보내고 나 몰라라 먼바다로 도망쳐 버렸다.

뜨거운 감자인지 저절로 굴러들어 온 떡인지 분간이 쉽지 않았다. 갑론을박이 다시 벌어졌다.

왕은 빨리 결정을 내렸다. 내원성과 포주성이 압록강 안쪽에 있었으므로 압록강을 경계 삼기에 좋았다. 왕은 재빨리 명을 내려 압록강 일대에 방비진을 치고 내원성과 포주성을 꿀꺽했다. 주워 먹기 하자던 실리파 대신들이 다투어 왕께 경축의 표문을 올려 기쁨으로 삼았다.

금나라의 아기(阿只) 등 사신 다섯 명이 한 마리의 말과 아골타의 문서를 들고 들이닥쳤다. 아골타의 글은 길지 않았으나 여러 가지 만만치 않은 함의를 품고 있었다.

형인 대여진 금국 황제는 아우 고려 국왕에게 글을 보낸다.
우리 조고 때부터 한쪽 지방에 끼어 있으면서 거란을 대국이라 하고 고려를 부모의 나라라 하여 조심스럽게 섬겨왔는데, 거란이 무도하게 우리 강토를 짓밟고 우리 백성을 노예로 삼으며 여러 번 명분없는 군사를 출동하기 때문에 우리가 부득이 항거하였다. 하늘의 도움을 받아 거란을 섬멸하게 되었으니 왕은 우리에게 화친을 허락하고 형제의 의를 맺어 대대로 무궁히 좋은 사이가 되어주기를 바라면서 좋은 말 한 필을 보낸다.

조정이 술렁였다.
아골타는 고려를 부모의 나라로 섬겨왔다는 걸 스스로 밝히면서도 금을 형, 고려를 아우라 칭하고 있었다. 부모 자식의 관계에서 형제의 관계로 바꾸되 자기가 형을 하겠다는 것이었다. 게다가 저절로 굴러들어 온 내원성과 포주성을 차지한 것뿐인데 화친을 말하는 것은 곧 본격적인 싸움과 전쟁의 위협과 같았다.
"과연 무도한 자들이로다. 가진 힘에 따라 얼굴 바꾸기를 자유자재로 하는 무리가 저들 만한 것들이 또 없을 것이다."
화친을 허락한다면 곧 형제간의 위치를 허락하는 굴욕이나 다름없었다. 허락하지 않는다면 전쟁이었다.
어사대의 중승 김부철의 상소가 결정을 도왔다.

금나라 사람들이 대요를 격파하고 새로 사신을 우리에게 보내어 형제의 나라가 되어 대대로 화친하기를 청하였는데, 우리 나라 조정에서는 허락하지 않습니다. 가만히 생각하건대, 한나라가 흉노에게, 당나라가 돌궐에게, 혹은 신하라 낮추고, 혹은

불효자 315

공주를 시집보내어 화친할 수 있는 모든 일을 다 하였으며, 지금 송나라도 거란과 서로 형제간이 되어 대대로 화친하고 있습니다. 천자의 지존으로 천하에 대적할 자가 없는데도 먼 오랑캐 나라에게 굽혀서 섬기니 이것이 이른바 성인이 권도로서 도를 이루고 국가를 보전하는 양책인 것입니다. 옛날 송나라가 성종 때에 국경 지대 일을 처리하는 데에 실수하여 요나라의 침입을 재촉하였던 사실은 참으로 거울삼아 경계할 만한 일입니다. 신은 거룩한 조정에서 장구한 계획과 원대한 대책으로 국가를 보전할 것을 생각하여 후회가 없도록 하길 바랍니다.

구구절절했으나 아골타의 화친 제안을 받아들여야 한다는 주장이었다. 반드시 그래야만 한다는 필연의 절절함까지 내비쳤다. 조정의 모든 대신과 신료들이 부철의 상소를 비웃고 성토했다. 부식은 집에 처박히더니 꼼짝도 하지 않았다. 부철은 부식의 동생이었다.

왕은 아골타의 문서를 무시하기로 결정했고, 아무 답도 주지 않고 아기 등을 빈손으로 돌려보냈다. 선물이랍시고 끌고 온 한 마리의 말만 되딸려 보냈을 뿐이다.

금에선 반응이 더 없었다. 서두르지 않기로 한 것인지 두드려 봤다가 찔끔한 것인지는 알 수 없었다.

"한안인파의 득세가 오늘의 분위기를 만든 것입니다. 윤관 장군 때에 조정의 분위기가 오늘과 같았다면 어떻게 해서든 그때 여진을 처리했을 것입니다."

오 주사는 잠시 지상의 눈치를 살폈다가 조심스럽게 다시 입을 열었다.

"어사중승 김부철의 상소가 새로운 것은 아닙니다. 과거 장군의 탄핵과 동북구성을 되돌려 주자고 할 때 어사중승의 형인 김부식의 간언이 또 그러했습니다."

오 주사는 지상의 방을 나가더니 잠시 후 낡은 목함을 안아 들고 다시 들어왔다. 오 주사의 목함 안엔 종이가 빼곡히 차 있었다. 오 주사는 종이를 뒤적였다.

"그때 전해 들은 김부식의 간언이 기막힌 바가 있어 기록해 뒀던 게 있을 겁니다. 궐내에서 일어나는 일 중 특별하게 여겨지는 것들을 기록해 두는 건 그저 습관입니다."

오 주사는 한 장의 종이를 골라냈다.

"여기 있습니다."

지상은 종이를 건네받아 오 주사의 필체로 적힌 글을 읽어 내렸다.

대저 자연에도 흥망성쇠가 있으니 인간사인들 예외가 되겠습니까. 나라의 일 또한 인간사의 확장이니 순리를 따름이 옳은 줄 아옵니다. 여진이 비록 야만 되고 분별없다 하나 영가 오아속으로 이어지며 그 기세가 자못 새롭게 떠오르는 해와 같사오니 반드시 헤아려야 할 점이 아닌가 사료되옵니다. 통축하시옵소서.

과연 부철의 상소와 바탕이 다르지 않았다. 지상은 별 표정 없이 종이를 오 주사에게 되돌려 주었다.

"부식과 부철이 송의 소식과 소철의 이름에서 나온 것이라는 사실은 워낙 알려졌으니 다시 말할 게 없을 것입니다. 그들이 원래 밖을 크게 보고 안을 작게 보는 피를 가진 자들입니다."

지상은 대꾸하지 않았다.

"김부식이 장차 세를 얻고 권력을 가진다면 한안인보단 이자겸에 가깝게 될 것입니다. 그게 좋다 나쁘다가 아니라 급사랑님과는 가는 길이 판이한 사람이지 않은가 하는 생각에서……."

지상은 오 주사를 보며 미소 지었다. 그 미소에 오 주사는 말끝을 흐렸다.

척준경을 북방으로 보내는 일에 합작한 이후 부식과 지상 쪽은 언제 그랬느냐는 듯이 왕래가 단절되었다. 간혹 습명과는 궐내에서 마주친 적이 있었는데 습명이 먼저 피했다. 지상과 거의 붙어 다니다시피 하는 오 주사였으므로 오 주사도 그것을 잘 알고 있었다.

"부식과 나 사이엔 넘을 수 없는 벽이 있다는 건 만나기 전부터 알고 있었습니다. 길도 다를 수밖에 없을 겁니다."

지상이 어떻게 나올까 걱정했던지 오 주사는 비로소 안도의 웃음을 지었다.

"그러실 줄 알았습니다. 제 눈이 아직 흐려지진 않았군요."

오 주사는 바로 다른 생각을 끌어오는지 낯빛이 또 염려로 물들었다.

"그런데 승직이 너무 느린 것 같습니다. 벌써 몇 년째 급사랑에 머물고 계시니……."

"관직에도 운이 따라야 하는 것입니다. 그래서 관운이라 하지 않았습니까."

지상은 그저 미소 지을 뿐이었다. 운 때문이 아니란 건 지상도 알고 오 주사도 알고 있었다. 가문의 뒷받침과 인맥이 따라야 했다. 둘 다 지상에겐 없는 것이었다.

"평생 품관 아래서 밑일을 누벼온 덕에 이속계에선 제가 발이 꽤 넓습니다. 그들을 통해 작정하고 급사랑님과 뜻이 맞는 분들을 한번 찾아볼까요?"

정작 오 주사가 말하고 싶은 건 그것인 듯싶었다. 지상은 고마웠으나 달갑지 않았다.

"일부러 그러실 건 없습니다. 승직을 위해 그래야 한다면 평생 급사랑직이 나을 것이고 나랏일 때문이라면 뜻이 맞는 분들은 저절로 만나게 될 것입니다."

오 주사는 고개를 꺾었다.

"생각이 가벼웠습니다."

그러고도 할 말이 더 남았는지 오 주사는 나가지 않고 지상의 눈치를 살피며 뭉갰다. 지상이 쳐다보자 오 주사는 황급히 지상의 눈을 피해 딴청을 부렸다.

"걱정입니다. 경이 저것이 벌써 혼기를 넘겼는데도 짝을 구할 생각이 없는 듯하니……."

그러고 보니 개경에 와서 오 주사의 집에 머문 지도 벌써 오 년이 다 되어가는 듯싶었다. 오 주사가 지상 앞에서 내놓을 만한 말이었다.

"누이가 생각이 있겠지요."

지상은 웃으면서 말했다. 오 주사가 힐끗 지상을 보더니 고개를 떨어뜨리고 머리를 긁적였다.

"하긴, 저도 사람이고 계집이면 당연히 생각이 있을 테지만서도……."

오 주사의 마음을 모를 지상이 아니었다. 지상 또한 명경이 어디 가도 쉽게 볼 만한 처자가 아니란 걸 처음부터 알아보았다. 다만 지상이 자신이 없을 뿐이었다.

다음날 서경에서 사람이 왔다. 그사이 한결 기골이 장대해지고 무게가 붙어버린 봉심이었다. 언뜻 척준경을 보는 듯했다. 봉심의 갑작스런 방문에 지상도 놀랐지만 오 주사와 명경도 지상 못지않게 봉심을 반갑게 맞았다.

그러나 안으로 들지도 않고 오 주사의 집 앞마당에 선 봉심은 무겁게 굳어 있었고, 지상은 그 자리에 주저앉아 버렸다.

그 길로 오 주사가 입궐하여 예부에 지상의 모친상을 알리고 날을 받아왔다. 명경이 먼 길을 갈 행랑을 꾸렸고, 한사코 함께 가겠다고 오 주사를 졸라 봉심과 지상, 오 주사 부녀는 함께 서경길을 잡았다.

『국풍』 제2권에 계속…